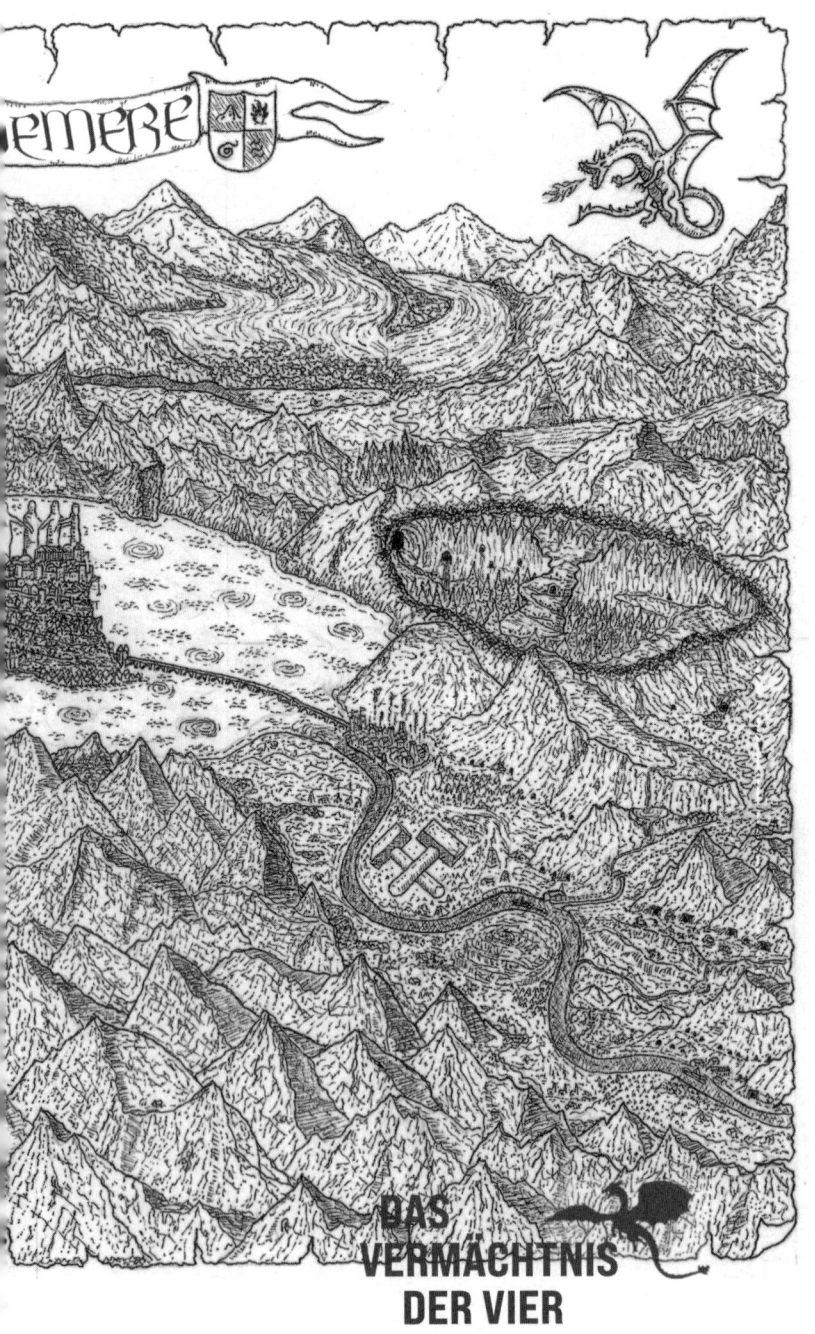

EMERE

DAS
VERMÄCHTNIS
DER VIER

DAS VERMÄCHTNIS DER VIER

Christopher Tefert

WYN'D'MAER SAGA

pinguletta

DAS VERMÄCHTNIS DER VIER

Christopher Tefert

WYN'D'MAER SAGA

ISBN 978-3-948063-18-4

1. Auflage 2021
Copyright © 2021 by Christopher Tefert
© 2021 pinguletta® Verlag, Keltern.

Drachenmotiv (Titel, Buchinhalt):
© Kozyreva Elena /Shutterstock.com
Covergestaltung: pipublic | Patrick Müller
Landkarte: © David Wood
Papiermotiv (Inhaltsverzeichnis, Buchinhalt):
© STILLFX/Shutterstock.com
Produktion: Helmut Speer
Lektorat: Josephine Awgustow

Druck: www.druckterminal.de
KDD Kompetenzzentrum Digital-Druck GmbH
Leopoldstraße 68 * D-90439 Nürnberg

Printed in Germany 2021

www.pinguletta-verlag.de

 Aus dem See des Himmels wächst der stolze **Windemere**. An ihm da rankt die Stadt empor, die trägt denselben Namen. Des Königs Sitz und Heim von Vielen, ist sie das Haupt des Reichs. Der Götter Vier sind ihre Krone, in ewig treuer Wacht.

Im Sonnenschein erstrahlen Felder, so weit das Auge reicht. Die gold'nen Ähren wogen sanft in einer lauen Brise. Mittendrin, da strömt der Sprae, vorbei an ruhigen Dörfern. Von den Bergen dringt herab das Blöken vieler Schafe. Eile nicht, so schallt ihr Ruf, in diesem Tal so schön.

Wedheim ist der Liebe Stadt, denn die geht durch den Magen. Der Duft von Brot liegt in der Luft, von Braten und von Torten. Und wie's so ist mit leck'ren Sachen, am Ende sind sie alle gleich. Ein brackig' Wind weht dann herbei - natürlich von der Gerberei.

Gebettet tief in  Bergen hoch, liegt **Faernheim** gut verborgen. Glücklich sind die Menschen dort, egal, ob jung, ob alt. Die Schafzucht ist ein ruhiges Werk, die Arbeit macht das Tier. Es frisst, es düngt, das war es schon, welch' herrliche Natur.

Ein Ohr, hier an den Stein gelegt, vernimmt ein fernes Klopfen. Vom Bergmann, der die Erze bricht in dunkler, ferner Tiefe. Hinab den Linni wird's gebracht auf des Fährmanns Kahn. Wo Hammer dann auf Amboss trifft, die glühend' Funken fliegen.

Hinab den Fluss die Strömung treibt, den Kahn mit seiner Last. Den Weg zurück das Schiff nur schafft, durch vieler Tiere Kraft. Sie zieh'n das Boot an langen Seilen entlang des Uferpfads. Das **Treidelhaus,** es bietet Rast nach einem langen Tag.

Gebaut ist **Minnk** aus festem Stein, die Esse ist ihr Wesen. Feuer lodert hell darin und Rauch liegt in der Luft. Aus and'rem Tal das Holz sie braucht und zahlt mit Axt und Säge. Mehl und Fleisch vergütet sie mit scharfem Sensenblatt. Die hohe Kunst in dieser Stadt ist Gold, das Edelsteine fasst.

Ein kalter Wind weht immerzu durch das Tal der Bäume. Ein Eichhorn springt von Ast zu Ast, geschützt von dichtem Fell. Tu es ihm gleich und hülle Dich in wärmendes Gewand. Und niemals such' den kurzen Weg durch den dunklen Tann. Verloren gehst Du, ach, so schnell und keiner wird dich finden.

Getrieben von des Gonjas Kraft, die Sägemühlen kreischen. Aus Baum wird Brett und Balken bald, **Lumbenes** wahrer Schatz. Der Drechsler und der Zimmermann daraus den Tisch erschaffen. Und auch den Stuhl, das Bett, das Tor und hundert and're Sachen.

Dystop heißt die ferne Burg, die trotzt der Dunkelheit. Ein schmaler Steg verbindet sie mit der and'ren Seit. Und wenn hinüber Du dort gehst, so bete zu den Vieren. Der Schattenwald erwartet Dich mit mannigfalt' Gefahren.

Kehr' um, du guter Wandersmann und rette Deine Seel'! Des Waldes Wispern lockt den Geist und zieht ihn ins Verderben. Zurück bleibt nur Erinnerung, ein Raunen in den Bäumen. Dem **Schattenwald** gehörst Du dann und singst sein ewig' Lied.

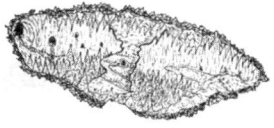

Ein Trug  mag sein der Walde hier, gemalt auf alten Karten. Niemand kennt den Weg dorthin, noch nicht mal seinen Namen.

Das Buch, aus dem dies' Bilde stammt, zerfiel alsbald zu Staub. Was stellt es dar, man weiß es nicht, vielleicht ein' Märchentraum?

Ein Funke glomm auf, von der Farbe des ersten Scheins eines neuen Morgens. Lächelnd spann die zierliche Fee das winzige Licht zwischen ihren Händen zu einem hauchdünnen Faden. Mit anmutigem Fingerspiel wob sie diesen zu einem Fenster in eine fremde Welt. Neugierig schaute sie hindurch und erblickte, tief verborgen in einem mächtigen Gebirge, drei fruchtbare Täler. Aus Gletschern und Quellen gespeist, plätscherten allenthalben kleine Bäche die Berge hinab, vereinten sich weiter und weiter und bildeten schließlich drei große Ströme.

Wo die Täler aufeinanderstießen, mündeten die Flüsse in einen See, dessen strahlendes Blau es mit der Schönheit des Firmamentes aufnehmen konnte. Aus der Mitte des Gewässers wiederum erhob sich stolz ein eigentümlicher Berg. Weder war er an Größe noch an schroffer Wildheit seinen umliegenden Brüdern ebenbürtig und doch war er das Herz des kleinen Reiches. Durch den See mit seinen wilden Strudeln unpassierbar getrennt, stellten die Brücken von deren Ufern hinüber zur Insel die einzige Verbindung zwischen den drei Täler dar.

Deren Bewohner waren sich weder des Schattens bewusst, welcher sich in der Tiefe regte, noch, dass sie an der Schwelle zu einem neuen Zeitalter standen. Vier einzigartige Seelen befanden sich auf einer Reise, die über das Schicksal ihrer Welt entscheiden würde. Von diesen erregte eine die besondere Aufmerksamkeit der Fee, doch schon begann sich das Fenster wieder zu schließen. Rasch schlüpfte sie hindurch – und ein neuer Tag brach an.

DAS VERMÄCHTNIS DER VIER

EIN FANTASY-ROMAN ÜBER DIE
MAGIE DER FREUNDSCHAFT

Prophezeiung

In der Finsternis eines Kerkers löste sich ein Wassertropfen von der Decke, fiel herab und zerplatzte auf dem Boden. Ihm folgten ein zweiter und ein dritter, dann kehrte wieder Stille ein. In ewigem Rhythmus wiederholte sich dieser Dreiklang und er war dem Gefangenen der einzige Hinweis, dass die Zeit nicht stehen geblieben war. Wie jedes Mal stach ihm das Licht in den Augen, als durch eine Luke in der Decke ein feuchter Laib Brot herabgeworfen wurde. Doch schon senkte die Dunkelheit sich wieder gnädig über ihn und er fiel zurück in einen Dämmerzustand. Erst als ein leises Fiepen von ungebetenen Gästen kündete, erhob sich der Häftling träge.

Mit der Sicherheit ungezählter Wiederholungen schlurfte er durch die Dunkelheit, ergriff die Mahlzeit und wandte sich zurück zu seinem improvisierten Lager. Diesmal jedoch geschah zum ersten Mal seit langer Zeit etwas völlig Unerwartetes. Als er einen Fuß aufsetzte, trat er auf ein kleines, weiches Wesen. Er spürte, wie winzige Knochen unter seinem Gewicht nachgaben und barsten. Ein gequältes Fiepen erklang und erstarb direkt wieder. Erschrocken zuckte der Gefangene zurück.

Er verharrte reglos, bis die Erkenntnis einsetzte, was gerade passiert war. Achtlos ließ er seine Mahlzeit fallen, beugte sich hinab und schloss vorsichtig die Finger um den zermalmten Körper. Zurück auf seinem gewohnten Platz ertastete er behutsam das Ausmaß des Unheils, das er über dieses unschuldige Leben gebracht hatte. Es schnürte ihm die Kehle ein.

Das Klagen der Maus wurde rasch leiser und er traf eine Entscheidung. Auch wenn er sich damit erneut gegen die Götter versündigte, er würde seinen Fehler wiedergutmachen. Für einen Moment fragte er sich, ob es mehrere Stufen der Verdammnis gab und ob seine Gefangenschaft davon nur die erste war. Mit einiger Anstrengung schob er den Gedanken beiseite und bildete mit beiden Händen einen schützenden Kokon.

Er öffnete seine Seele und es war, als ob ein unhörbares Seufzen durch den Raum hallte. Vor ihm entfaltete sich die Seele des geschundenen Tiers wie die Knospe einer Blume und ließ ihn an ihrer grenzenlosen Schönheit teilhaben. Durch sie hindurch konnte er die Ewigkeit der Götter erahnen, doch war das Leben des Geschöpfes schon beinahe erloschen. In dessen überwältigendem Schmerz ließ er sich nun hineinfallen, bis es sich anfühlte, als ob es sein eigener wäre. Stück für Stück linderte er die Pein mit der eigenen Lebenskraft. Mit jedem hingegebenen Teil seines Selbst kehrte das Leben in das Wesen zurück, bis es in seiner Wahrnehmung wieder hell erstrahlte. Einen Moment lang genoss er den Anblick, dann ließ er los und kehrte in die kalte Dunkelheit seines Verlieses zurück.

Von innen heraus zitternd setzte er seinen Schützling sanft ab, schlang die Arme um seinen dürren Körper und wiegte sich still vor und zurück.

Kurz war dem Gefangenen, als würde die Maus ihr Näschen witternd in die Höhe recken. Ein leises Trippeln erklang, dann war die Maus fort.

Ein Weg führt hinauf

Voller Ehrfurcht stand Oni am Ufer des großen Sees und sah hinüber zu dem Berg, der sich aus dessen Mitte erhob. Häuser bedeckten die Hänge so vollständig, dass es ihm schien, als stünde er einem gewaltigen Turm gegenüber. Von der Spitze ragten vier riesige Götterstatuen in den Himmel wie Zacken einer Krone.

Rasch schlug er das Zeichen der Vier und sandte ein kurzes Gebet an Dree. Dann besann er sich auf das, weswegen er hierhergekommen war, und senkte schuldbewusst den Blick. Würden die Götter ihm zürnen, wenn er versuchte, seine Schwester zu retten, obwohl sie gegen das höchste aller Gebote verstoßen hatte? Mit einem Mal wurde ihm die Größe seiner Aufgabe bewusst und er fühlte sich ganz verloren.

Er atmete tief durch und richtete seine Gedanken wieder auf das Hier und Jetzt. Erst einmal würde er sich darum kümmern, seine kleine Herde zu verkaufen. Er wandte sich zu den Tieren um und mit ein paar schnellen Pfiffen wies er seine beiden Hunde an, die Schafe hinter ihm herzutreiben.

Je näher er der Brücke kam, die den See von Wedheim aus zum Fuß des Windemere überspannte, desto dichter wurde das bunte Treiben um ihn herum. Da waren andere Bauern mit Vieh und welche mit Karren voller Stoffe oder Feldfrüchte. Musikanten sangen oder spielten auf ihren Fideln. Aus dem Mund eines Feuerspuckers schoss eine Stichflamme hervor, worauf eine Schar Hühner in einem Käfig wild losgackerte.

Am Zugang zur Brücke standen mehrere Wachen und versperrten jenen den Weg, die nicht von einem Mann in goldgelbem Gewand durchgewunken wurden. Ein ebenso gekleideter, dicker Mann baute sich unvermittelt vor Oni auf und blickte ihn streng an.

»Wem gehören diese Tiere, Junge?«

»Das sind meine, Herr. Ich bin hier, um sie zu verkaufen.«

Skeptisch zog der Zöllner eine Augenbraue in die Höhe. »Zum ersten Mal hier, was?«

Oni nickte eifrig.

»Du bist zu jung, geh nach Hause!« Damit wandte der Zöllner sich ab.

In Oni krampfte sich alles zusammen. »Herr, bitte … ich muss doch auf den Markt und die Tiere verkaufen. Sonst können wir unsere Steuern nicht zahlen.«

Der Mann blieb stehen, drehte sich langsam um und musterte Oni einen Moment lang. Ein Lächeln legte sich über sein Gesicht. »Wenn das so ist, will ich mal ein Auge zudrücken. Ich zähle, Moment, vierzehn Tiere. Je Tier fünf Jinnies macht also siebzig Jinnies, wenn du die Brücke passieren willst.«

»Sieben Korrat!«, entfuhr es Oni erschrocken. »So viel hab ich nicht. Und die Hunde will ich ja gar nicht verkaufen.«

So schnell, wie es gekommen war, verschwand das Lächeln auch wieder. »Und woher soll ich das wissen, hm? Wenn du das Geld nicht hast, bekommst du auch keinen Passierschein.«

Oni schluckte schwer. Zwei Korrat und zwölf Jinnies hatte er dabei, aber das reichte hinten und vorne nicht. Gedankenverloren kraulte er Dante, dem kleineren seiner beiden Hütehunde, den Kopf und ließ den Blick über die wartende Menge wandern. Dann traf er eine Entscheidung und verkaufte zwei seiner Tiere an einen der anderen

Schäfer. Auf dem Markt hoffte er deutlich mehr zu erzielen, doch dafür musste er erst einmal dorthin kommen.

Er erspähte den Zöllner und zählte ihm sechs Korrat in die Hand.

Der Mann ritzte etwas in eine Wachstafel, presste anschließend seinen Ring darauf und drückte sie Oni in die Hand. »Viel Erfolg auf dem Markt. Und denke daran: Die Götter sind milde, der Herr von Windemere nicht. Halte dich an die Gesetze.«

Oni pfiff und die Hunde trieben die restlichen Schafe zur Brücke. Dort nahm der zweite Zöllner den Passierschein in Empfang.

»Zehn Schafe zu je zwei Jinnies?« Sein Blick wanderte über die Tiere. »Passt. Du kannst weiterziehen.« Damit ließ er den völlig verdatterten Oni stehen.

»Aber, aber …« Mehr brachte dieser nicht über die Lippen. Grollend sah er zurück, aber was hätte es ihm schon gebracht umzukehren? Seine Mutter hatte ihn gemahnt, in der Stadt niemandem zu vertrauen. Seufzend wandte er seinen Blick wieder nach vorne. Ab jetzt würde er besser aufpassen und sich nicht mehr übertölpeln lassen.

Da es auf der Brücke nur langsam voranging, hatte er Muße, die Hauptstadt mit den Augen zu erkunden. Am Fuß des Berges, dort, wo er sich aus dem Blau des Sees erhob, hatte man große, hölzerne Terrassen angelegt. Diese schwammen wie Boote auf dem Wasser und auf ihnen fand der Markt statt.

Um den Windemere herum zog sich die Hauptstraße wie eine Spirale hinauf bis zu dem Plateau an dessen Spitze, viele hundert Schritt über dem Wasser. Das, was er aus der Ferne für Häuser gehalten hatte, waren aus dem Stein gearbeitete Fassaden. Unten am Berg wirkten diese noch einfach und schlicht, wurden jedoch mit zunehmender Höhe immer prächtiger.

Weit oben gleißte der Palast golden in der Nachmittagssonne. Auf seiner Reise vom Faernthal hierher hatte Oni gehört, dass darüber noch der Tempel der Vier lag, doch den vermochte er nicht zu erkennen.

Die Spitze des Windemere sah aus, als wäre sie mit einer gewaltigen Klinge abgetrennt worden, und von dort oben herab blickten in unsterblicher Gelassenheit die Statuen der Vier. Ihre Körper waren einander zugewandt, doch ihre Köpfe saßen falsch herum auf den Schultern, was sie ganz seltsam und fremd wirken ließ. Zwischen sich, so hatte es Priester Tywin bei seinen seltenen Besuchen in Faernheim erzählt, hielten die Götter die Finsternis gebannt.

Am frühen Abend erreichte Oni endlich den Windemere und suchte auf dem Markt nach einem Gehege für die Tiere. Da er sich nicht noch einmal übervorteilen lassen wollte, ließ er sich Zeit, und so brach die Nacht schon an, als er endlich eines gefunden hatte. Mit Bedauern stellte er fest, dass der Futtertrog nur spärlich gefüllt war, doch er war zu müde, um jetzt noch etwas daran zu ändern.

»Morgen. Morgen besorge ich euch so viel ihr fressen könnt«, flüsterte er, rollte seine Matte aus und schlief inmitten seiner Herde ein.

Ein Knuff in die Rippen holte ihn aus dem Schlaf und ohne die Augen zu öffnen, wälzte er sich auf die andere Seite. »Lasst mich noch etwas schlafen, danach kümmere ich mich um euer Futter.«

Wieder traf ihn ein Stoß, diesmal von einem Knurren seiner Hunde begleitet. Jäh setzte er sich auf und bemerkte zuerst Don, der beschützend neben ihm stand. Dann fiel sein Blick auf ein Paar bunter Schuhe in Blau, Rot, Weiß und Grün. Die Farben der Götter fanden sich auch darüber wieder, auf der Robe eines alten Mannes und waren sogar in dessen Kopfhaut tätowiert. Der Priester sah freundlich zu Oni herunter und hatte seinen Stab bereits erhoben, um ihn ein weiteres Mal anzustoßen.

Mit einem Satz war Oni auf den Beinen, besann sich aber sogleich und ließ sich auf die Knie fallen. Mit gesenktem Haupt wartete er darauf, angesprochen zu werden.

»Hoch mit dir, Junge! Sieh mich an.«

Sofort erhob er sich, schaute dem Priester in die Augen und hielt dessen prüfendem Blick stand.

»Respekt, jedoch keine Furcht. Das spricht für dich. Sag, Junge, wie ist dein Name und warum bist du hier?«

Oni setzte zu einer Antwort an, hielt dann aber einen Moment inne. Schließlich erwiderte er: »Ich bin Oni, Schäfer aus dem Faernthal, und hier, um den Vieren für ihren Schutz und ihre Gaben zu danken. Und um bei dieser Gelegenheit meine Schafe zu verkaufen.«

Ein Schmunzeln stahl sich in die Mundwinkel des Alten. »So ist es richtig. Die Götter kommen immer zuerst. Doch sag mir, sind das gute Schafe, die du da hast?«

Mit stolzgeschwellter Brust antwortete Oni: »Sehr gute, Herr. Ich kenne sie alle seit ihrer Geburt und habe sie jeden Götterlauf auf die saftigsten Wiesen geführt. Weit oben in den Bergen, dort, wo das Gras besonders grün und kraftvoll ist. Drella hier hinkt etwas, trotzdem hat auch sie den weiten Weg vom Faernthal bis hierher mühelos geschafft. Es sind starke Tiere, Herr, die auch noch gute Wolle geben.«

Der Priester hob die Hand und unterbrach den Jungen. »Fürwahr. Wie viel müsste ich dir denn für deine prächtigen Tiere zahlen?«

Jetzt war Oni in einer Zwickmühle. Würden die Vier ihm zürnen, wenn er Geld von einem ihrer Diener verlangte? Aber er brauchte es doch so dringend.

Sein Zwiespalt schien ihm ins Gesicht geschrieben, denn

der Priester erhob erneut das Wort: »Ich habe meine Frage wohl falsch gestellt. Sag, was würdest du von jemandem aus dem Tal der Erze nehmen, wollte er eines deiner Tiere kaufen?«

»Vierzig Jinnies, Herr«, antwortete Oni erleichtert.

In diesem Moment erklang von der Seite eine schnarrende Stimme: »Herr, verzeiht meine Einmischung, aber ich glaube, der Knirps hier hat keine Vorstellung von einem göttergefälligen Preis. Ich biete Euch meine Schafe an. Sie sind besser und Ihr bekommt sie für fünfunddreißig Jinnies pro Tier.« Ein großer, hagerer Mann stand jenseits des Zauns zum Nachbargehege.

Der Priester runzelte die Stirn und richtete sein Wort an Oni: »Was sagst du dazu?«

Erneut nahm er sich Zeit und wählte seine Worte mit Bedacht. »Wenn seine Tiere wirklich besser sind - wobei die Vier ja lehren, dass alles, was da kreucht und fleucht, den gleichen Respekt verdient -, frage ich mich, warum er sie für weniger anbietet.«

Der Dürre hob zu sprechen an, doch was er sagte, ging im schallenden Gelächter des Priesters unter.

»Du gefällst mir, Bursche. Du denkst, bevor du den Mund aufmachst, was …«, er warf einen Seitenblick auf den anderen Schäfer, »man hier nicht von allen behaupten kann.«

Dem Angesprochenen schoss die Röte ins Gesicht, dann sank er auf ein Knie und neigte das Haupt. »Verzeiht, Herr, ich wollte nicht respektlos sein, doch …«

Mit erhobener Hand unterbrach ihn der Diener der Vier. Für eine kurze Weile stand er einfach nur schweigend da, dann fragte er Oni: »Sind es gute Tiere, die der andere hier hat?«

Oni warf einen prüfenden Blick auf die Herde und schluckte. »Ja, Herr. Das Fell ist dicht, sie sind wohlgenährt und wirken gesund.«

Darauf wandte sich der Priester dem Knienden zu. »Erhebe dich und treibe mir zehn Tiere zusammen. Du bekommst deine fünfunddreißig Korrat.«

Kurz huschte ein hämischer Ausdruck über das Gesicht des Mannes, dann stand er auf und besiegelte den Handel mit den traditionellen Worten: »Wie es den Vieren recht ist.«

Onis Schultern sackten herunter. Er konnte es sich einfach nicht leisten, die Schafe für weniger abzugeben, erst recht nicht nach der Begegnung mit dem Zöllner. Sonst würde es für die Steuer einfach nicht reichen.

»Und deine Tiere, Schäfer Oni, nehme ich ebenfalls alle. Für denselben Preis.«

In Onis Kopf schwirrte es. Er öffnete den Mund, schloss ihn dann wieder und flüsterte schließlich mit gesenktem Haupt: »Wie es den Vieren recht ist.«

Mit dem Ende seines Stabes hob der alte Mann sanft Onis Kinn an und sah ihm in die Augen. »Ich brauche außerdem jemanden, der mir diese Herde zum Tempel hochtreibt, und würde dir dafür fünf Korrat zahlen.«

Oni strahlte. »Wie es den Vieren recht ist.«

Der Priester zählte beiden ihr Geld ab und drückte Oni zusätzlich eine eckige Metallplakette mit den Symbolen der Vier in die Hand. »Damit kannst du zeigen, dass du im Auftrag des Tempels unterwegs bist, falls dich jemand anhält. Ich habe noch weitere Besorgungen zu erledigen.« Mit strengem Blick fixierte er den anderen Verkäufer. »Ich gehe davon aus, dass du für deine Respektlosigkeit Buße tun und den Armen der Stadt eine großzügige Spende zukommen lassen wirst.« Damit drehte er sich um und war bald in der aufkommenden Menge verschwunden.

Oni vermochte sein Glück kaum zu fassen. Noch bevor der Tag richtig begonnen hatte, war eines seiner beiden Probleme gelöst. Jetzt würde er die Tiere zum Tempel führen und dann mit der Suche nach Julaia beginnen. Zu spät kam ihm in den Sinn, dass er den Priester nach ihr hätte fragen können.

Don und Dante hatten etwas Mühe, die vorwurfsvoll blökenden Tiere in Bewegung zu versetzen, und mit einem schuldbewussten Blick auf die leere Futterkrippe nahm Oni sich vor, ihnen unterwegs ein paar Möhren oder trockenes Brot zu kaufen.

Die Straße hinauf zur Spitze begann auf der anderen Seite des Berges und der einfachste Weg dorthin führte über den schwimmenden Markt. An den Stellen, wo die drei Brücken den Windemere erreichten, wurden auch die Waren der jeweiligen Täler verkauft und so herrschten zuerst noch Viehgatter vor und Stände, an denen Tuche, Garne und Kleidungsstücke feilgeboten wurden. Daran schlossen sich Buden voller Waren aus dem Tal der Erze an. Hufeisen, vielerlei Werkzeuge und Waffen wurden in deren Auslagen präsentiert, doch es waren die feinen Arbeiten der Goldschmiede, auf denen Onis Blick verweilte. Einmal hätte er fast die Herde aus den Augen verloren, als er an einem Stand stehen blieb, an dem kleine, aus goldenem Draht geflochtene Bäume verkauft wurden, deren Blätter aus grünen Kristallen bestanden.

Mühsam riss Oni sich von dem Anblick los und eilte den Tieren hinterher. Ohne Don und Dante hätte er vor einem Problem gestanden, aber die beiden meisterten ihre Aufgabe selbst in dieser ungewohnten Umgebung.

Ein breiter Weg zog sich um den Windemere herum und stieg zunächst nur langsam an. Schlichte Reliefs schmückten die Eingänge zu den Höhlen und erweckten auf den ersten Blick den Eindruck richtiger Häuser. Türen und Fensterläden waren in den Farben desjenigen der Vier geschmückt, dem die Bewohner am meisten zugewandt waren.

Der Anblick einer Felsnadel, die über eine kleine Brücke mit dem eigentlichen Berg verbunden war, erregte seine Aufmerksamkeit. Eine rußgeschwärzte Steinsäule ragte darauf in die Höhe und um diese herum war eine große Menge Holz aufgeschichtet worden. Kurz wunderte er sich über den Zweck des Ganzen, doch schon stieg ihm ein köstlicher Duft in die Nase und erinnerte ihn daran, dass er noch nichts gegessen hatte. Der Ursprung war ein kleiner Stand, der sich eng an den Berg schmiegte und an dem eine dralle Frau heiße Suppe verkaufte. Auf Onis Pfeifen hin stoppten die Hunde die Herde und wenige Augenblicke später schlürfte er die Mahlzeit genüsslich in sich hinein. Für Don und Dante kaufte er ein paar Würste, doch für zwanzig Schafe Brot zu kaufen, konnte er sich nicht leisten. Er beruhigte sein schlechtes Gewissen mit dem Gedanken, dass die Tiere im Tempel schon ordentlich zu fressen bekommen würden.

Frisch gestärkt führte er die Tiere weiter den Berg hinauf. Zwei Umrundungen lang war der Weg aus großen Platten gearbeitet, die auf der einen Seite in den Felsen eingelassen waren und auf der anderen von dicken Pfeilern gestützt wurden. Je höher Oni mit seinen Tieren kam, desto üppiger waren die Fassaden der Häuser verziert. Vor einem herrlichen Eingang spielte eine bunte Schar Musiker auf ihren Instrumenten und ein Mann sang dazu. Eine junge Frau mit tiefem Ausschnitt trug ein Tablett umher und bot den Vorbeieilenden kleine Essensproben an.

Die Sonne stand schon hoch am Himmel, als Oni ein Plateau erreichte, auf dem eine Gruppe schmaler, hoher Häuser stand. Vermutlich lebten allein hier mehr Menschen als in ganz Faernheim. Er beschloss, eine Rast einzulegen, und ließ die Schafe von Don und Dante in einer kurzen Sackgasse zusammentreiben, an deren hinterem Ende die Bergflanke fast senkrecht abfiel.

Er setzte sich an die Kante, ließ die Beine baumeln und genoss den weiten Blick, der ihn an seine ferne Heimat erinnerte. Tief unter ihm, auf der anderen Seite des Sees, lag die Stadt Minnk am Eingang zum Tal der Erze. Wie ein Wald ragten dort unzählige Schlote gen Himmel und aus einem jeden quoll dunkler Rauch empor. Für einen wohligen Moment sog er die Wärme der Sonne in sich auf, denn der Weg würde ihn bald erneut auf die Schattenseite des Windemere führen. Das hungrige Blöken der Schafe gemahnte ihn jedoch, wieder aufzubrechen.

Er wollte gerade aus der Gasse treten, da kam eine Prozession den Berg herab und er war froh, die Herde nicht daran vorbeiführen zu müssen. Angeführt von vier beleibten Priestern, trieb eine Gruppe maskierter Soldaten eine eingefallen aussehende Frau an langen Stangen vor sich her. Ihre roten Haare waren kurzgeschoren, die Hände gefesselt und ihr Mund geknebelt. Hinter ihr schloss sich eine Gruppe an, die immer wieder skandierte: »Bestraft die Hexe! Bestraft die Hexe!«

Erschrocken betrachtete Oni die Frau. Die Götter hatten Zauberei verboten, denn diese führte zur Finsternis, und jeder, der dieses Gebot missachtete, verdammte sich selbst. In diesem Moment drehte die Frau den Kopf und ihre Blicke trafen sich. Tränen hatten Spuren in dem Schmutz auf ihrem Gesicht hinterlassen und in ihren Augen lag Angst. Dann war sie auch schon an ihm vorbei und er sah ihr noch so lange nach, bis sie aus seinem Blickfeld verschwand.

Seltsam beklommen brach er schließlich auf und vermochte es kaum, sich auf die Umgebung zu konzentrieren. Er verstand nicht, wieso sich jemand auf Magie einließ, wenn die Vier es doch verboten hatten. Der Gedanke führte ihn unweigerlich zu seiner Schwester und einmal mehr fragte er sich, wie jemand ihr unterstellen konnte, sich ebenfalls versündigt zu haben.

Priester Tywin hatte ihm erzählt, was die Inquisition ihr vorwarf, doch in seinen Ohren klang es einfach absurd. Es gab auch andere Kinder, die zu früh auf die Welt kamen und überlebten, auch wenn die Hebamme sie bereits aufgegeben hatte. Dann die Geschichte mit Julaias Katze, die von einem tollwütigen Fuchs angefallen worden war. Aber es hieß doch schließlich nicht ohne Grund, dass Katzen sieben Leben hatten. Vielleicht hätten die Inquisitoren das Tier mitnehmen sollen und ihn selbst direkt auch. Schließlich hatte *er* seiner Schwester das Blumenbeet auf dem Steinacker angelegt.

Mit einem Kopfschütteln verdrängte er die weiteren Anklagepunkte aus seinen Gedanken. Magie war doch etwas ganz anderes, so wie in dem Märchen von Ruark dem Finsteren. Der war ein Haderlump gewesen, schwarz in der Seele und verdorben im Herzen. Den Geist unschuldiger Wanderer hatte er mit Zauberei verwirrt und sie in einer tiefen Schlucht zu Tode stürzen lassen, nur um sein Juwel zu schützen, das ihm diese Gabe verlieh.

Vermutlich hatte sein Vater ihn mit der Geschichte vor den Gefahren der Berge warnen wollen, aber er selbst hatte es immer als Warnung vor böser Hexerei verstanden. Eine Träne rann Onis Wange herab, denn das war eine der wenigen Erinnerungen, die ihm von seinem Vater geblieben waren.

Das Blöken der Herde riss ihn aus seinen trüben Gedanken und froh über die Ablenkung setzte er den Aufstieg fort. Sehnsuchtsvoll folgte sein Blick einer der vielen Treppen und er wünschte sich, mit seiner Herde darüber abkürzen zu können. So wie die Lastenträger, die ihre Waren in Rückengestellen den Berg hoch- und herunterschleppten. Doch mit seinen Schafen hätte er die Abkürzungen komplett blockiert und so führte er die Herde weiter über den Hauptweg.

Die Schatten wurden schon lang, als er an der Spitze der Herde um einen Felsvorsprung bog und beinahe in eine Gruppe Soldaten hineingelaufen wäre. Deren rotgoldene Wappenröcke wiesen sie als Palastwachen aus. Mit Fratzen versehene Helme verdeckten ihre Gesichter und an den Seiten trugen sie geflammte Schwerter. Eine der Gestalten trat vor und auf einmal fühlte Oni sich ganz klein.

»Was willst du hier oben?«, blaffte der Soldat.

Rasch zog Oni die Marke hervor, die der Priester ihm gegeben hatte, und war froh, dass in diesem Moment Don und Dante mit der Herde auftauchten. »Ich soll diese Tiere zum Tempel hinauftreiben.«

Der Wächter sah ihn eine Weile prüfend an, dann gab er Oni die Marke zurück. »Du kannst passieren. Matten, du begleitest den Jungen bis zum Tempel und wieder zurück.«

Seine Stimme erinnerte Oni an Dons dunkles Bellen, wenn dieser angespannt war. Auf eine Geste des Anführers hin traten alle Wächter bis auf einen beiseite und ließen ihn passieren.

Wenig später erreichten sie den Eingang des Palastes und Oni klappte der Kiefer herunter. Mächtige, zehn Schritt hohe Säulen waren aus dem Berg herausgearbeitet worden, gekrönt von einem angedeuteten Dach. Alles war mit Gold verziert und erstrahlte hell in der späten Nachmittagssonne. Das eigentliche Tor bestand aus zwei gewaltigen, mit Metallbändern beschlagenen Flügeln. Diese waren geschlossen und davor zählte Oni ein Dutzend grimmiger Wächter, die aufmerksam die Umgebung beobachteten. Um den Eingang des Palastes herum war der Berg völlig glattgeschliffen worden und selbst eine Bergziege wäre nicht zu den Fenstern gelangt, die weiter oben im Felsen zu sehen waren.

Staunend nahm Oni die Eindrücke in sich auf, doch als er innehalten wollte, schob der Soldat ihn weiter. »Ich kann mich noch daran erinnern, als ich das erste Mal hier oben war, da hab ich genauso geguckt wie du jetzt.«

Oni konnte bloß sprachlos nicken.

»Wir haben aber leider keine Zeit stehen zu bleiben. Der Tag neigt sich schon dem Abend zu und es ist noch ein gutes Stück hinauf bis zum Tempel.« So liefen sie eine Weile, bis Matten erneut das Wort erhob: »Sag mal, Junge, wie heißt du eigentlich und wo kommst du her?«

»Ich bin Oni aus Faernheim.«

»Nie gehört. Wo liegt das?«

»Ziemlich weit den Sprae hinauf und dann noch eine Tagesreise hinein ins Faernthal.«

»Dann hast du einen weiten Weg hinter dir. Ich selbst bin nie über die Uferstädte hinausgekommen.« Matten seufzte sehnsuchtsvoll und schwieg dann.

Oni beschloss, die Gunst der Stunde zu nutzen, um etwas über Julaia in Erfahrung zu bringen. Der Wächter hatte sich bisher ganz freundlich gezeigt, trotzdem dachte Oni erst eine Weile darüber nach, wie er das Thema möglichst unverfänglich ansprechen konnte. Dann kam ihm eine Idee. »Heute ist mir beim Aufstieg eine Gruppe Soldaten entgegengekommen, die eine Hexe hinabführte. Was geschieht eigentlich mit ihr?«

»Sie wird bestraft.« Die Stimme des Wächters klang seltsam belegt.

»Und wie?«

Ein Kopfschütteln begleitete die Antwort. »Das möchtest du gar nicht wissen.«

Obwohl er tief in seinem Herzen spürte, dass Julaia noch lebte, fürchtete er sich vor der Antwort auf seine nächste Frage. »Wurden in letzter Zeit auch andere Hexen bestraft?«

Matten blieb stehen. »Nein, es ist das erste Mal in diesem Götterlauf.« Er neigte den Kopf leicht zur Seite. »Warum willst du das denn wissen, Schäfer Oni aus dem Faernthal?«

»Ach …«, druckste Oni herum. »Einfach nur so.«

»Das klingt für mich aber nicht nach *einfach nur so*. Rück schon raus mit der Sprache, Junge, vielleicht kann ich dir ja helfen.«

Erleichterung und Trauer brandeten in Onis Brust gegeneinander und Tränen stiegen ihm in die Augen. »Meine kleine Schwester. In unserem Dorf … die Inquisition …« Der Rest wurde von einem Schluchzer erstickt.

Der große Mann setzte den Helm ab und sah Oni lange in die Augen. Dann legte er ihm seine Hand auf die Schulter und drückte sie sanft. »Möglicherweise ist sie ja unschuldig. Erledige erst einmal deine Aufgabe im Tempel und danach höre ich mich mal um. Vielleicht kann ich ja etwas in Erfahrung bringen. In Ordnung?«

Dankbar nickte Oni und wischte sich Tränen und Nase am Ärmel ab. Eine Weile folgten sie schweigend der Straße und einmal mehr war er dankbar, dass die beiden Hunde ihre Aufgabe so gut beherrschten. Hinter einer Biegung wich die Felswand zurück und eine breite Treppe aus weiß glänzendem Stein stieg zu einem Eingangsportal auf. Grau gewandete Frauen und Männer kamen und gingen, dazwischen stachen vereinzelt die Roben von Priestern in ihrer bunten Pracht hervor. Blütenweiße Statuen, zu deren Füßen verschiedene Opfergaben lagen, säumten die Stufen.

»Hier entlang!«, hörte er Mattens Stimme und als er sich umwandte, wies der Wächter auf einen schmalen Weg, der sich weiter am Fels entlangzog.

Wenig später erreichten sie einen unscheinbaren, kaum verzierten Höhleneingang. Matten deutete auf einen gelangweilt dreinschauenden Mann in grauer Kutte. »Zeig ihm deine Marke und erledige deinen Auftrag. Ich werde hier auf dich warten und dich dann wieder nach unten begleiten.«

Nach einem flüchtigen Blick auf Oni und die Marke gewährte der Tempeldiener ihm mit einem Kopfnicken Einlass. Der Gang war breit und schlicht, lediglich erhellt durch ein paar wenige Fackeln. Kurz hinter dem Eingang erblickte er ein Gemälde Umis, dessen Gestalt sich im flackernden Lichtschein zu bewegen schien. Rechts und links des Bildes glänzte die Wand feucht von Wasser, das sich in einem kleinen, in den Fels eingelassenen Becken sammelte.

Hinter einer Biegung war Allair dargestellt. Konzentriert schien er zu lauschen und als Oni ihn näher betrachtete, meinte er, einen leichten Luftzug zu spüren. Weiter hinein in den Berg folgte ein Gemälde Sogostans, dessen graues Gesicht nur verschwommen zu erkennen war im Gegensatz zu dem Rest des Gemäldes. Zu beiden Seiten brannten Kerzen in metallenen Halterungen. Oni schauerte es, obgleich er nie verstanden hatte, warum viele den Gott der Vergänglichkeit fürchteten.

Rasch schritt er weiter und sah sich Dree, dem vierten der Götter, gegenüber. In seinen Armen barg dieser ein Neugeborenes und in einem stillen Gebet dankte Oni ihm, dass Julaia noch lebte. Unterhalb der Freske fand er in einer Vertiefung frische Erde, zerrieb etwas davon zwischen seinen Fingern und fühlte neue Zuversicht in sich aufsteigen. Zügig schritt er jetzt aus und wenig später öffnete sich der Gang in eine rechteckige Höhle.

In jeder Wand befand sich ein Ausgang und in der Mitte stand ein schwerer Holztisch. Dahinter saß auf einem einfachen Stuhl eine streng dreinblickende Frau in grauer Kutte. Mit hochgezogenen Augenbrauen sah sie auf, als ob er sie bei einer wichtigen Aufgabe unterbrochen hätte, obwohl der Tisch vor ihr völlig leer war. Abschätzig musterte sie Oni und bedeutete ihm mit einer Drehung des Kopfes nach links, wohin er sich zu wenden hatte.

Doch auf einmal kam Bewegung in die Herde und die Tiere drängten um die entsetzt dreinblickende Frau herum in den Ausgang hinter ihr. Oni pfiff, Don und Dante reagierten, doch die Schafe waren nicht mehr aufzuhalten und stürmten laut blökend voran. Durch einen langen, düsteren Tunnel rannte er ihnen hinterher, bis sich ihm ein völlig unerwarteter Anblick bot.

Vor ihm öffnete sich ein großer Saal voller Menschen. Feiste Priester lagen auf gepolsterten Bänken, vor ihnen Tische, völlig überladen mit Essen. Dazwischen eifrige Bedienstete, deren schlichte graue Gewänder sich deutlich von der bunten Bekleidung der Geweihten abhoben. In den Boden waren mehrere Becken eingelassen, in denen Priester badeten. Auf dem Wasser trieben kleine Boote, über und über mit Köstlichkeiten beladen. Musikanten sangen oder spielten auf ihren Instrumenten. Überall standen kleine Feuerbecken mit Räucherwerk. Die Wände waren mit üppigen Teppichen verkleidet und von der Decke hingen kristallene Kronleuchter.

Mitten in all das hinein strömte jetzt das Chaos in Gestalt von zwanzig blökenden Schafen. Froh, dem Dunkel des Tunnels entkommen zu sein, und mit dem Hunger zweier Tage waren sie nicht zu halten. Sie verstreuten sich im ganzen Saal, fraßen Obst und Gemüse und machten sich auch über Brot her, wo immer sie dessen habhaft wurden. Fette Leiber wälzten sich mühsam von ihren Liegen. Diener riefen aufgeregt durcheinander, Priester brüllten vor Ärger und die Musiker versuchten verzweifelt, alles zu übertönen.

Die verhärmte Frau tauchte aus dem Gang hinter Oni auf, drängte an ihm vorbei und schlug sich die Hände vor das Gesicht, als höre der Spuk damit auf zu existieren. Doch das Krachen von Holz und das Scheppern von Geschirr belehrten sie wohl eines Besseren. Wutentbrannt nahm sie die

Hände wieder herunter und fuhr herum. »Du …«, schrie sie auf, den Rest hörte Oni schon nicht mehr.

Er nahm die Beine in die Hand und floh zurück in den Tunnel, dicht gefolgt von Don und Dante. Vorbei an dem Tisch rannte er durch den Gang mit den Götterbildern und senkte seinen Blick verschämt zu Boden. Zu spät besann er sich darauf, dass unmittelbar hinter dem Ausgang der Abgrund wartete.

Verzweifelt versuchte er stehen zu bleiben und beinahe hätte er es auch geschafft. Seine Füße kamen an der Kante zum Halt, doch der Schwung drückte seinen Oberkörper gnadenlos weiter. Wild ruderte er mit den Armen und für einen kurzen Moment schien es, als ob er sich halten könnte.

Ihm war, als hielte Sogostan den Atem an, und zum zweiten Mal an diesem Tag bot sich ihm das grandiose Panorama der Hauptstadt dar. Er sah das Treiben unten auf dem Markt, das Kristallblau des Sees und die Menschen auf und jenseits der Brücken, die von hier oben klein und zerbrechlich wirkten. Dann griff die Schwerkraft erbarmungslos nach ihm und das Gefühl von Freiheit wich blanker Panik.

Zu Offenbarung und Verdammnis

Er wollte schreien, doch kein Laut kam über seine Lippen. Er wollte die Augen schließen, vermochte es aber nicht. Er wollte beten, brachte jedoch keinen klaren Gedanken zustande.

Aber die Götter hatten anscheinend andere Pläne für ihn, denn unvermittelt wurde er zurückgerissen. Starke Hände hielten ihn in festem Griff, hoben ihn hoch und drehten ihn um.

»Bist du wahnsinnig geworden, Junge?«, herrschte Matten ihn an. »Mir so einen Schrecken einzujagen!«

Tränen schossen Oni in die Augen und er schluckte schwer, um nicht laut loszuheulen.

»Na, na, Junge. Ist ja noch mal gut gegangen.« Der Wächter legte ihm die Hand auf die Schulter. »Beruhige dich erst einmal und dann erzählst du mir, warum du wie von der Dunkelheit gehetzt aus dem Tunnel gestürzt bist.« Dem Diener am Eingang befahl er: »Du, lauf hinein und sieh nach, was vorgefallen ist. Ich kümmere mich um den Jungen.«

Zögerlich berichtete Oni, was geschehen war, bange, ob der Wächter ihn hineinschleifen und seiner gerechten Strafe zuführen würde. Hätte er die Tiere doch bloß einmal gefüttert!

Merkwürdige Geräusche drangen aus Mattens Helm hervor und sein Oberkörper begann zu zucken. Mit beiden Händen befreite sich der Mann von der Maske und jetzt erkannte Oni, dass der Soldat sich vor Lachen schüttelte. Es dauerte eine Weile, bis sein Retter sich beruhigt hatte.

»Ich glaube, deinen Schafen fehlt es an dem nötigen Respekt.« Erneut prustete der Wächter los. »Bei den Vieren, diesen Anblick hätte ich zu gern gesehen.«

Oni blickte verständnislos zu Matten auf, woraufhin dieser sich zur Ernsthaftigkeit zwang und in schärferem Tonfall fortfuhr: »Die Priesterschaft hat sich immer mehr zu ihrem Nachteil verändert und steht heutzutage kaum noch für das, was sie einmal verkörperte. Aber wer wäre ich, über andere zu urteilen. Da du deine Aufgabe ausgeführt hast und dich in meinen Augen auch keine Schuld trifft, sollten wir jetzt gehen.« Auf dem Weg hinab lachte der Wächter immer mal wieder in sich hinein. Kurz bevor sie den Palast erreichten, bedeutete er Oni anzuhalten. »Die Dienerschaft kann mitunter sehr nachtragend sein. Es wäre also besser für dich, eine Weile in Deckung zu gehen. Mein Dienst endet erst morgen früh, deswegen kann ich dich nicht weiter begleiten. Wenn du möchtest, kannst du bei meiner Frau und mir unterkommen, bis ich etwas über deine Schwester herausgefunden habe.«

Oni konnte sein Glück kaum fassen und nickte heftig.

»Du findest mein Heim ganz unten, am Markt der Holzfäller. Es gibt dort einen tiefen Spalt im Fels und ein gutes Stück linker Hand ist eine blaue Türe, darüber das Abbild eines Berglöwen. Richte meiner Frau aus, dass ihr ›großer Bär‹ dich schickt, dann weiß sie, dass alles seine Ordnung hat.«

Wenig später erreichten sie den Palast, verabschiedeten sich voneinander und Oni eilte weiter den Berg hinab.

Der Himmel begann, sich schon dunkel zu färben, als er ganz außer Atem das Felsplateau erreichte, auf dem ihm am Vormittag die Prozession entgegengekommen war. Erschöpft beschloss er, eine Rast einzulegen, und ließ sich in einer Gasse an einer Wand entlang zu Boden gleiten. Don und Dante legten sich hechelnd neben ihn hin und beobachteten wachsam die Umgebung.

Langsam beruhigte sich sein Körper und mit einem Mal vernahm er eine sanft lockende Melodie. Er sah sich um und erblickte eine hutzelige Frau, deren Rücken unter der Last des Alters gebeugt war. Während sie sang, wurde sie von einem Vogelschwarm umkreist, und als sie einen Arm hob, ließ sich ein kleiner, blütenweißer Vogel auf ihrer Hand nieder. Mit einem Finger strich sie ihm zärtlich über das Gefieder und sah Oni dabei unverwandt aus bernsteinfarbenen Augen an. Ein halbes Dutzend der Tiere landete auf ihren Schultern und der vergilbten Haube.

»Futter, junger Herr?«, sprach sie ihn mit krächzender Stimme an, die so gar nicht dem lieblichen Gesang glich, den er vorher vernommen hatte.

Glück war etwas, das die Götter verschenkten, und heute hatten sie ihn trotz allem im Überfluss bedacht. Es wäre nur gerecht, es zu teilen, und so kaufte er der Alten eine Handvoll Körner ab. Mit Schwung verteilte er diese über den Boden und die Tiere begannen sofort zu picken. Die Bettlerin gurrte dabei zufrieden mit den Vögeln um die Wette.

Hinter der Alten tauchte ein Mann in der Gasse auf, der immer wieder einen schweren Stock bedrohlich in die offene Hand sausen ließ. »Verschwinde endlich mit deinen Viechern!«, brüllte er sie an. »Wir wollen dich hier nicht. Du vergraulst die Kunden und alles ist ständig voll mit Vogelscheiße!«

Dante und Don bauten sich mit gesträubten Nackenhaaren neben Oni auf.

Die Bettlerin sank völlig in sich zusammen. »Natürlich, mein Herr. Bitte verzeiht.« Mit einem Klatschen scheuchte sie den Schwarm auf und wandte sich, umkreist von den

Tieren, dem Ausgang der Gasse zu. Der weiße Vogel kam dabei dem grimmigen Mann zu nah und dieser schlug unvermittelt mit seinem Knüppel zu. Der Stock traf das Tier mit einem lauten Knacken und schleuderte es direkt vor Onis Füße.

Die Alte schrie entsetzt auf und fiel neben dem Vögelchen auf die Knie. »O nein, o nein! Davina, was hat er dir angetan?«

Bedrohlich kam der Mann näher. »Jetzt weißt du, was mit dir passiert, wenn du dich noch mal hier herumtreibst. Verschwinde endlich!«

Mit einem tiefen Knurren stellten sich Don und Dante schützend vor Oni und fletschten die Zähne. In seiner Rage schlug der Mann mit dem Knüppel nach Dante, verfehlte ihn jedoch. Don sprang vor und versenkte seine Zähne im Arm des Angreifers, der den Stock mit einem lauten Schmerzensschrei fallen ließ. Angelockt von dem Tumult hielten Vorübergehende inne und wandten sich dem Geschehen zu.

Derweil nahm Oni den kleinen Vogel auf und barg ihn in seinen Händen wie in einem Nest. Ein Flügel war grotesk verdreht und ein Zittern, das rasch schwächer wurde, das einzige Lebenszeichen. Oni konnte den Schmerz des Vögelchens förmlich spüren. Er schloss die Augen, konzentrierte sich auf die Pein und schob sie fort. Eine plötzliche Kälte fuhr ihm in die Glieder und er schüttelte sich. Erschrocken flatterte das Tier auf, flog zu der Bettlerin hinüber und setzte sich auf ihre Schulter.

Fassungslos sah sie ihn an. Für einen Moment wechselte der Ausdruck auf ihrem Gesicht zu Dankbarkeit, dann zu Entsetzen. »Lauf!«, flüsterte sie.

Verwirrt wanderte Onis Blick zwischen ihr und dem Wüstling hin und her, der ihn aus weit aufgerissenen Augen anstarrte.

»Verschwinde!«, schrie die Alte, wandte sich abrupt um und stürzte sich auf den Mann.

Ein Pfiff genügte und Don ließ von dem Wüstling ab. Auch wenn Oni die Situation nicht verstand, rannte er instinktiv los, weiter den Berg hinunter. Nach einer kurzen Strecke verließ er die Hauptstraße und kürzte über eine Treppe ab, die in den Felsen hineingearbeitet war. In halsbrecherischer Geschwindigkeit jagte er den Windemere hinab, dicht gefolgt von seinen beiden treuen Begleitern.

Ohne aufgehalten zu werden und völlig außer Atem erreichte er den Markt. Um nicht in der Menge aufzufallen, zwang er sich zu einem langsamen Schritt. Die ganze Zeit grübelte er dabei über die Geschehnisse nach und verstand die Aufregung nicht. Das Tier hatte große Schmerzen gehabt, aber dann war es ihm ja wieder gut gegangen. Warum hatte die Alte ihn bloß so erschreckt? Vermutlich war sie einfach ein bisschen verrückt.

Während er diesen Gedanken nachhing, erreichte er den Markt der Holzfäller, auf dem die ersten Händler gerade ihre Waren einpackten. Schon erblickte er den Felsspalt, den Matten ihm beschrieben hatte. Weiter links fand er die blaue Tür mit dem Berglöwen darüber. Sie öffnete sich und eine zierliche Frau mit braunem Haar trat heraus. In diesem Moment rannte ein kleines Mädchen in ihn hinein und brachte ihn fast zum Stürzen. Es fluchte, drängte sich zwischen den Beinen der Erwachsenen hindurch und verschwand in der Menge. Oni tastete nach seinem Geldbeutel und atmete erleichtert auf, da packte ihn eine Hand am Kragen. Eine tiefe Stimme ertönte: »Hab ich dich, du Dieb!«

Bevor er sichs versah, wurde er im eisernen Griff eines Gardisten über den Markt geschleift. Vor ihnen teilte sich die Menschenmenge und ein beleibter Priester tauchte auf. Dieser wedelte mit der Hand, sichtlich verärgert, und blaffte:

»Der Dieb war ein kleines Mädchen, was schleppst du jetzt diesen Jungen hier an?«

»Das Mädchen hat den hier angerempelt, Herr, und mit Sicherheit das Diebesgut weitergegeben. Das ist eine alte Masche, um Spuren zu verwischen. Aber nicht mit mir. Von dem hier werden wir schon erfahren, wer die kleine Göre ist.« Mit der freien Hand tastete er Oni ab und zog triumphierend den Geldbeutel hervor. Er spähte flüchtig hinein und gab ihn dann dem Priester. »Seht, alles noch da, auch Eure Tempelmarke.«

Der Diener der Vier warf ebenfalls nur einen kurzen Blick auf den Inhalt, nickte dem Soldaten zu und entfernte sich mit den Worten: »Gut gemacht, Mann. Der Junge soll bestraft werden. Verhaftet ihn und räuchert die ganze Bande aus.«

Oni hob an, sich zu verteidigen, doch der Gardist schlug ihm mit der Faust gegen die Schläfe und Oni wurde schwarz vor Augen.

Als er mit schmerzendem Schädel wieder zu sich kam, fand er sich in einer kleinen Zelle wieder. Er setzte sich auf und sah weitere ähnliche Räume, getrennt durch dicke Eisenstäbe. In den meisten befanden sich betrunkene und grimmig aussehende Männer. Im Gefängnis gegenüber waren drei leicht bekleidete Frauen eingesperrt. Mit anzüglichen Bemerkungen schmeichelten sie einem Wächter, der an einem Tisch am Ende des Zellenganges saß. Hinter ihm war eine schwere Holztür zu sehen, die just in diesem Moment geöffnet wurde. Herein kam der Gardist, der Oni verhaftet hatte. Von einem Haken neben der Tür nahm er einen dicken Schlüsselbund und schritt zielstrebig auf Onis Zelle zu. Kaum hatte er die Tür geöffnet, bellte er: »Mitkommen!« und führte ihn in einen kleinen Raum.

Drohend richtete er sich dort vor Oni auf und ließ die Knöchel seiner Finger knacken. »So, jetzt wirst du mir alles erzählen, was ich wissen will. Also, wer sind die anderen Mitglieder deiner Bande, und wo versteckt ihr euch?«

Ratlos zuckte Oni mit den Schultern.

Der Mann beugte sich vor, bis ihre Gesichter sich fast berührten. »Ich habe weder Zeit noch Lust auf Spielchen. Du sagst mir jetzt, was ich wissen will, oder …« Den Rest des Satzes ließ er bedrohlich in der Luft hängen.

Die Wand in seinem Rücken hinderte Oni daran zurückzuweichen und eingeschüchtert antwortete er: »Wächter Matten kennt mich und kann bezeugen, dass ich kein Dieb bin. Ich habe doch nur meine Schafe verkauft. Bitte, fragt Matten.«

Der Gardist richte sich auf und fixierte Oni einen Moment lang mit seinem Blick. Seine Augenbrauen berührten sich fast. »Ich werde Matten fragen. Aber solltest du meine Zeit verschwenden, dann mögen die Vier dir Gnade schenken!« Er führte ihn zurück in die Zelle und schlug die Gittertür hinter ihm zu.

Während Oni auf seine Freilassung wartete, schossen ihm vielerlei Gedanken durch den Kopf. Vor allem aber machte er sich Sorgen um seine Hunde, die sicher irgendwo auf sich allein gestellt in der Stadt nach ihm suchten.

Die Zeit verstrich unerträglich langsam und die Tatsache, dass sein Zellennachbar stank wie ein nasser Hammel, machte es nicht besser. Meist schlief der Unselige, doch manchmal wurde er wach und brabbelte wirres Zeug. Einmal begann er sogar, wild zu randalieren, bis ein Wächter ihm eins mit dem Knüppel überzog, was johlend aus den anderen Zellen kommentiert wurde.

Irgendwann übermannte Oni die Müdigkeit und er glitt in einen wirren Traum. Darin umkreiste ihn ein Vogelschwarm, während er sich vergebens den Windemere hinaufkämpfte. Die Statue Drees blickte auf ihn herab und streckte ihm die steinerne Hand entgegen. Doch je mehr er sich anstrengte, ihn zu erreichen, desto langsamer kam er voran. Dann stolperte er und stürzte in die Tiefe. Die Vögel schlugen ihm mit den Flügeln ins Gesicht und schweißgebadet wachte er auf.

Ein sengender Schmerz auf der Wange ließ ihn erschrocken hochfahren. Über ihm ragte der Wächter auf, eine Gerte zu einem weiteren Schlag erhoben. Onis Frage, ob Matten seine Worte bestätigt habe, blieb in einem Knebel stecken. Drei maskierte Soldaten standen vor ihm und hielten lange Stangen auf ihn gerichtet. Dann schnürte es ihm plötzlich die Luft ab. Mehrere Schlingen zogen sich um seinen Hals zu, als er daran auf die Beine gezogen wurde. Verzweifelt rang er nach Atem und wollte sich befreien, doch seine Hände waren hinter dem Rücken gefesselt. Als er auf den Beinen war, ließen die Aufpasser ihm etwas Luft und er atmete tief durch die Nase ein. Weitere Wachen kamen hinzu und beobachteten ihn fortwährend mit wachsamen Augen.

Ohne dass ein einziges Wort fiel, wurde er den Berg wieder hinaufgeführt und hinein in eine große Halle, deren gewaltige Flügeltüren zum Sonnenaufgang hin geöffnet waren. Trotz der frühen Stunde hatte sich bereits eine große Menschenmenge eingefunden. Ihrer Kleidung nach zu urteilen, waren vor allem Städter anwesend, doch auch die im Tal der Holzfäller beliebten Pelze konnte er erkennen, genauso wie die Lederkluften der Minentäler und die bunten Stoffe seiner eigenen Heimat. Diese erinnerten Oni an seine Familie und sein Herz wurde ihm schwer. Es war seine Aufgabe gewesen, sie zu beschützen, doch stattdessen war das Geld fort, er wurde als Dieb bezichtigt und Matten hatte offensichtlich nicht für ihn Wort ergriffen. Und wie sollte er in dieser Lage seine Schwester retten? Hilflose Wut wallte in ihm auf und er zerrte so stark an seinen Fesseln, dass er seine Aufpasser ins Stolpern brachte. Warum?, wollte er schreien, doch wegen des Knebels bekam er kein Wort heraus. Die Schlaufen um seinen Hals zogen sich zu und erneut wurde ihm schwarz vor Augen.

An eine Steinsäule gefesselt kam er wieder zu sich, begleitet von dem anschwellenden Gemurmel der Menschenmenge. Vor ihm auf einer kleinen Erhöhung standen drei goldbeschlagene Throne.

Fanfaren erklangen und die Menge wurde schlagartig still. Ein in kostbare Pelze gehüllter Mann, dessen Haupt von einer goldenen Krone geziert wurde, schritt erhaben zu dem mittleren Platz. Ihm folgten, ebenso prächtig gewandet, eine Frau und ein Junge, der etliche Götterläufe älter als Oni war.

Von irgendwoher rief ein Herold: »Seine Majestät König Berengar von Windemere. Ihre Majestät Königin Syla von Windemere. Seine königliche Hoheit Kronprinz Akabar von Windemere.« Es folgte eine kurze Pause, dann hob der Ausrufer erneut an: »Ihre Durchlauchten Prinzessin Dania und Prinzessin Patrizia von Windemere.«

Zwei Mädchen, das jüngere etwa so alt wie Oni selbst, schritten würdevoll zu den Stühlen, die seitlich hinter den Thronen platziert waren. Das Rascheln von Stoff verriet, dass die Menge auf die Knie fiel.

Nachdem sich die Mitglieder des Königshauses gesetzt hatten, verstrich eine ganze Weile, bis der König mit strenger Stimme das Wort erhob: »Mein Volk, wir sind heute hier zusammengekommen, um über einen unter uns zu richten, der sich über die Gesetze der Vier hinweggesetzt und Magie gewirkt hat.«

Ein Raunen ging durch die Menge und irgendjemand schrie: »Verbrennt den Hexer!«

Oni lief es kalt den Rücken herunter und er musste an den verzweifelten Blick der rothaarigen Frau denken. Gerade wollte er sich nach dem Unseligen umschauen, da schlug der König mit einer schweren Kugel auf die Lehne seines Thrones und ein Knall peitschte durch den Raum. Sofort wurde es wieder mucksmäuschenstill.

»Ist ein Vertreter des Tempels anwesend, wie es von den Vieren verlangt wird?«

Eine in Grau gewandete Gestalt trat nach vorne und kniete nieder, das Haupt unter einer Kapuze verborgen.

»Ist ein Vertreter der Krieger anwesend, wie es von den Vieren verlangt wird?«

Ein Soldat erschien und sank neben der ersten Gestalt auf die Knie.

»Ist ein Vertreter des Volkes anwesend, wie es von den Vieren verlangt wird?«

Zuletzt gesellte sich ein in Pelze gekleideter und mit einer schweren Goldkette geschmückter Mann zu den beiden anderen.

»Ich selbst vertrete das Königshaus, wie es von den Vieren verlangt wird. Möge das Volk sich erheben und die Zeugen hervortreten.«

Zuerst sprach der Händler, der die alte Vogelfrau bedroht hatte. Er trug einen dicken Verband um den rechten Arm und funkelte Oni zornig an. »Mit eigenen Augen habe ich gesehen, wie dieses gottlose Kind einen toten Vogel zu neuem Leben erweckt hat. Unverhohlen grinste er mich dabei an, auch als sein räudiger Köter die Zähne in meinen Arm schlug. Das schwöre ich bei den Vieren!«

Oni fühlte sich, als hätte ihm jemand einen Schlag auf den Kopf versetzt. *Er* wurde beschuldigt, ein Hexer zu sein? Mit der Dunkelheit zu paktieren und sich von den Vieren abgewandt zu haben?

Weitere Zeugen wurden aufgerufen und bestätigten die

Worte des Händlers. Onis Kopf war wie in Wolle gepackt.

Nachdem alle gesprochen hatten, erhob sich König Berengar und wandte sich an die drei Knienden: »Ihr habt die Zeugen gehört. Wie lautet Euer Urteil?«

Der dicke Mann mit der funkelnden Goldkette erhob sich, drehte sich um und rief: »Schuldig!«

Als nächstes sprach der unbekannte Soldat sein Urteil mit donnernder Stimme: »Schuldig!«

Dann war die in Grau gewandte Gestalt an der Reihe. Sie drehte sich um und Oni erkannte die Frau aus dem Tempel wieder. Erneut bedachte sie ihn mit diesem abschätzigen Blick. »Schuldig!«

Der König erhob zuletzt das Wort. »Auch mein Urteil lautet auf schuldig! Damit verurteile ich diesen Hexer zum Tode auf dem Scheiterhaufen.«

Es dauerte einige Momente, bis die Bedeutung dieser Worte Oni erreichte. Ein Zittern erfasste ihn und die Knie gaben unter ihm nach. Seine Gedanken begannen, zu schwirren und ohne Zusammenhang hin- und herzuspringen, zwischen Erinnerungen und Gegenwart, zwischen dem Hier und seiner Heimat. Und immer war er sich der Gesichter seiner Ankläger bewusst, die ihn voller Verachtung anstarrten. Er versank in einem albtraumhaften Reigen und suchte verzweifelt nach einem Halt.

Der letzte klare Funke wollte ihm gerade entgleiten, da fand er seine Rettung. Oder fand sie ihn? Ein Augenpaar, dessen Blau ihn an den endlosen Himmel über den Bergen seiner Heimat erinnerte, stach aus der Menge hervor. Ihre Blicke trafen sich und für einen Moment gab es nur sie beide. Eine tiefe Ruhe überkam ihn und ihm war, als lichte sich ein Nebel von seinem Geist. Alles, was seiner Schwester vorgeworfen wurde, war tatsächlich so geschehen. Ihr

Überleben als Frühgeborenes, die genesene Katze, das Blumenbeet und all die anderen Dinge *waren* Zauberei, ebenso wie die Heilung des Vögelchens. Er erinnerte sich daran, dass er dessen Schmerz gefühlt und nicht ertragen hatte. Sein Mitgefühl hatte er ihm geschenkt und mehr als das. Ein Stück seines eigenen Lebens hatte er für das Tier hingegeben, ebenso wie oftmals zuvor für seine Schafe, wenn diesen ein Unbill widerfahren war. Nicht Julaia war die Hexe, *er* hatte sich gegenüber den Göttern versündigt und seine Seele der Finsternis anheimgegeben.

Tränen rannen ihm über die Wangen und er sank in sich zusammen, gehalten nur von den Fesseln. Erneut drohte sein Geist in Scherben zu zerbrechen, doch der Blick aus diesen unergründlichen Augen war noch da und hielt ihn bei Verstand. Eine innere Stille überkam ihn und seine Tränen versiegten. Ohne den Blick zu lösen, richtete er sich auf, bereit, sein Schicksal zu akzeptieren.

Unruhe brandete in der Menge empor und die Verbindung brach ab. Ein Priester trat hervor und Oni erkannte ihn als denjenigen wieder, der ihm die Schafe abgekauft und ihn zum Tempel hinaufgeschickt hatte. Der König ließ die Kugel erneut herabsausen und sofort legte sich der Lärm.

Der Priester sank vor dem Thron auf die Knie. »Ich bitte um Gnade für dieses Kind.«

Zornig riss der anklagende Händler seinen verbundenen Arm in die Höhe. »Das könnt Ihr nicht tun, das ist Blasphemie!«

Ein erneuter Knall, dann sprach der König: »Mäßigt Euch! Was den Göttern ziemt oder nicht, ist Sache der Priesterschaft. Und Ihr erklärt Euch, Diener der Vier.«

»Die Gesetze sehen vor, dass eine Todesstrafe abgemildert werden kann, wenn sich mindestens ein Fürsprecher aus allen Gruppen der Bevölkerung findet«, erwiderte der

Angesprochene. »Ich repräsentiere den Tempel und habe den jungen Oni hier als gottesfürchtigen Menschen kennengelernt. Sicher ist es nur seiner jugendlichen Unvernunft zuzuschreiben, dass er sich der Magie hingab. Ein Leben in Buße scheint mir das bessere Maß zu sein als der Tod. Ich setze mich für ihn ein!«

In der folgenden Stille hätte man eine Nadel fallen hören können. Dann hallten die Tritte schwerer Stiefel durch den Saal. Ein Mann trat hervor. »Ich bin Wächter Matten. Oben auf der Spitze des Windemere, unter dem Antlitz der Vier, habe ich diesem Jungen das Leben gerettet. Jeder Soldat lernt zu Beginn seiner Ausbildung, dass es ein Leichtes ist, ein Leben zu nehmen. Doch schwer wiegt die Verantwortung, eines gerettet zu haben. Ich übernehme diese Verantwortung und setze mich für den Jungen ein!«

Getuschel brandete auf und eine alte Frau drängte sich nach vorne. Ein kleiner, weißer Vogel saß auf ihrer Schulter. Sie kniete nieder und mit krächzender Stimme sprach sie: »Diese barmherzige Seele hat mich vor diesem Unhold dort …«, sie zeigte mit einem krummen Finger auf den Händler, »gerettet und meine Vögelchen dazu. Ich kann in seinen Handlungen nur Gutes erkennen und setze mich für ihn ein.«

Das Gemurmel verstummte, als König Berengar sich erhob. Mit strengem Blick betrachtete er die drei Fürsprecher vor ihm und schüttelte langsam den Kopf. »Es geht hier um die Anwendung von Magie und mir scheint, dass Ihr mit Eurem Ansinnen den Göttern frevelt. Doch ist es nicht an mir, darüber zu richten. Am Ende Eurer Tage werdet Ihr Euch vor den Vieren selbst verantworten müssen.« Für einen Augenblick hielt er inne, den Blick nach oben gewandt, dann fuhr er fort: »Der Priester spricht wahr, was unsere Gesetze angeht. Mit einem Fürsprecher aus jedem Teil der Gesellschaft kann das Todesurteil abgewendet werden. Ohne Stimme aus dem Palast habt Ihr drei jedoch nicht genügend Gewicht für eine Wandlung des Urteils. Die Bestrafung für sein Vergehen bleibt also weiterhin …«

»Nein!« Prinzessin Patrizia erhob sich, schritt an den Thronen vorbei und stellte sich neben den Priester. »Verzeiht mir, mein Vater.« Sie drehte sich um. »Verzeiht mir, mein Volk.« Jetzt sah sie Oni in die Augen. »Doch ich muss meinem Herzen folgen und dieses sagt mir, dass der Angeklagte kein böser Mensch ist und den Tod nicht verdient. Die anderen hier haben gewichtige Gründe vorgetragen, ich kann nur meinem Gefühl vertrauen. Ich setze mich ein!« Damit kniete sie sich neben die drei ersten Fürsprecher vor den König hin.

Die Zeit zog sich schier endlos, bis dieser erneut zu sprechen anhob: »Die Gesetze sind eindeutig und es ist meine Pflicht, ihnen zu genügen. Die Todesstrafe ist aufgehoben. Doch der Hexer wird ins Verließ geworfen und soll das Licht der Sonne niemals wiedersehen. Bei Wasser und Brot wird er in Dunkelheit sein Dasein fristen, bis die Vier ihn von seiner Strafe im Diesseits erlösen.« Er ließ sich auf seinen Thron sinken und die schwere Kugel sauste ein letztes Mal herab.

Kurze Zeit später wurde Oni in den tiefsten Kerker des Reiches geworfen. Über ihm schlug die Falltür zu und dann war er allein mit sich und der Dunkelheit.

Ein Weg führt in die Tiefe

»Dania, gib ihn mir zurück!«

Ihre Schwester schwenkte Waylen beim Rennen hämisch über dem Kopf. In vollem Lauf platzten sie in die Ruhe der Palastbibliothek und Dania erklomm eines der deckenhohen Regale. Sofort setzte Trisha ihr nach und schloss rasch auf. Fast hatte sie ihre Schwester erreicht, als diese unvermittelt innehielt und sich weit in den Raum hinauslehnte, Waylen am ausgestreckten Arm.

Trishas Augen weiteten sich, als sie die Feuerschale wahrnahm, die zwei Armeslängen entfernt von der Decke hing. Sie wollte schreien, doch die Worte erstickten in ihrem Hals. Flehend sah sie zu Dania auf, während diese wieder und wieder antäuschte, Waylen den Flammen zu übergeben.

Zorn, der ihr fast die Brust zu sprengen drohte, wallte in ihr auf und entlud sich in einem gellenden Schrei. Ein Knirschen folgte und ihre Schwester wurde kalkweiß, als das massive Regal zu kippen begann. Achtlos ließ Dania Waylen fallen und Trisha sprang ihm hinterher. Noch bevor er auf den Boden traf, fing sie ihn aus der Luft und drückte ihn an ihre Brust. Der Schmerz des Aufpralls raubte ihr beinahe das Bewusstsein.

Dania schrie. Trisha riss die Hände in die Höhe, Waylen fest im Griff, und stemmte sich gegen das Unvermeidliche. Stemmte sich gegen hunderte Pfund Holz und Papier, die alles unter sich zu zermalmen drohten.

Kurz wurde ihr schwarz vor Augen und als sich ihr Blick wieder klärte, befand sie sich zwischen wackeligen Stapeln von Büchern, auf denen das Regal nun ruhte. Trotz der sengenden Schmerzen in ihrem geschundenen Körper zog sie Dania in Sicherheit. Dann gaben die Büchersäulen nach und mit einem ohrenbetäubenden Knall krachte das Regal auf den Boden.

Jemand berührte sie an der Schulter und als sie aufschaute, blickte sie in die entsetzt aufgerissenen Augen ihrer Mutter.

Schweißgebadet wachte Trisha auf. So lange sie zurückdenken konnte, verfolgte sie dieser Traum, doch seit dem Attentat auf ihre Eltern quälte er sie nun jede Nacht. Benommen erhob sie sich, drückte die Füße auf den kühlen Steinboden und schüttelte den Kopf. Die Bilder verblassten, doch das Antlitz ihrer Mutter ließ sie nicht los, ebenso wenig wie das Gefühl, sie enttäuscht zu haben.

Seitdem lag das Tuch des Schweigens über den Ereignissen und manchmal war sie sich unsicher, ob es nicht tatsächlich alles bloß ein Traum gewesen war. Doch an diesem Tag hatte sich alles verändert. Noch im Krankenbett hatte sie zum ersten Mal die Unruhe gespürt, auf die ihre Mutter mit einer kühlen Strenge reagierte. Wenn alles in Trisha nach Bewegung schrie, musste sie beispielsweise stillstehen und Bücher auf dem Kopf balancieren.

»Kontrolle, mein Kind. Kontrolle ist alles. Du bist die Herrin in deinem Haus. Vergiss das nie!«

Seitdem herrschte eine wachsende Distanz zwischen ihnen. So sehr sie sich auch bemühte, es ihrer Mutter recht zu machen, die Kluft zwischen ihnen hatte sie nicht zu überwinden vermocht. Und jetzt lag ihre Mutter darnieder, demselben Gift zum Opfer gefallen wie Trishas Vater und unfähig auch nur zur kleinsten Regung.

Die Unruhe in ihrem Inneren wuchs heran und mit Mühe schob Trisha die Gedanken beiseite. Rasch sprang sie in ein

Paar jungenhafte Hosen, warf sich schnell ein Oberteil über, verließ ihr Zimmer und rannte los. In Bewegung zu sein, verlieh ihr ein Glücksgefühl und je schneller sie lief, desto mehr kamen ihre Gedanken zur Ruhe. Wie im Rausch nahm sie die vorbeifliegenden Wände kaum wahr, bog mal hierhin, mal dorthin ab, ohne darauf zu achten, wohin ihre Beine sie trugen. Der Palast war riesig und als sie nach einiger Zeit innehielt, war sie in einen wenig genutzten Lagerbereich gelangt.

Die Arme hinter dem Kopf verschränkt, wartete sie, dass Herz und Atem sich wieder beruhigten, als sie leise Stimmen vernahm. Es war der verschwörerische Tonfall, der sie dazu bewog, vorsichtig heranzuschleichen und mit angehaltenem Atem zu lauschen.

»Du hättest nicht kommen dürfen. Wenn uns jemand zusammen sieht …« Trisha erkannte die Stimme ihrer Schwester.

Eine schnarrende Frauenstimme antwortete: »Warum machst du dir Sorgen? Unser Plan hat funktioniert, Prinzessin. Jetzt musst du dich nur noch um deinen Bruder kümmern!«

Eine eisige Hand griff nach Trishas Herz. Sie musste sich verhört haben, das konnte nicht sein, nicht ihre Schwester! Fingerbreit um Fingerbreit schob sie sich vor, bis sie um die Ecke spähen konnte. Alle Farbe wich aus ihrem Gesicht, als sie Dania bei einer Frau stehen sah, deren Kopf unter einem grauen Überwurf verborgen war.

»Wir müssen jetzt rasch die nächsten Schritte unseres Planes umsetzen.« Die Person drückte Dania etwas in die Hand. »Zögere nicht!«

Trishas Gedanken rasten. Sie musste Akabar vor den beiden erreichen und ihn warnen. Vorsichtig wollte sie sich zurückziehen, doch ein verräterischer loser Stein knirschte unter ihrem Fuß und beide Köpfe fuhren herum. Während Dania nur erschrocken die Augen aufriss, reagierte die andere Gestalt sofort, sprang vor und griff nach Trisha. Doch sie brachte sich mit einem Satz außer Reichweite und rannte los, schneller als je zuvor in ihrem Leben.

Völlig außer Atem erreichte sie das Herz des Palastes, suchte fieberhaft nach Akabar und fand ihren Bruder schließlich im Schlafgemach der Eltern. Die schweren Teppiche an den Wänden und auf dem Boden dämpften den Schlag, mit dem sie die Türe hinter sich zuwarf. Akabar, der neben dem Bett kniete und die Hand ihrer Mutter hielt, zuckte dennoch zusammen und sah überrascht auf.

Der Anblick ihrer wie leblos daliegenden Eltern und der geröteten Augen ihres Bruders versetzten ihr einen Stich ins Herz. Kurz sammelte sie sich und atmete tief durch, dann brach es wie ein Wasserfall aus ihr heraus: »Ich glaube, Dania hat unsere Eltern vergiftet und du sollst der nächste sein. Ich habe sie und eine der Grauen belauscht. Sie haben mich verfolgt und werden gleich hier sein und wir müssen die Palastwache alarmieren. Bitte, Bruder, wir dürfen …«

Mitten im Satz unterbrach Akabar sie, indem er eine Hand hob. »Schwester, Schwester. Beruhige dich erst einmal und dann erkläre mir, was du da gerade gesagt hast.«

In diesem Moment flog die Türe auf und zwei bewaffnete Krieger drängten mit gezückten Waffen in den Raum. Trisha meinte, hinter ihnen unter einer grauen Kapuze das verhärmte Gesicht Telessas, der obersten Tempeldienerin, zu erkennen.

Mit einem Satz war Akabar auf den Beinen. »Wie könnt ihr es wagen!«, donnerte er den Kämpfern entgegen und sie wichen einen Schritt vor ihm zurück. Doch schon fassten sie sich und rückten nun von zwei Seiten vor.

Fieberhaft blickte Trisha sich um und entdeckte einen vergoldeten Zierschild an der Wand. Mit einem Satz war sie dort, riss ihn von der Wand und warf ihn ihrem Bruder zu.

Geschickt fing Akabar den Schild auf und hielt ihn schützend vor sich.

Mit einem klirrenden Geräusch prallte ein kleiner Wurfpfeil davon ab, doch ein zweiter traf Akabar in den ungeschützten Oberschenkel. Überrascht sah er erst an sich herunter, dann zu der Grauen, deren jetzt leere Hände in seine Richtung wiesen. Dann brüllte er Trisha zu: »Lauf!« Den Schild voraus stürzte er sich auf die Angreifer und stieß den ersten Kämpfer zu Boden. »Lauf!«

Jetzt kam Bewegung in Trisha. Mit einem weiten Sprung landete sie auf dem am Boden liegenden Inquisitor und katapultierte sich weiter nach vorne. Sie rammte der Grauen die Schulter in den Bauch und gemeinsam stürzten sie zu Boden. Trisha rollte sich ab und war sofort wieder auf den Beinen. Ohne zurückzublicken, rannte sie fort, hin zu dem einzigen Zufluchtsort, der ihr jetzt noch verblieben war.

Unbehelligt erreichte sie ihr Zimmer, schlüpfte in den Raum und warf die Tür zu. Nachdem sie den schweren Riegel vorgeschoben hatte, atmete sie tief aus. Eine Hand legte sich von hinten auf ihre Schulter und vor Schreck schrie sie laut auf.

»Kind, was ist los?«

Meyla! Es war nur Meyla, ihre alte Amme. Erleichtert schluchzte Trisha auf, drehte sich um und fiel ihr um den Hals. Kostbare Augenblicke tiefer Geborgenheit vergingen, bis ein dumpfer Aufprall vor der Tür zu vernehmen war.

Fast gleichzeitig erklang eine schnarrende Stimme: »Prinzessin Patrizia, öffnet sofort die Tür!«

Meyla schob Trisha eine Armlänge fort und sah sie an. »Was ist da draußen los, Prinzessin?«

Mit knappen Worten erzählte sie der Alten von den Ereignissen. Gerade hatte sie ihren Bericht abgeschlossen, da donnerte etwas Schweres gegen die Tür.

Meyla bedeutete Trisha, beiseite zu treten. »Jula, hilf mir, die Kommode hier vor die Tür zu schieben!«

Erst jetzt nahm Trisha ihr Kammermädchen wahr, das mit aufgerissenen Augen herbeieilte, um zu tun, wie ihm geheißen wurde. Die Türe erzitterte unter einem weiteren Schlag und Trisha eilte den beiden zur Hilfe. Kaum hatten sie das schwere Möbelstück vor den Eingang gewuchtet, da lief Meyla zur rückwärtigen Wand und schob einen Gobelin zur Seite. Mit ihren fleckigen Händen tastete sie den Stein dahinter ab, bis sie fand, wonach sie suchte. Ein Klicken erklang und zu Trishas größtem Erstaunen schwang ein Teil des Felsens in den Raum herein. Dahinter tat sich ein schmaler Gang auf, dessen finsterer Schlund alles andere als einladend wirkte.

Die Amme blickte Trisha eindringlich an. »Du musst fliehen, kleiner Spatz! Sie dürfen dich nicht bekommen. Laufe fort und finde Hilfe!« Meyla griff eine Kerze vom Nachttisch, entzündete sie an einer Wandlaterne und drückte sie Trisha in die Hand. »Auf deinen Schultern lastet nun ein schweres Los, mein Kind. An dir ist es jetzt, deine Familie zu retten.« Zärtlich tupfte sie Trisha das Gesicht trocken und wuschelte ihr durch die Haare. »Du bist eine Prinzessin von Windemere und ich kenne dich. Du bist das Kind großer Eltern. Jetzt musst du tapfer sein und mutig. Beweise, dass du deiner Herkunft würdig bist.«

Trisha schluckte, dann reckte sie entschlossen das Kinn vor.

Die Türe erzitterte unter einem weiteren Ansturm, der Riegel verbog und die Kommode rutschte ein kleines Stück in den Raum. Zum ersten Mal in ihrem Leben sah sie einen Anflug von Kummer auf dem vertrauten Gesicht ihrer Amme, der aber genauso schnell verschwand, wie er gekommen war.

»Schnell! Schnell!« Die Alte zog sie zum Gang.

Fragend sah Trisha ihr in die Augen, doch die Amme schüttelte den Kopf. »Der Zugang lässt sich nur von innen öffnen und schließen. Jetzt los mit dir!«

Ein weiterer Ansturm prallte gegen die Tür. Der Riegel gab nach und der Eingang war jetzt einen Spaltbreit offen. Aufgeregtes Gemurmel drang hindurch, darüber Telessas Stimme, welche die anderen zur Eile trieb.

Meyla zog sich ein Medaillon über den Kopf und hängte es Trisha um. »Deine Mutter wollte, dass ich dir das hier gebe, sollte dir einmal Gefahr drohen. Sie sagte, du würdest die Sonne aufgehen lassen.« Erneut kam ein lauter Knall von der Tür. »Los jetzt. Sie dürfen dich nicht bekommen, wenn du Akabar und deinen Eltern helfen willst. Verliere nie den Glauben an dich, denn das tue ich auch nicht. Mögen die Vier über dich wachen!« Damit schob sie Trisha in den Tunnel und befahl Jula, sich unter dem Bett zu verstecken. »Egal was passiert, Kindchen, du gibst keinen Laut von dir!«

Die schwere Geheimtür fiel hinter Trisha zu und in dem plötzlichen Luftstoß erlosch die kleine Flamme. Von einem Augenblick auf den anderen war Trisha allein, umschlossen von völliger Dunkelheit und Stille. Sie ließ die nutzlose Kerze fallen, streckte die Arme vor sich aus und begann ihren Weg ins Unbekannte.

Obwohl sie zierlich gebaut war, konnte sie sich kaum durch den schmalen Felsspalt zwängen und mehrfach wurde es so eng, dass sie fast steckenblieb. Vorsichtig tastete sie sich am Fels entlang, vor ihr die fast greifbare Schwärze und hinter ihr die Erinnerung an den Verrat. Die Sorge um Meyla und Jula ließ ihr den Atem stocken.

Schon bald verlor sie jegliches Zeitgefühl und irgendwann begannen ihre Kräfte zu schwinden. Die Bilder in ihrem Kopf trieben sie jedoch unerbittlich weiter, bis sie schließlich erschöpft zu Boden sank und einschlief.

Erneut träumte sie von der Verfolgungsjagd mit ihrer Schwester und erwachte schweißgebadet. Die Erinnerungen an die Ereignisse stürzten auf sie ein und eine Mischung aus Trauer und Wut schnürte ihr die Luft ab. Vereinzelte schmerzhafte Schluchzer brachen sich Bahn, während die Dunkelheit sie zu erdrücken schien. Die Arme um die Knie geschlungen, einsam und verloren, war sie den Bildern von Danias Verrat völlig ausgeliefert und erstickte fast daran.

Sie griff sich an die Brust und spürte das Medaillon. Kühl lag es auf ihrer Haut. Ihre Gedanken wanderten zu ihrer Amme zurück. Meyla hatte ihr das Leben gerettet, sie durfte jetzt nicht aufgeben. Mehrmals atmete sie tief durch und sprach sich selbst Mut zu. Schwungvoll stand sie auf, nur um sich den Kopf schwer am Fels zu stoßen.

Warmes Blut rann ihren Nacken herab und erneut begann sie zu weinen. Nicht nur wegen des Schmerzes, sondern auch, weil sie vergessen hatte, aus welcher Richtung sie gekommen war. Verzweifelt ließ sie den Kopf auf die Knie sinken und wollte einfach für immer so sitzen bleiben. Doch wie ein grausamer Hohn flammte die Unruhe wieder auf und zwang sie, sich erneut in Bewegung zu setzen. Aufs Geratewohl wählte sie eine Richtung und setzte ihren Weg fort.

Zuerst glaubte sie, die Sinne würden ihr einen Streich spielen, als sich der Tunnel vor ihr schemenhaft abzuzeichnen begann. Doch es war nicht zu leugnen und konnte nur bedeuten, dass sie zurückgelaufen war. Wahrscheinlich stand die Geheimtür offen und Licht fiel aus ihrem Zimmer in den Tunnel. Unentschlossen wandte sie sich ein paar Mal hin und her, bis eine Erkenntnis sie lächeln ließ. Hier war der Gang breit, sie konnte also gar nicht zurückgekehrt sein.

Vorsichtig, doch mit zarter Zuversicht, setzte sie den Weg fort und nach einiger Zeit fand sie die Quelle des schwachen Scheins: Auf dem Felsen wuchs eine Art Moos, dessen klebrige Oberfläche leuchtete. Sanft nur, doch ausreichend für ihre an die Dunkelheit gewöhnten Augen.

Von nun an kam sie besser voran und erreichte nach einiger Zeit eine Höhle, durch die ein Bach floss. Bei dessen Anblick brüllte Durst in ihr auf und sie fand sich einen Augenblick später auf dem Bauch liegend wieder, den Kopf unter Wasser. Der Versuch, so zu trinken, gab ihr jedoch das Gefühl zu ersticken und sie riss ihr Haupt wieder hoch. Wenn ihre Mutter sie jetzt sehen könnte. Sie war eine Prinzessin! Langsam kniete sie sich hin und schöpfte Wasser mit ihren Händen.

Nachdem ihr Durst gestillt war, wrang sie ihre nassen Haare aus und überdachte die Situation. Sie war entkommen, hatte aber keine Vorstellung davon, was sie jetzt tun sollte. Außerhalb des Palastes kannte sie niemanden, an den sie sich hilfesuchend wenden konnte. Und selbst wenn, es hätte ihr nichts genutzt, da sie keine Vorstellung hatte, wie sie aus dem Berg wieder herausfinden sollte. Energisch schob sie diese Gedanken erst einmal von sich und setzte sich wieder in Bewegung.

Tiefer und tiefer stieg sie in den Windemere hinab und das Vorankommen wurde immer beschwerlicher. Mehrfach musste sie durch eisige kleine Seen schwimmen oder sich an eingestürzten Stellen vorbeiwühlen. Weit hinein in das Herz des Berges wanderte sie und die Erinnerung an einen Kinderreim stieg in ihr auf.

Das Kind lief fort, tief in den Stein,
zurück fand's nimmer, war ganz allein.
Es irrte umher und um Hilfe es rief,
weckte das Dunkel, das seit Urzeiten schlief.
Die suchenden Eltern waren schon nah,

doch das Kind verstummte, der Schatten war da.
Er trug es zu seinem finsteren Hort,
die Eltern weinten, ihr Kind war fort.

Trisha schauderte und bekam eine Gänsehaut am ganzen Körper. Es rankten sich unzählige Mythen darum, dass etwas tief im Berg verborgen lebte und immer wieder Menschen in den endlosen Höhlen verschwanden. Akabar hatte stets darüber gelacht und es als ein Schauermärchen abgetan, das erzählt wurde, um Kinder davon abzuhalten, sich im Berg zu verlaufen. Sie selbst hatte heimlich davon geträumt, dass es tief unter dem Windemere ein geheimes Königreich gab und eines Tages ein wunderschöner Prinz am Hofe ihres Vaters auftauchen und um sie freien würde. Mit dunklen Augen und strubbeligem, braunem Haar – so wie der junge Schäfer, für den sie sich damals eingesetzt hatte.

Überhaupt dachte sie oft an ihn und fragte sich, wie es ihm wohl erging. Das Donnerwetter des Königs war jedoch so gewaltig gewesen, dass sie sich nicht getraut hatte, auch nur vorsichtige Erkundigungen über ihn einzuholen. Sicher war Berengar ein gerechter Herrscher, doch ein richtiger Vater war er ihr nie gewesen. Deswegen wollte er sie auch mit Arkadius, dem etwas grobschlächtigen und einfältigen Sohn des ersten Steigers von Minnk verheiraten.

Einmal mehr schüttelte es sie bei dem Gedanken daran, dann fiel ihr ein, dass der Prinz des Minentals vielleicht ihr einziger Verbündeter war. Sie musste nur einen Weg aus dem Berg herausfinden, es unerkannt über den See und bis in die Stadt der Erze schaffen und hoffen, dass ihre Schwester ihr nicht zuvorkommen würde. Dania! Tränen stiegen ihr in die Augen. Warum hatte ihre Schwester das nur getan? Nach dem Ereignis in der Bibliothek hatten sie sich voneinander entfremdet. Mutter hatte Dania darauf vorbereitet,

Königin zu werden, falls Akabar etwas zustoßen sollte. Trisha dagegen wurde mit stundenlangen Übungen zu Balance, Haltung, Körperspannung und Ausdauer gedrillt. Die körperlichen Übungen hatte sie gemocht, doch jedes Mal folgten darauf lange Meditationen und die hatte sie gehasst wie das Knochenfieber. Wenn die Unruhe sie einmal packte, war es ihr beinahe unmöglich, ein inneres Gleichgewicht zu finden. Darüber hinaus war sie hibbelig, ständig ging ihr etwas kaputt und sie zog befremdete Blicke auf sich.

Dania hingegen war die geborene Prinzessin. Trisha hatte sie immer bewundert und wäre gern so wie sie gewesen. Vor allem wollte sie ebenso von ihrer Mutter geliebt werden. Einzig Akabar hatte sie gemocht, wie sie war. Trisha schluchzte laut auf, allein und verloren in den labyrinthischen Höhlen des Windemere.

Weiter und weiter trieb sie sich voran, ohne überhaupt noch darauf zu achten, wohin sie lief, kroch oder schwamm. Irgendwann rollte sie sich in einer engen Höhle zusammen, einsam und allein im fahlen, grünen Leuchten des Mooses. Erneut träumte sie von der Verfolgungsjagd in der Bibliothek und wieder erwachte sie verschwitzt. Wehmütig erinnerte sie sich an Waylen, ihr Stoffschaf, das sie seitdem nie wiedergesehen hatte.

Sie schlang die Arme um ihren Oberkörper und wiegte sich langsam vor und zurück. Dabei drückte etwas Hartes gegen ihr Brustbein und sie erinnerte sich an das Medaillon. Vorsichtig zog sie es hervor. Auf beiden Seiten war es mit feinen Gravuren verziert, wies jedoch keinen erkennbaren Verschluss auf. Sie drehte das Schmuckstück hin und her, drückte darauf herum und versuchte erfolglos, es zu öffnen.

Sanft strich sie mit den Fingern über die ziselierten Vertiefungen. So filigran waren diese, dass Trisha die Darstellungen im fahlen Licht kaum erkennen konnte. Auf der

Vorderseite machte sie den Götterschild aus, darauf die vier Elementsymbole für Erde, Feuer, Luft und Wasser. Auf der Kehrseite prangte das königliche Wappen: der Windemere, umgeben vom Tageskreis. Die Sonne oben, der Mond unten und die Sternbilder der Vier zu beiden Seiten. Rasch schickte sie ein kurzes Gebet zu Umi und bat inständig um seinen Beistand.

Ihre Gedanken kehrten zurück und die Abschiedsworte der Amme kamen ihr in den Sinn. »Du wirst die Sonne aufgehen lassen.«

War da ein feiner Spalt um das Gestirn in dem Familienwappen? Doch was sie auch versuchte, das Medaillon ließ sich nicht öffnen. Je länger sie sich mit dem Schmuckstück beschäftigte, desto frustrierter und unruhiger wurde sie. Völlig entnervt hängte sie es sich schließlich wieder um den Hals und stopfte es unter ihr Oberteil. Das sah ihrer Mutter ähnlich. »Balanciere diesen Stapel Bücher auf deinem Kopf … lies diesen Wälzer hier … konzentriere dich … lass die Sonne aufgehen …« Selbst jetzt wurde sie von ihr mit unmöglichen Aufgaben getriezt.

Wut kam in ihr auf und Trisha gab der Unruhe nach. Sie fiel wieder in Bewegung und wählte ihren Weg danach, wie steil er hinabführte. Um sie herum war nur Fels, vereinzelt bedeckt mit dem Leuchtmoos, das, wie sie schnell herausfand, völlig ungenießbar war. Wenigstens gab es genug kleine Rinnsale und sie musste zumindest keinen Durst leiden.

Immerfort lief sie weiter, bis sie das Gefühl dafür verlor, wie oft sie auf ihrer Flucht bereits geschlafen hatte. Schwindel erfasste sie und immer öfter sackten ihr die Beine weg, sodass sie sich mit den Händen an den Wänden abstützen musste. Nur die Unruhe und der Gedanke an Akabar hielten sie noch aufrecht. Trotzig reckte sie das Kinn in die Höhe.

Sie würde einen Weg finden, ihn und ihre Eltern zu retten und ihre Schwester zur Rechenschaft zu ziehen.

Noch immer konnte sie sich keinen Reim darauf machen, warum Dania diesen Verrat begangen hatte, aber ganz sicher war Telessa daran schuld. Je länger sie unterwegs war, desto mehr richtete sich ihr Zorn auf die oberste Tempeldienerin. Gleichzeitig hoffte sie, dass es Meyla und Jula gut ging.

Beweise, dass du deiner Herkunft würdig bist … Die Worte ihrer Amme hallten in ihr nach und sie schwor sich selbst, Meyla stolz zu machen. Noch während ihr dieser Gedanke Kraft gab, vernahm sie einen seltsamen Ton, ein fremdartiges Knistern, das schnell lauter wurde. Angestrengt spähte sie in den Gang vor sich, doch in der Düsternis vermochte sie die Quelle nicht auszumachen. Rasch schwoll das Geräusch zu einem schmerzhaften Lärm an und sie schlug sich die Hände über die Ohren. Dann verlosch das Glimmen des Mooses und eine Welle der Schwärze rollte auf sie zu. Der Vers aus dem Kinderreim schoss ihr in den Sinn: ›Doch das Kind verstummte, der Schatten war da.‹

Die nackte Angst griff nach ihr, sie drehte sich um und rannte, so schnell die Beine sie trugen. Auf der rasenden Flucht stieß sie sich die Arme blutig, stürzte, sprang wieder auf und floh weiter wie von Sinnen. Es kribbelte in ihrem Nacken, sie schaute über ihre Schulter und übersah den verräterischen Felsvorsprung am Boden. Der Länge nach schlug sie hin und dann war das Dunkel über ihr. Sie rollte sich zusammen und legte die Arme schützend über ihren Kopf. Etwas kroch unter ihre Kleidung und der Lärm raubte ihr fast den Verstand. Panisch schlug sie um sich. Ihr war, als würde sie in einem See aus Schlamm versinken. Tief in ihrer Brust baute sich ein Schrei auf, schwoll heran und suchte einen Weg ins Freie. Die Angst davor, den Mund zu öffnen, kämpfte gegen die Panik und in diesem Zwiespalt kehrte ein Funke Klarheit zurück. Sie zwang sich, flach und gleichmäßig zu atmen, und bemerkte, dass der Lärm bereits abebbte. So schnell, wie es aufgekommen war, so schnell verklang das unheimliche Geräusch auch wieder und zurück blieben nur ein Klingeln in ihren Ohren und ein vereinzeltes Kribbeln unter ihrer Kleidung.

Nach einigen weiteren Atemzügen setzte sie sich auf und schüttelte sich. Kurz erklang ein mehrstimmiges, leises Sirren, dann herrschte erneut Stille. Um sie herum war nun abgrundtiefe Schwärze. Das blasse Licht des Mooses war verschwunden und sie wurde sich seiner Abwesenheit schmerzlich bewusst.

Wenig später schleppte sie sich wieder durch die Dunkelheit und ertastete vorsichtig ihren Weg. Sie lief und schlief, trank, wenn sie Wasser fand, und vermochte in der Finsternis kaum mehr zwischen Wachen und Schlafen zu unterscheiden. In diesem Dämmerzustand blieb sie seltsam unberührt, als sie unvermittelt ins Leere trat und ins Nichts stürzte. Die Luft rauschte in ihren Ohren und sie fühlte sich schwerelos und frei. Alsbald öffnete sich eine gigantische Höhle unter ihr, erhellt vom grünen Schimmern des Mooses. Zwischen uralten Stalaktiten hindurch stürzte sie in die Tiefe, einem großen See entgegen, in dessen Mitte ein gewaltiger Strudel toste.

Ihr Fall wurde jäh und sanft zugleich gestoppt, als sie sich in einem riesigen Netz verfing. Gewoben aus seidenen, klebrigen Fäden spannte es zwischen den Spitzen der steinernen Dornen. Mit den Beinen blieb sie daran hängen, während ihr Oberkörper darunter frei hin und her schaukelte. Tief unter ihr brodelte der Maelstrom wie das zornige Auge eines Gottes und Trisha kam sich winzig und unbedeutend vor. Das Gefühl zu träumen verlieh ihr eine innere Distanz und es war, als ob sie sich selbst von außen betrachtete. Ihre Wahrnehmung zentrierte sich jedoch jäh wieder, als das Netz zu schwingen begann. Mit einem lauten Zischen tauchte eine gewaltige Spinne über ihr auf und sah sie aus vielen reglosen Augen an. Mächtige Kieferklauen öffneten und schlossen sich klickend vor einem Maul, aus dem eine grüne Flüssigkeit troff. Eine uralte Furcht ergriff von Trisha Besitz, weckte die Unruhe in ihr und entfachte sie zu einem Sturm. Mit einem Schrei, der weit durch den Berg gellte, entfesselte Trisha die elementare Kraft und wie von einer gewaltigen Faust getroffen, wurde die riesige Arachnide fortgeschleudert. Weit über Trisha traf sie auf einen Felsdorn und wurde von diesem durchbohrt. Eine Welle purer Kälte rollte durch Trisha hindurch und sie verlor das Bewusstsein.

Als sie wieder zu sich kam, fühlte sie sich so erschöpft wie nie zuvor in ihrem Leben. Der Versuch, sich aufzusetzen, misslang und überhaupt war es ihr unmöglich, sich zu bewegen. Nicht einmal einen Finger vermochte sie zu rühren. Hatte sie alles nur geträumt und teilte in Wirklichkeit bereits das Schicksal ihrer Eltern? Verzweiflung gesellte sich zu ihrer Schwäche. Feucht lief es ihr über die Wangen, bis sie sich an Meylas Worte erinnerte und die Furcht herunterschluckte.

Sie blinzelte die Tränen fort und dabei kam ihr eine Erkenntnis: Selbst diese kleinste Regung war ihren Eltern nicht vergönnt und ihre eigene Unfähigkeit musste folglich eine andere Ursache haben. Plötzlich fiel ihr die Begegnung mit der Spinne wieder ein und ihr kam ein entsetzlicher Verdacht. Dieser bestätigte sich, als sie vorsichtig die Zunge hervorstreckte und damit eine Art seidige Membran ertastete. Das Monster war also nicht alleine gewesen.

Sofort loderte die Angst wieder auf, doch sie zwang sich, gleichmäßig zu atmen. Sie fragte sich, was Akabar wohl an ihrer Stelle tun würde, doch sie fand keine Lösung und glitt in einen traumlosen Dämmerzustand hinüber. Jedes Mal, wenn sie daraus erwachte, fiel ihr das Denken ein Stück schwerer und häufig zitterte sie am ganzen Körper. Das Schlimmste aber war, dass die Unruhe zurückkehrte. Es fing mit einem unangenehmen Kribbeln in den Füßen an, so als ob diese eingeschlafen wären und nun das Blut wieder hineinschoss. Über die Waden hinauf breitete es sich überallhin aus. Alles in ihr schrie nach Bewegung, doch der Kokon hielt sie unbarmherzig in seiner engen Umarmung gefangen. Das Kribbeln steigerte sich zu einem Schmerz, gleich dem von Brennnesseln. Alle Muskeln verkrampften sich und es schien sie von innen heraus zu zerreißen.

Da meldete sich eine leise Stimme in ihrem Hinterkopf: Kontrolle, mein Kind. Kontrolle ist alles. Du bist die Herrin in deinem Haus. Vergiss das nie!

Trisha dachte zurück an die langen, qualvollen Meditationsstunden, in denen sie trotz ihrer Anspannung versucht hatte, ein inneres Gleichgewicht zu finden. Nur wenige Male war es ihr gelungen und niemals war die Unruhe dabei so mächtig gewesen wie jetzt.

Ich bin eine Tochter Windemeres!, dachte sie. Stolz wallte in ihrer Brust auf, doch sofort verbannte sie diesen wieder und mit ihm auch jeden Gedanken. Einzig auf ihren Atem konzentrierte sie sich, bis das sengende Gefühl in den Hintergrund ihrer Wahrnehmung trat. Sie atmete gleichmäßig und fühlte dabei in die Unruhe hinein, die sie sich wie kleine Flammen vorstellte.

Von den Fingerspitzen schob sie das Brennen zu ihrer Hand hinauf, dann weiter über Arm und Schulter bis in ihre Brust hinein. Sie wiederholte dies auf der anderen Körperseite und in den Beinen. Es war, als ob das Feuer sie verzehrte, doch unbeirrt presste sie es weiter und weiter zusammen, bis es einem lodernden Stern in ihrer inneren Mitte glich. Für einen langen Augenblick schwelgte sie in diesem Gefühl, dann ließ sie die Kontrolle fallen und mit einer gewaltigen Eruption schoss die Energie aus jeder Pore ihres Körpers hervor.

Drei Dinge geschahen. Zum Ersten sprengte sie den Kokon, von dem nur ein paar Ascheflocken übrigblieben. Zum Zweiten ertrug ihr bereits geschwächter Körper den Verlust an weiterer Kraft nicht mehr und ihr Herz hörte auf zu schlagen. Bevor ihr Bewusstsein entschwand, erfuhr Trisha für einen kurzen Moment das Dritte: Erneut stürzte sie dem brodelnden Auge des Maelstroms entgegen.

Einem einsamen Schicksal entgegen

Mit einem lauten Stöhnen tat Trisha einen tiefen Atemzug. Verwirrt blickte sie sich um, doch außer zwei goldenen Lichtkugeln, die über ihr in der Dunkelheit schwebten, vermochte sie nichts zu erkennen.

Nach und nach leuchteten um sie herum kleinere Lichter auf und es schien ihr, als würde sie zwischen den Sternen schweben. Wie ein sanftes Streicheln schien eine fremde Seele ihre eigene zu berühren und unvermittelt hatte sie den Eindruck, geprüft zu werden. Ein Gefühl tiefer Geborgenheit schloss sich daran an und aus der Dunkelheit formten sich die Umrisse eines gigantischen Wesens.

Sie erhob sich, legte den Kopf in den Nacken und erkannte in den goldenen Lichtern die Augen eines majestätischen Titans. Vorsichtig schob das Wesen ihr eine gewaltige Klaue entgegen. Von einer Welle des Vertrauens erfasst, kletterte sie hinein und wurde emporgehoben. Sie schaute in seine Augen und ihr war, als stürze sie erneut einem Strudel entgegen. Diesmal bremste nichts ihren Fall und sie tauchte ein in die Erinnerungen des uralten Wesens.

Leben, sterben und wiedergeboren werden, dies ist der Kreis der Ewigen. Voller Vorfreude betrachtete der Drache sein Ei, dessen tiefrote Schale durchsetzt war mit Wirbeln von Orange bis Purpur. Stürmen gleich, rankten diese umeinander, vereinten sich und bildeten immer neue Formen und Farben. Gut war es ihm gelungen. All sein Wissen und seine

Kraft hatte er hineingegeben, geduldig gewartet und nun war es fast so weit. Er würde neu erstehen, mächtiger und stärker als je zuvor.

Immer schneller tosten die Wirbel, dann geschah es: Risse aus Licht bildeten sich auf der Oberfläche, wurden heller und heller und formten ein strahlendes Netz. Der Ewige verließ den alten, kraftlosen Körper, die Seele nur noch durch einen dünnen, silbernen Faden mit diesem verbunden.

In einem puren Akt des Willens zerriss er diesen und sah zu, wie der alte Leib verging. Schon spürte er die Verlockung der Allmutter. So viele seiner Art waren ihrem Ruf bereits gefolgt, er selbst war einer der Letzten, die noch im Diesseits verweilten. Das Locken wurde stärker und er spürte seinen Widerstand schwinden. Dann endlich brach das Ei und mit einer letzten Anstrengung nahm er seinen neuen Körper in Besitz. Mit unbändiger Kraft durchtoste ihn das Leben und eine Explosion aus Licht kündete landauf, landab von seiner Wiedergeburt. Er entfaltete seine Flügel, brüllte in die Welt hinaus und erhob sich in den nächtlichen Himmel.

In seiner Erinnerung folgten einzelne Tage so schnell aufeinander, dass sich Licht und Dunkelheit zu einem fahlen Grau vereinten. Er sah Vulkane ausbrechen, Inseln im Meer heranwachsen, saftig grüne Wälder zu Wüsten werden und umgekehrt. In wenigen Augenblicken kamen Menschen zusammen, bildeten Städte und Reiche, die kurze Zeit später wieder zerfielen und von der Natur begraben wurden.

Ein Berg stürzte vom Himmel und verbrannte das Land. Lange war sein Reich eine Einöde, die ihm kaum genug Nahrung zum Leben bot, doch langsam erholte sich die Natur wieder. Die Wälder kehrten zurück und bedeckten abermals den gesamten Kontinent. Auch die Menschen waren wieder da, in größerer Zahl als je zuvor. Überallhin

verteilten sie sich, von den Wüsten im Süden, wo sie ihre Städte mit goldenen Dächern krönten, bis hinauf in den eisigen Norden, wo sie als Nomaden auf gezähmten Bären durch das ewige Eis wanderten.

Und noch etwas hatte sich verändert: Die Menschen geboten nun über Magie. Ganze Königreiche stiegen auf und fielen durch die Macht Weniger. Immer umfangreicher wurden ihr Wissen und ihre Fähigkeiten, bis ein Volk es wagte, sogar ihn herauszufordern. Mit vereinten Kräften griffen sie ihn an und dann, zum ersten Mal seit Anbeginn der Zeit, erfuhr er eine Verletzung.

Voller Entsetzen floh er weit fort. Tief in einem für Menschen unzugänglichen Gebirge stieß er auf eine Oase. Dort, wo drei fruchtbare Täler aufeinandertrafen, landete er auf einem Berg inmitten eines Sees und sann über das Geschehene nach.

Tausend Winter vergingen, bevor er sich wieder erhob. Jeden Winkel seines Reichs durchstreifte er und sammelte die Wünsche und Träume der Menschen. Die würdigsten unter ihnen erwählte er und brachte sie in das versteckte Paradies. Sein Volk wuchs und gedieh, bis es an der Zeit für eine erneute Wiedergeburt war. Für hundert Sommer zog er sich auf die Spitze des Berges zurück und erschuf dort seinen neuen Körper. Die höchsten Ideale der Sterblichen verband er darin zu einer völlig neuen Gestalt.

Doch dann geschah das Undenkbare. In seinem geschwächten Zustand wurde er abermals angegriffen und fortgetrieben von seiner Brut. Ein wütender Kampf entbrannte, in dem viele der Unwürdigen vergingen und ihm in gleicher Menge Wunden geschlagen wurden. Ein kleiner Trupp der Vergänglichen kämpfte indes nicht gegen ihn, sondern trachtete danach, sein Ei zu zerstören. Als sie ihr Scheitern erkannten, rissen sie es in einem magischen Ritual *aus der Welt und zerstörten damit seine einzige Hoffnung auf Wiedergeburt.*

Mit neuem Mut und vereinten Kräften griffen die Vergänglichen ihn an und er stürzte in die eisigen Fluten des Sees. Von einer Strömung erfasst, wurde er in das dunkle Herz des Berges gezogen, wo er sich mit letzter Kraft aus dem riesigen Strudel erhob und Zuflucht in einer Höhle fand.

Nach tausend weiteren Wintern spürte er seine letzten Kräfte schwinden, als eine Welle der Magie durch den Berg rollte, begleitet von einem gellenden Schrei. Er entsandte einen Diener und bewahrte damit ein Menschenkind vor der tödlichen Umarmung des Maelstroms. Einen großen Teil seiner verbliebenen Lebenskraft schenkte er ihr und entriss sie so dem kalten Griff des Todes. Ihrer beiden Schicksale verwoben sich, denn voll von ungebändigter Macht war das Mädchen seine letzte Hoffnung, wieder mit sich selbst vereint zu werden.

Der Ewige setzte Trisha sanft auf dem Boden ab und langsam fand sie wieder zu sich selbst. Ihr Blick fuhr über den Drachen und erst jetzt nahm sie die Zeichen seines Verfalls wahr. Seine Haut warf Falten und war gezeichnet von den Spuren tiefer Wunden. Gebrochene Hörner ragten aus dem Haupt und die einzige Bewegung des riesigen Körpers war ein kaum erkennbares Heben und Senken des Brustkorbs. Trauer schnürte ihr die Brust zu und drohte, sie zu überwältigen, bis eine Welle der Hoffnung sie erfasste. Mit feuchten Augen blickte sie zu ihm auf und aus der Tiefe ihres Herzens gelobte sie feierlich: »Bei meinem Blut, meiner Seele und dem Leben, das du mir geschenkt hast, schwöre ich, deine Brut zu befreien.«

In die Hoffnung des Drachen mischte sich Freude.

»Doch ich weiß leider nicht, wie!«

Eine Woge von Vertrauen durchflutete sie und eine schnelle Folge von Erinnerungen tauchte in ihrem Bewusstsein auf: die Schwester, gerettet vor dem umstürzenden Regal, die Spinne, aufgespießt auf einem fernen Stalaktit, der Kokon, aufgegangen in Flammen.

Trisha sah zu dem gewaltigen Wesen empor und mit jeder Faser ihres Seins schwor sie erneut: »Ich werde einen Weg finden!«

Dankbarkeit und Vertrauen überrollten sie, dann trat ein Drachendiener heran, hob sie empor und trug sie auf kräftigen Schwingen davon.

Zwei werden Eins

In der Finsternis des Kerkers hatte Oni jegliches Zeitgefühl verloren und die Einsamkeit begann, ihn zu erdrücken. Seit er die Maus gerettet hatte, war die Falltür nicht ein einziges Mal mehr geöffnet worden. Doch wann war das gewesen? Gestern? Vor ein paar Sonnenläufen? Vielleicht auch gerade eben erst?

Das Tropfen des Wassers war der einzige Beweis, dass Sogostan nicht den Atem anhielt. Er versuchte zu zählen, doch dann schien die Zeit sich unendlich zu dehnen und er glaubte, wahnsinnig zu werden. Die Götter hatten ihn verflucht, weil er sich wieder und wieder versündigte. Weil er nicht imstande war, der Verlockung zu entsagen.

Schon wuchs das Verlangen erneut in ihm heran und er glich einer Schlange, die ihren eigenen Körper verschlang. Magie war seine einzige Flucht aus diesem tristen Dasein und zugleich führte sie ihn immer tiefer in den Abgrund.

»Bitte verzeiht mir.«

Hatte er die Worte gesprochen oder nur gedacht? Es war einerlei. Mit dem nächsten Atemzug öffnete er sich und kehrte seine Wahrnehmung nach innen. Einmal mehr entfaltete sich sein astrales Abbild um ihn herum wie ein einsamer Stern an einem leeren Himmel. Mehrere Strahlen durchdrangen die Unendlichkeit, verbanden seine eigene Seele mit anderen und gaben ihm Halt. Er konnte seine Mutter spüren und fühlte sich geborgen. Julaia war ebenfalls irgendwo dort draußen und zu wissen, dass sie lebte, spendete ihm Trost. Er fühlte noch weitere Verbindungen, doch zu wem, vermochte er nicht zu erkennen. Eine davon war ganz besonders, denn wann immer er sich darauf konzentrierte, durchströmte ihn ein Gefühl höchsten Glücks. Von aller Schwere befreit, schwelgte er darin und vergaß das Elend seines sündigen Seins.

Ein stechender Schmerz im Finger riss ihn unvermittelt in seinen Körper zurück. Er schloss die Hand und spürte ein pelziges Wesen darin. Reflexartig versuchte er, es fortzuschleudern, doch die Zähne hatten sich bis in den Knochen geschlagen. Der Schmerz wuchs ins Unerträgliche, raubte ihm jeden Verstand und seine Instinkte übernahmen die Kontrolle. Er verband ihre Seelen und in einem gewaltsamen Akt entriss er dem Tier sämtliche Lebenskraft. Mit einiger Kraftanstrengung zwang er das Maul des toten Nagers auf und ließ den Kadaver achtlos zu Boden fallen. Das gestohlene Leben reichte, um die Wunde zu schließen. Mit dem Abklingen des Schmerzes kehrte Klarheit zurück und ihm wurde bewusst, dass er mit seiner Magie ein Leben genommen hatte. Tränen rannen ihm über die Wangen und er schluchzte laut auf.

Mit der Zeit begann die Wunde wieder zu schmerzen. In dem wunderschönen Geflecht seines astralen Abbilds schwärte nun ein fauliger Schatten. Ihm fehlte die Kraft, das wachsende Dunkel zurückzudrängen, und bald schwollen Hand und Finger so stark an, dass er sie kaum zu beugen vermochte. Schüttelfrost überkam ihn und immer öfter glitt er in einen fiebrigen Dämmerzustand. Wenn er daraus erwachte, dann in dem Bewusstsein, erneut ein Leben genommen zu haben.

Rasch schwanden ihm nun auch die letzten Kräfte und mit einem Mal vernahm er aus der Ferne eine verheißungsvolle Melodie. Zugleich erschien ein gleißendes Licht und ein Wesen schwebte darin herab. Die Gestalt trat vor und legte ihm die Hand an die Wange. Als sie sich berührten, spürte er eine überbordende Lebenskraft und erneut übernahmen seine Instinkte die Kontrolle. So viel Leben! Wie eine Flut strömte es durch ihn hindurch und spülte die schwärende Dunkelheit in ihm fort.

Er war wie im Rausch, bis ein verzweifeltes Flüstern ihn erreichte. »Oni …«

Vor einer Ewigkeit und nur ein einziges Mal hatte er diese Stimme gehört und doch war sie ihm vertraut wie keine andere. Sein Geist klärte sich und ohne die Augen zu öffnen, wusste er, wen er da vor sich hatte. Mit all seiner Willenskraft löste er die Verbindung und die Königstochter sank zu Boden.

Sofort sprang er auf und beugte sich zu ihr hinab. Ihr Atem ging flach und ihre Haut war bleich. Erneut öffnete er sich und stellte die Verbindung wieder her, doch diesmal gab er ihr das Leben zurück. Nur eben so viel behielt er für sich, dass er nicht zusammenbrach, und trotzdem hatte er sich seit dem Urteil nicht mehr so lebendig gefühlt. Sein Herz klopfte wie verrückt und es kribbelte ihn am ganzen Körper.

Vorsichtig beugte er sich über die ohnmächtige Prinzessin und stellte erleichtert fest, dass ihr Brustkorb sich hob und senkte und ihr Gesicht wieder eine gesunde Farbe annahm. Verwundert bemerkte er ihr ganz und gar unvornehmes Aussehen. Sie trug eine zerschlissene Hose, durchgelaufene Schuhe und ein Oberteil, das vielleicht einmal weiß gewesen war. Die langen Haare waren zerzaust, sie war schmutzig wie ein Schlammspringer und wirkte viel reifer als in seiner Erinnerung.

Sie schlug die Augen auf, lächelte ihn an und die Zeit schien stillzustehen. »Ich bin hier, um dich zu befreien.«

****

Vorsichtig setzte Trisha sich auf und stützte die Hände nach hinten ab. Mehrere Male atmete sie tief durch, wurde jedoch weder den Schwindel noch das Grinsen los. In die Erleichterung, nicht mehr alleine zu sein, mischte sich das Hochgefühl, Oni wiederzusehen. Obwohl seine Haare lang und verfilzt waren und die Wangenknochen in seinem blassen Gesicht deutlich hervorstachen, war sein Blick so warm und freundlich, wie sie ihn in Erinnerung hatte.

Am liebsten hätte sie ihm tausend Fragen gestellt und ihm gleichzeitig ihre eigene Geschichte erzählt, doch sie zwang sich zur Geduld. Der strenge Geruch im Kerker half ihr dabei enorm. Beim Aufstehen sah sie sich um und nahm erst jetzt die unzähligen Rattenkadaver wahr. Sie wirkten wie aus Stein gemeißelt, grau und erstarrt.

Oni erhob sich ebenfalls und verzog dabei vor Anstrengung das Gesicht. Er musste sich an dem Seil festhalten, das durch die Luke herabbaumelte, um nicht umzufallen, aber er lächelte sie tapfer an.

Sie hob das Ende des Taus vom Boden auf und strahlte ihn an. »Ich habe einen Plan!« Vorsichtig schlang sie ihm das Seil um die Brust und verknotete es. »Ich klettere jetzt hinauf und dann ziehe ich dich hoch.«

Oni schien erst widersprechen zu wollen, nickte dann aber nur. Als sie sich aus der Falltür zog, fiel ihr etwas Wichtiges ein und sie beugte sich über das Loch. »Erschrick nicht, wenn du oben bist. Ich habe einen Freund bei mir. Er ist … ein bisschen ungewöhnlich.«

Trisha wandte sich dem Drachling zu, der sie seit ihrer Begegnung mit dem Ewigen durch den Windemere führte. Das grüngeschuppte Wesen hatte seine Flügel an den Körper gelegt und hielt sich gebückt, um nicht an die Decke zu stoßen. Ihr kam eine Idee und rasch löste sie den Knoten, mit dem sie das Seil an einem Metallring befestigt hatte.

»Würdest du mir helfen?« Erwartungsvoll sah sie zu dem Drachenwesen auf, doch es verharrte völlig regungslos. »Also andersherum. Wenn du es nicht möchtest, dann schlag einfach mit den Flügeln.« Erneut kam keine Reaktion und kurzerhand schlang sie das Seil um seinen Körper. »Würdest du bitte ein paar Schritte den Gang entlanggehen?«

Wenig später stand Oni neben ihr und starrte den Drachling mit weit aufgerissenen Augen an.

»Ich nenne ihn Drago. Er ist hier, um uns zu helfen«, beantwortete Trisha seine unausgesprochene Frage.

Später, sie hatten den Kerker lange hinter sich gelassen, rasteten sie an einem kleinen See und stillten ihren Durst.

Oni setzte sich auf und atmete mehrere Male hörbar tief ein. Auf ihren fragenden Gesichtsausdruck hin antwortete er mit knarzender Stimme: »Die Luft hier ist so frisch.«

Entgeistert schüttelte Trisha den Kopf, während sie tapfer weiter durch den Mund atmete.

Seine Miene wandelte sich erst zu Verwirrung, dann zu Verstehen. »So schlimm?«

Sie nickte verlegen, dann kam ihr eine Idee. »Du könntest ja hier ein Bad nehmen und mir derweil erzählen, was da unten im Verlies vor sich gegangen ist. Es war ganz unheimlich. Erst fühlte es sich an, als hätte ich jegliche Kraft verloren, dann ging es mir auf einmal wieder gut.«

Verschämt drehte Oni ihr den Rücken zu, dann entkleidete er sich wortlos, stieg in das Wasser und begann, sich zu waschen. Als er sich laut räusperte, wurde Trisha bewusst, dass sie ihn die ganze Zeit unverwandt angestarrt hatte. Auf einmal brannte ihr das Gesicht und sie drehte sich abrupt weg.

Wenig später stand Oni mit nassen Haaren und in feuchten Kleidern vor ihr. Er zitterte ein wenig. »Besser so?«

Ihr Lächeln quittierte er mit einem Strahlen. Sie riss ein Stück Saum ihres Oberteils ab und bändigte damit seine wilde Mähne zu einem Zopf. Dabei fragte sie erneut: »Was ist vorhin geschehen? In einem Moment hatte ich das Gefühl, dich ganz nah bei mir zu spüren, dann wurde mir schwarz vor Augen.«

Den Blick zum Boden gesenkt und mit zögerlichen Worten erzählte Oni ihr alles. Als er den Kopf wieder hob, wirkte er ganz verloren.

Trisha wollte ihn trösten und gleichzeitig vor Freude jubeln. Wie ein Häuflein Elend stand er zusammengesunken vor ihr, während sie froh war, mit ihrer Magie nicht mehr allein zu sein. Am liebsten hätte sie ihn umarmt, riss sich aber zusammen. Stattdessen suchte sie im grünen Schein des Mooses einen Kiesel. Sie setzte sich im Schneidersitz vor ihn hin und präsentierte den kleinen Stein auf ihrer offenen Handfläche, als wäre es ein kostbares Juwel. »Pass auf.«

Sie schloss die Augen und beruhigte ihren Atem. Mit gemischten Gefühlen rief sie sich ihre Gefangenschaft in dem Spinnenkokon in Erinnerung. Sofort flammte die Unruhe wieder in ihr auf und sie stellte sich vor, wie sie diese abermals zusammenschob. Diesmal nicht in ihrer Mitte, sondern in ihrer Hand, wo sie das Gewicht des Steins spürte. Sie fokussierte sich ganz und gar darauf und ließ dann ihre Kontrolle fallen.

Es gab einen lauten Knall und sie öffnete erschrocken die Augen. Der Stein war verschwunden und Staub rieselte von der Decke herab. Sie fuhr mit den Fingern hindurch und ihre Mundwinkel zuckten nach oben. Sie hatte Magie gewirkt! Vielleicht ein bisschen zu heftig, dafür aber mit voller Absicht. Glücklich und stolz sah sie Oni an.

Dessen Mienenspiel wechselte von Erstaunen zu Bestürzung. »Magie! Du bist ebenso verdammt wie ich!«

Ihre Freude wich einem hohlen Gefühl und das Gesagte hing schwer in der Luft. Er schien seine Worte zu bereuen und setzte mehrfach an, etwas zu sagen, doch seine Lippen blieben stumm.

Schließlich brach es aus ihr heraus: »Ich glaube nicht, dass Magie uns verdammt. Überhaupt bezweifle ich, dass sie etwas Böses ist. Sonst hätte ich mich damals auch wohl kaum für dich eingesetzt.«

»Aber die Götter …«

»Die Götter haben die Welt erschaffen, oder?«, fuhr Trisha dazwischen.

Zögerlich nickte er.

»Dann haben sie auch die Magie erschaffen. Wieso, frage ich mich, sollten sie etwas erschaffen, das sie dann verbieten?«

Ratlos kratzte er sich am Kinn. »Vielleicht wollen sie uns prüfen?!«

»Und warum prüfen sie dann nicht jeden? Angeblich ist doch jeder Mensch, ja, jedes Wesen gleich vor ihren Augen.«

Sein Schweigen zeugte davon, dass ihm dazu kein Gegenargument einfiel.

»Und warum«, hakte sie nach, »hast du Magie benutzt, wenn sie doch so böse ist?«

Hilflos zuckte er mit den Schultern. »Bis zur Verhandlung war mir nicht bewusst, dass es Magie war. Ich wollte doch nur helfen.«

»Da hast du es! Ich kann nichts Schlechtes darin sehen, dass du anderen geholfen hast!«

Röte schoss ihm ins Gesicht und er drehte den Kopf zur Seite. »Ich habe aber genauso die Kraft, durch Magie zu töten. Und ich habe es bereits getan. Ich bin ihr verfallen. Die Götter haben mich geprüft und ich habe versagt.«

Erschrocken legte Trisha die Hand auf den Mund. Dann fragte sie zaghaft: »Wen …?«

»Die Ratten. Hast du in meinem Kerker nicht überall deren Kadaver gesehen? Das war ich. Das habe ich mit Magie angerichtet.«

»Bei Umi, das waren doch nur Ratten!«

Für einige Zeit herrschte Stille und jeder hing seinen eigenen Gedanken nach.

Schließlich hielt Trisha es nicht mehr aus. »Das musst du mit dir selbst ausmachen. Ich gebe nicht viel auf die Priesterschaft und ihre Lehren. Sie predigen von Demut, Gleichheit und Gerechtigkeit, schwelgen aber selbst in Faulheit, Wollust und Völlerei. Ich glaube, dass die Götter jedem von uns Aufgaben zugedacht haben und uns Fähigkeiten schenkten, um diese zu erfüllen. Und bei meinen Aufgaben könnte ich etwas Hilfe gebrauchen.« Als Oni nicht direkt antwortete, fuhr sie ungeduldig fort: »Was ist jetzt? Begleitest du mich? Oder willst du lieber zurückgehen und dich weiter in deinem Elend suhlen?« Zorn spiegelte sich in Onis Miene wider, doch schon nach wenigen Atemzügen kehrte sein sanfter Gesichtsausdruck zurück.

Erinnerungen an die Gerichtsverhandlung stiegen in ihr empor. Zu Beginn hatte er ganz verloren gewirkt. Doch dann ging eine Veränderung in ihm vor. Als ihre Blicke sich trafen, fing ihr Herz an zu rasen, und sie hatte sich einfach für ihn einsetzen müssen.

Seine Lippen bewegten sich, doch es brauchte einen Moment, bis die Worte ihren Verstand erreichten: »Was ich getan habe, kann ich nicht ändern. Doch du hast mir bereits zwei Mal das Leben gerettet und dafür stehe ich tief in deiner Schuld. Du hast recht, jetzt ist nicht die Zeit für Reue. Wie kann ich dir helfen?«

Trisha stieß einen tiefen Seufzer aus. Am liebsten wäre

sie ihm um den Hals gefallen, doch sie riss sich zusammen, schließlich war sie eine Königstochter! Und ein bisschen fürchtete sie sich auch davor, wie er reagieren würde.

Wie ein Wasserfall sprudelte es nun aus ihr heraus und sie erzählte Oni jede Einzelheit, angefangen von der Entdeckung des Verrats durch ihre Schwester und Telessa über ihre Flucht bis hin zu dem Schwur an den Ewigen. »Jetzt muss ich meine Familie retten und nebenbei ein Drachenei befreien. Ich sagte ja, ich habe Aufgaben.«

Oni hörte ihr die ganze Zeit aufmerksam zu und ließ sich Zeit, bevor er antwortete: »Noch vor ein paar Monden hätte ich dich für verrückt gehalten. Doch jetzt …« Den Rest des Satzes ließ er in der Luft hängen.

Verwirrt fragte sie zurück: »Was war denn vor ein paar Monden?«

»Die Verhandlung?«

Sie musste schwer schlucken und brachte die nächsten Worte kaum über die Lippen. »Das … ist über zwei Götterläufe her!«

Oni begann zu schwanken, seine Beine gaben unter ihm nach und bevor sie nach ihm greifen konnte, war er schon auf dem Boden gelandet. »Mehr als …«

Seine Stimme brach und sie konnte bloß wortlos nicken. Langsam kniete sie sich vor ihn hin, nahm seine Hände in ihre und wartete still.

So verging eine ganze Weile, bis er sie voller Verzweiflung ansah. »Meine Schwester. Und meine Hunde. Zwei Götterläufe. Ich habe sie nicht beschützt.«

Es zerriss ihr fast das Herz, ihn so leiden zu sehen. »Was aus deinen Hunden geworden ist, kann ich dir leider nicht sagen, aber deiner Schwester geht es auf jeden Fall gut!«

Sofort bereute sie ihre Worte. Warum bloß konnte sie nicht erst denken und dann sprechen? Sie hatte ihn trösten wollen, doch was, wenn er nun seine Schwester aus dem Palast holen wollte und sie dabei gefasst werden würden? Dann könnte sie ihren Schwur nicht erfüllen und das durfte nicht geschehen! Andererseits hatte er ein Recht darauf, es zu erfahren, und wer wäre sie, ihn darüber anzulügen? Zumal sich Jula unter dem Bett versteckt hatte und wahrscheinlich in Sicherheit war. Und wer sollte der Kleinen ein Übel wollen? Ihre Gedanken rasten, sprangen hin und her, so schnell, dass ihr schwindelig wurde. Ihre Hände begannen zu zittern, ebenso wie ihre Stimme. »Nach der Verhandlung wurde Julaia freigesprochen.«

»Du kennst sie?«

Wie aus weiter Ferne hörte sie sich jetzt selbst in kühlem Tonfall sprechen. »Wenige Tage nach deiner Verurteilung erbat Priester Gereon eine Audienz bei mir. Da er wegen seiner Fürsprache bei deiner Verhandlung in Ungnade gefallen war, bat er mich um Hilfe. Man hatte deine Schwester freigelassen, doch sie war völlig mittellos und wusste weder ein noch aus. Ich gab ihr etwas Geld und schickte sie in ihre Heimat zurück.«

Ein Strahlen erschien auf Onis Gesicht. »Vielen, vielen Dank! Du kannst dir gar nicht vorstellen, was es mir bedeutet, Julaia in Sicherheit zu wissen.«

Die Scham schnürte ihr förmlich den Leib ein und sie hatte das Gefühl, sich übergeben zu müssen. Rasch wandte sie sich ab und barg ihr Gesicht in den Händen.

»Habe ich was Falsches gesagt?« Oni klang verwirrt. »Prinzessin? Ich wollte dir … Euch gegenüber nicht respektlos sein.«

Sie fuhr zu ihm herum. »Trisha!« Jetzt stieß sie ihm den Zeigefinger in den Bauch. »Nenn mich bitte Trisha! Und wehe, du siezt mich noch ein einziges Mal!«

»In Ordnung.« Er grinste sie verlegen an. »Was ist es dann?«

Sie rieb sich die Wange. »Ich möchte nicht darüber sprechen. Bitte.«

Stille breitete sich aus, die Oni schließlich durchbrach, indem er auf Drago zeigte. »Wer oder was ist er eigentlich? Versteht er uns?«

»Er begleitet mich, seit ich dem Drachen begegnet bin. Er tut, was ich ihm auftrage, aber er spricht nicht und zeigt auch sonst keine Regung. Ich denke, er ist ein Diener des Ewigen und soll uns helfen.«

»Hat dir der Drache denn gezeigt, wie wir das Ei befreien können?«

»Leider nein. Ich glaube, er weiß es selbst nicht. Doch die Barriere wurde mit Magie erschaffen, also wird sie sich vermutlich auch nur mit Magie wieder zerstören lassen.«

Oni verzog das Gesicht. »Aber dürfen wir das? Die Götter haben Zauberei verboten.«

Trisha wunderte sich über den Ärger, den sie auf einmal verspürte, und gab streng zurück: »Das ist, was die Priester uns erzählen, und du kennst meine Meinung über sie.« Mit einem Mal war die Unruhe wieder da und nur mit Mühe gelang es ihr, sie zurückzudrängen. »Doch selbst wenn es stimmt, müssen wir einen Weg finden. In der Bibliothek des Tempels könnten wir sicher mehr erfahren, doch ich sehe keine Möglichkeit, unbemerkt hinein- und wieder herauszukommen.‟

»Was ist mit der Bibliothek des Palastes?«

»Im Vergleich zum Tempel ist sie winzig und im Wesentlichen werden dort Akten über Gesetze, Steuern und Gerichtsverhandlungen aufbewahrt.«

Oni stützte den Ellbogen auf sein Knie und das Kinn auf die Hand. »Hm, dann müssen wir das Problem von einer anderen Seite angehen. Wenn wir erst einmal mehr über Magie gelernt haben, verstehen wir vielleicht auch, was damals mit dem Ei passiert ist.«

Trisha zog die Augenbrauen hoch, doch Oni grinste schelmisch. »Wissen ist nicht verboten, nur das Anwenden.«

Spöttisch entgegnete sie: »Ob die Priester dir da wohl zustimmen würden?« Er zuckte unter ihren Worten zusammen und sofort hörte sie die Stimme ihrer Mutter in ihren Gedanken: *Wann lernst du endlich, erst zu denken und dann zu sprechen, Kind?*

Sie setzte an, es richtigzustellen, doch er kam ihr zuvor: »Wenn ich ehrlich bin, verstehe ich meine Kraft nicht wirklich. Alles geschieht irgendwie aus einem Gefühl heraus. Früher habe ich ja noch nicht einmal gemerkt, dass ich …«, er stockte kurz, »dass ich Magie gewirkt habe.«

Trisha erhob sich und begann, auf und ab zu laufen. »Wir wissen, dass du Lebenskraft abgeben und nehmen kannst. Ich kann Dinge bewegen und irgendwie auch entzünden. Um etwas bewegen zu können, muss ich mich konzentrieren. Aber ich habe keine Ahnung, wie ich das Feuer erschaffen habe. In der Tat sind meine Kenntnisse mehr als dürftig. Wir müssten jemanden finden, der mehr darüber weiß.«

»Was ist mit dem Drachen?«

Sie schüttelte den Kopf. »Wohl nicht. Sonst hätte er mich sicher unterwiesen. Wir brauchen einen Lehrer, irgendwen, der über Magie gebietet und gewillt ist, uns zu helfen. Aber jeder, der Zauberei beherrscht und entdeckt wird, landet auf dem Scheit… « Das letzte Wort blieb ihr im Halse stecken.

Obwohl Oni schwer schlucken musste, knüpfte er an den Gesprächsfaden an. »Wenn ich Magier wäre und meine Ruhe haben wollte, würde ich leben wie Ruark.«

»Wie wer?«

»Wie Ruark der Schreckliche. Er hatte so ein Juwel, mit dem er Magie ausüben konnte. Damit guckte er in die Köpfe der Menschen und gaukelte ihnen Dinge vor.«

»Der Ruark aus dem Märchen?«

Oni nickte eifrig. »Wenn ich Magie anwenden wollte, wäre eine große Stadt, eigentlich jede Siedlung, ein schlechter Platz dafür. Ich würde mich also irgendwohin zurückziehen, wo mich niemand dabei entdecken und verraten kann. In die Höhlen oder in die Berge zum Beispiel.«

Trisha dachte kurz nach und wandte sich dann an Drago: »Verbergen sich hier im Windemere andere Menschen?«

Von dem geflügelten Wesen kam keine Reaktion.

Als Nächstes versuchte sie es mit einem Befehl: »Drago, führe uns zu anderen Menschen, die verborgen im Berg leben.«

Er stand weiterhin völlig regungslos da und glich eher einer Statue.

»Einen Versuch war es wert.«

Oni begann, seine Finger zu kneten, und seine nächste Frage kostete ihn sichtlich Überwindung: »Was ist mit deinem Bruder, Akabar? Könnte er den Angriff abgewehrt haben? Vielleicht kam ihm ja auch jemand zu Hilfe. Dann könnten wir ihn um Unterstützung bitten.«

Tränen schossen ihr in die Augen und sie wandte sich ab. »Ich glaube nicht. Ich befürchte, dass ihn dasselbe Schicksal ereilt hat wie meine Eltern.« Ein Schluchzer entrang sich ihrer Kehle und mit schambelegter Stimme sagte sie: »Ich habe noch nicht einmal versucht, ihm zu helfen. Ich bin weggerannt, einfach feige weggerannt.«

Behutsam ergriff er ihre Hände. Eine Weile standen sie so da und Trisha war froh um Onis Nähe.

Mehrfach schluckte er hörbar und als er schließlich sprach, klang seine Stimme belegt: »Dann schlage ich vor, dass ich mich ein wenig in der Stadt umhöre. Wenn Akabar wohlauf ist, gehst du zu ihm. Danach durchsuchst du die Bibliotheken und sobald du weißt, wie wir die Barriere öffnen können, rufst du mich und ich werde dir helfen.«

»Weshalb bleibst du nicht bei mir?«

»Dein Bruder weiß nicht, dass du Magie beherrschst, mich dagegen würde er wieder einsperren. Falls er jetzt regiert, muss er die Gesetze achten.«

»Danke, dass du mir hilfst!« Sie fiel ihm um den Hals.

Kurz versteifte er sich, doch dann legte er die Arme um sie und zog sie fest an sich.

So hätte sie für immer verweilen können, doch ein lautes Grummeln ihres Bauchs brach den Zauber des Augenblicks. Oni trat einen Schritt zurück und sie grinste ihn verlegen an. »Vielleicht könntest du auch etwas zu essen besorgen?«

»Sicher, hast du denn Geld dabei?«

»Ehrlich gesagt, habe ich noch nie Geld besessen. Ich habe einfach immer bekommen, was ich wollte.«

Sein Blick glitt über sie und nahm einen verträumten Ausdruck an. Auf einmal wurde ihr bewusst, wie sie aussehen musste, und verlegen fuhr sie sich durch das Haar. Sie versuchte es zumindest. Bei Dree, was musste Oni von ihr halten? Doch er lächelte sie an und die Unruhe, die sie jetzt spürte, war eine ganz andere als sonst.

Mit einer leichten Kopfbewegung deutete er auf ihre Hand. »Den Ring mit deinem Familienwappen können wir wohl kaum zu Geld machen. Was ist mit der Kette da?«

Verwirrt tastete sie nach ihrem Hals. Das Medaillon ihrer Mutter. Sie hatte es in der ganzen Aufregung völlig vergessen. Vorsichtig nahm sie es ab, wendete es mehrmals hin und her und erinnerte sich an die Worte ihrer Amme: *Du lässt die Sonne aufgehen.*

Konnte es sein? Sie fühlte mit dem Finger über die Vertiefungen und ließ ihn auf der eingravierten Sonne ruhen. Drücken hatte nicht gewirkt, vielleicht musste sie mit ihrer Magie daran ziehen. Je mehr sie darüber nachdachte, desto vernünftiger erschien ihr der Gedanke.

Kurzentschlossen fühlte sie nach der Unruhe und presste sie in ihrer Fingerspitze zusammen. Hell loderte die Flamme dort, begierig darauf, freigelassen zu werden. Der zerborstene Stein kam ihr in den Sinn. Wieder einmal hatte sie gehandelt, ohne nachzudenken, und zu viel der Unruhe gebündelt. Wie konnte sie diese jetzt wieder loswerden? Und wie sollte sie die Kraft loslassen und gleichzeitig mit ihr ziehen?

Die Magie verlangte danach, entlassen zu werden, und ohne weiter darüber nachzudenken, wendete sie das Medaillon. Sie stellte sich ein Blinzeln vor, um nur einen winzigen Teil ihrer Kraft freizugeben. Ein Klingeln ertönte und Trisha öffnete die Augen. Die obere Hälfte des Schmuckstücks war fort. Ein Stück Papier segelte zu Boden. Sie wollte danach greifen, doch noch immer drängte die Magie. Da sie nicht riskieren wollte, dass Oni das Schicksal der Spinne teilte, durfte sie nicht einfach loslassen.

Sie konzentrierte sich darauf, das Lodern in ihrem Inneren zu beherrschen, doch dabei wuchs ihre Unruhe nur und fachte es weiter an. Vergeblich suchte sie nach etwas, worauf sie ihre Magie lenken konnte. In ihrer Not presste sie ihre Hände an die Felswand, richtete ihre Konzentration auf den Stein und entließ die Magie.

Als sie wieder zu sich kam, dröhnte ihr der Schädel und Oni kniete mit besorgtem Gesichtsausdruck vor ihr. Vorsichtig betastete sie ihren Kopf. »Was … ist passiert?«

Er strich sanft mit den Fingern über ihre Wange. »Nachdem du dich gegen den Felsen gestützt hast, wurdest du auf einmal nach hinten geschleudert. Du bist gegen die Wand geprallt und hast stark geblutet. Ich habe die Wunde geheilt, aber du …«

»Da war ein Papier, wo ist es?«

Verschmitzt lächelnd hob er die andere Hand, zwischen

seinen Fingern das Pergament. Sie zog es heraus, faltete es auf und begann zu lesen.

Meine liebe Tochter!
Wenn Du das hier liest, hast Du die Kontrolle über deine Magie erlangt, doch bin ich nicht da, um Dich zu unterweisen. Die Legenden berichten von einem Volk von Wissenden in einem Tal von Anvar. Vielleicht findest Du dort einen Lehrer. Denke immer daran: Du bist die Herrin in Deinem Haus. Ich liebe Dich! Deine Mutter.

Tränen stiegen Trisha in die Augen und sie wusste nicht, ob sie lachen oder weinen sollte.

Onis Stimme riss sie aus ihren Gedanken: »Möchtest du darüber sprechen?«

Wortlos reichte sie ihm den Brief, doch er schüttelte beim Anblick der Schriftzeichen nur den Kopf. »Ich bin Schäfer, kein Gelehrter.«

Sie nickte, wischte sich das Gesicht mit dem Ärmel trocken und schniefte kräftig hinein. Wenn ihre Mutter das wüsste! Rasch las sie Oni das Schreiben vor.

»Das verstehe ich nicht. Ist die Nachricht jetzt gut oder schlecht?«, fragte er verwirrt.

»Überlege doch mal. Das Medaillon lässt sich nur mit Magie öffnen und darin liegt ein Brief von meiner Mutter. Sie wusste die ganze Zeit über, was mit mir los ist, und hat versucht, mir zu helfen, so gut sie konnte. Außerdem haben wir jetzt einen Plan. Wir müssen in dieses Tal von Anvar!«

Oni dachte lange nach. »Ich bin dafür, dass wir erst einmal so weitermachen wie geplant. Ich werde mich draußen über deinen Bruder erkundigen, nach diesem Tal umhören und uns neue Kleidung besorgen. Dann sehen wir weiter.«

Sie drückte ihm den Rest des Medaillons in die Hand. »Ich habe keine Vorstellung, wie viel das wert sein mag, aber für etwas Essen und Kleidung könnte es reichen.« An Drago gewandt fuhr sie fort: »Geleite uns bitte zu den Höhlen der Hoffnung.«

Während sie dem stillen Wesen folgten, erklärte sie Oni, was es mit diesem Ort auf sich hatte. »Einst lebten die Händler dort und boten ihre Waren feil. Doch als die schwimmenden Märkte eröffnet wurden, verließen sie diesen Bereich und diejenigen, die sonst keine Zuflucht hatten, nahmen die Höhlen in Besitz. Heute leben dort nur noch die ärmsten Bewohner Windemeres. Es ist ein unübersichtliches, weitverzweigtes System, in das sich kein anständiger Bürger wagt. Zu oft wurden Leute dort ausgeraubt oder tauchten gar nicht mehr auf. Selbst die Stadtwache geht dort nur selten auf Patrouille und dann auch nur in Gruppen.«

****

Oni wollte das Armenviertel rasch hinter sich lassen und sich  lieber draußen auf dem Markt umhören. Zu Beginn seines Wegs durch das Labyrinth aus Gängen und Höhlen fühlte er sich wie ein Außenseiter. Doch abgerissen und ausgemergelt, wie er war, passte er perfekt hierher und niemand schenkte ihm besondere Aufmerksamkeit.

In einer größeren Höhle stieß er auf einen improvisierten Markt. Auf alten Kisten und löchrigen Decken wurden verschiedene Waren angeboten, vor allem Essen und, wie er vermutete, Diebesgut. Er ließ sich in einer Ecke nieder und beobachtete das rege Treiben. Mit etwas Glück bekam er hier schon alles, was er brauchte.

Ein Gesicht erregte seine Aufmerksamkeit. Nur ein

einziges Mal hatte er es flüchtig gesehen, doch an die großen, dunklen Augen und die Narbe am Kinn konnte er sich nur zu gut erinnern. Unauffällig erhob er sich und folgte dem Mädchen eine Zeit lang durch Tunnel und Höhlen. Langsam schloss er auf und in einem ruhigen Bereich holte er die Diebin ein, die ihn damals auf dem Markt angerempelt hatte.

Abrupt fuhr sie herum und in ihrer Hand blitzte ein gefährlich aussehendes Messer auf. »Was willst du von mir?«, zischte sie ihn an. Dabei stand sie leicht geduckt und wirkte angespannt, aber nicht ängstlich.

»Hey!« Oni trat einen Schritt zurück. »Du schuldest mir was!«

Das Mädchen spuckte aus. »Ich schuld niemandem nix! Hau ab!«

Oni beugte sich vor. »Wegen dir bin ich im Gefängnis gelandet und man hat mir alles genommen. Dafür wirst du mir jetzt helfen.«

Das Mädchen kniff die Augen zusammen. »Ich hab dich nicht beklaut. Gesichter vergess ich nicht und du warst keiner meiner Gönner.«

»Nein, aber einen Priester auf dem Markt hast du bestohlen. Und mich haben sie dafür eingesperrt.«

Die Stirn der Diebin legte sich in Falten, als sie angestrengt nachdachte. »Aber das is ja schon mehr als zwei Götterläufe her.« Ihre Augen weiteten sich und jetzt wurde sie unruhig. »Du bist der Zauberjunge. Der, den sie begnadigt haben.«

»Begnadigt!« Er schlug ihr dieses Wort förmlich entgegen und die Diebin zuckte zusammen. »Zwei Götterläufe bin ich in diesem Loch vermodert. *Allein!*«

Das Mädchen verzog verächtlich das Gesicht. »Hättest mir wohl besser mal nicht im Weg gestanden damals.

Außerdem, wenn du nur ein kleiner Dieb wärst, hätte der König wohl kaum höchstpersönlich über dich gerichtet, was?«

Für einen Moment war Oni sprachlos, vor allem, weil das Mädchen tatsächlich recht hatte. Doch er fing sich rasch, streckte ihr die Hand entgegen und präsentierte das zerstörte Medaillon. »Ich will das hier verkaufen.«

Abschätzig betrachtete sie das Schmuckstück, doch ein Glitzern in ihren Augen verriet Oni, dass es wohl immer noch von einigem Wert sein musste.

»Ich mach dir ein Angebot. Du hilfst mir, einen guten Preis zu erzielen, und bekommst ein Viertel des Geldes ab.«

Sie nickte etwas zu eifrig für Onis Dafürhalten. Ihr Blick flackerte zwischen dem Medaillon und seinen Augen hin und her.

»Noch was …« Mit gespieltem Grimm hielt er ihr die Handfläche vor das Gesicht. »*Drafosrab Eltefir*!«

Erschrocken stolperte die Diebin zurück.

Oni schämte sich etwas für diese List, aber zu viel stand auf dem Spiel. »Den Fluch werde ich erst wieder von dir nehmen, wenn ich habe, was ich brauche. Hilfst du mir, erhältst du die versprochene Belohnung. Betrügst du mich …« Den Rest ließ er drohend in der Luft hängen.

Ihr Name war Ilai, zumindest wurde sie mehrfach so begrüßt, als sie sich nach einem bestimmten Händler erkundigte. Dieser *Bekannte* kaufte ihnen das Schmuckstück ab und von dem Geld besorgte Oni Kleidung, Essen und ein Messer.

Von der Diebin erfuhr er, dass kürzlich ein Attentat auf Prinz Akabar verübt worden war. Prinzessin Dania regierte nun das Reich und hatte ein Kopfgeld auf Prinzessin Patrizia ausgesetzt. Diese sei dunkler Magie verfallen und seit dem Angriff verschwunden. Die neue Herrscherin wurde im Auftrag des Tempels von der obersten Dienerin Telessa beraten und die Inquisition suchte rigoros das ganze Reich nach Magiern ab. Viele Menschen wurden in den Tempel gebracht und tauchten nicht wieder auf.

Oni hatte genug gehört, gab Ilai den versprochenen Anteil und wandte sich dann zum Gehen.

Das Mädchen sprang ihm in den Weg und funkelte ihn an. »Was is jetzt mit dem Fluch?«

Oni hob erneut die Hand vor ihr Gesicht. »*Eltefir Drafosrab Namondi*! Der Fluch wirkt noch bis zum nächsten Neumond, dann bist du wieder frei.« Er musste sich anstrengen, ernst zu bleiben. »Mach's gut, Ilai, du hast mir sehr geholfen.«

Die Diebin kommentierte das, indem sie ausspuckte, sich umdrehte und wortlos verschwand.

Oni kehrte zu Trisha und Drago zurück und gab die traurige Nachricht über Akabar weiter. Die Prinzessin blieb gefasst, aber der Kummer war ihr anzusehen. Oni zwang sich zu einem Lächeln und holte die Kleidungsstücke hervor, die er für sie besorgt hatte.

Trisha griff danach und betrachtete sie abschätzig. »Was bitte soll das hier sein?«

Verwirrt kratzte Oni sich an der Wange. »Eine hübsche Bluse, würde ich sagen.«

»Das ist keine Bluse, das ist eine Katastrophe. Da sehen die Tischdecken der Dienerschaft besser aus. Außerdem passe ich da zweimal rein.«

»Ich dachte, alle Mädchen mögen Blumen … weißt du was, behalt doch einfach deine alten Klamotten an. Darin erkennt dich erst recht keiner!«

Wütend drehte er sich weg und stapfte aus der Höhle. Leise schimpfte er vor sich hin, dann seufzte er. Mit hängendem Kopf ließ er sich auf einen Stein nieder, bis Trisha ihm eine Hand auf die Schulter legte und ihn aus seinen trüben Gedanken riss.

»Es tut mir leid, Oni. Ich weiß nicht, warum ich eben so hässlich zu dir war. Eigentlich mache ich mir gar nichts aus Kleidung und die Blümchen sind wirklich hübsch.« Sie hielt kurz inne. »Als du mir das von Akabar erzählt hast … Ich bin so wütend! Und traurig. Und ich habe Angst. Was soll jetzt nur werden?«

Oni wandte sich ihr wieder zu. »Das weiß ich auch nicht. Aber ich bin bei dir und gemeinsam finden wir schon einen Weg.«

Tapfer lächelte die Prinzessin ihn an. »Palast und Tempel sind wohl keine gute Idee. Wir sollten damit beginnen, nach dem Tal von Anvar zu suchen. Doch wo fangen wir an?«

Oni zuckte mit den Schultern. »Ich habe den Namen noch nie gehört, weder zu Hause noch auf meinem Weg hierher. Das heißt zwar nichts, aber wir sollten uns bei unserer Suche eher auf die beiden anderen Täler konzentrieren. Die Frage ist, ob wir bei den Holzfällern beginnen oder im Tal der Minen.«

Trisha schüttelte den Kopf. »Ich habe nicht die leiseste Ahnung. Bis vorhin bestand die Welt für mich aus genau drei Tälern.«

Sie überlegten eine Zeit lang schweigend, bis ihm eine Idee kam. »Kann uns dein geflügelter Freund hier über die Berge tragen?«

Wieder einmal kam keine Reaktion von dem merkwürdigen Wesen.

»Wohl eher nicht«, antwortete Trisha. »Ich denke, wir sollten unser Glück im Tal der Holzfäller versuchen. Dort gibt es noch wilde, unerforschte Gebiete. Und wüsste jemand im Minental etwas über das Tal von Anvar, wäre es nicht lange ein Geheimnis geblieben.«

Der Gedanke erschien Oni sinnvoll und sie schmiedeten Pläne, wie sie jetzt weiter vorgehen sollten. Erneut wählten sie den Weg durch die Höhlen der Hoffnung und Drago blieb zurück, noch bevor sie diese erreichten.

Als sie schließlich ins Freie traten, färbte sich der Himmel im Osten gerade von Schwarz zu Blau und ein kräftiger Wind trug die harzigen Gerüche des bewaldeten Tals jenseits des Sees heran. Oni atmete tief durch und genoss nach der langen Zeit im Berg die frische Luft und das Gefühl von Freiheit. Zügig schritten sie durch die Stadt und überquerten unbehelligt die Brücke zum Tal der Holzfäller.

In Trauer

Onis Blick schweifte über die Uferstadt Lumbene, die sich gänzlich von Wedheim unterschied. Hohe, schmale Holzhäuser standen nah beieinander und schienen sich gegenseitig vor dem Umfallen zu bewahren. Eine Brücke, ebenfalls aus Holz, überspannte den Gonja und verband die Stadt mit dem jenseitigen Ufer. Darunter war ein großes Netz befestigt, in dem sich Baumstämme fingen, die den Fluss herabtrieben. Trotz der frühen Stunde herrschte bereits reges Treiben und Arbeiter waren damit beschäftigt, die Stämme an Land zu ziehen und zu stapeln.

Staunend nahm Oni das alles in sich auf, bis ein lautes Zwitschern ihn aufschauen ließ. Am morgendlichen Himmel kreiste ein blütenweißer, kleiner Vogel über ihnen und flog dann in Richtung Hauptstadt davon. Oni sah ihm nach, bis er ihn vor dem Windemere nicht mehr erkennen konnte.

Gerade wollte er sich wieder umdrehen, da erregten zwei Hunde seine Aufmerksamkeit, die über die Brücke gerannt kamen. Lautes Gebell erklang, das er unter Tausenden erkannt hätte, und sein Herz hüpfte vor Freude. Ein paar Schritte lief er den beiden entgegen, dann waren Don und Dante auch schon bei ihm, warfen ihn um und begruben ihn unter sich. Lachend balgte Oni sich mit ihnen, bis er sich schließlich befreite und der verwirrten Trisha die treuen Tiere vorstellte.

Nachdem er sich die Freudentränen abgewischt hatte, brachen sie auf, um Lumbene flussaufwärts zu durchqueren. Trisha drängte jetzt zügig voran und bald erreichten sie den hiesigen Markt. Die Händler öffneten gerade erst ihre Stände, doch auf dem Platz im Zentrum hatte sich schon eine große Menschenmenge versammelt.

Auf einer hölzernen Plattform stand ein Mann in buntem Gewand und rief in die Menge: »… erhält jeder eine Belohnung in Höhe von zwanzig Korrat, dessen Hinweise zur Ergreifung eines Zauberers oder einer Hexe führen.«

Erst jetzt fielen Oni die grau verhüllten Gestalten auf, die in der Nähe des Podestes standen. Sie trugen die Kutten der Tempeldiener, waren darüber hinaus jedoch mit Keulen ausgerüstet und mit den Masken der Palastwachen verhüllt.

Ein Mann näherte sich den Inquisitoren, redete auf sie ein und gestikulierte dabei wild. Daraufhin verschwanden zwei von ihnen in der Menge und als sie zurückkehrten, zerrten sie eine gefesselte und geknebelte Frau hinter sich her. Der Anführer starrte die ausgemergelte Alte eine Weile an, dann griff er in seinen Umhang und drückte dem Mann einen Beutel in die Hand.

Der Gefangenen war dieselbe Mischung aus Resignation und Furcht ins Gesicht geschrieben wie damals der Frau mit den kurzen, roten Haaren. So musste sich auch Julaia gefühlt haben und der Gedanke ließ Oni schaudern. Zu Trisha geneigt flüsterte er: »Wir müssen ihr helfen!«

Ihr Nicken reichte ihm als Antwort und wortlos ergriff er ihre Hand. Gemeinsam drängten sie sich durch die Menge, zurück in Richtung Brücke, und warteten am Rande einer belebten Straße. Wenig später tauchten die Inquisitoren mit der Gefangenen auf, die sie an langen Stangen vor sich hertrieben.

Oni holte das Messer aus dem Rucksack hervor und drückte es Trisha in die Hand. »Ich kümmere mich um die Grauen, du befreist die Frau.«

Ein kurzer Pfiff und Don folgte ihm auf die Straße. In deren Mitte kniete Oni sich hin und tat so, als würde er Dons

Pfote untersuchen. Die Frau stolperte an ihm vorbei und als die Aufpasser neben ihm waren, griff er nach einem Fußgelenk und öffnete sich. Im nächsten Moment strauchelte der Mann und stürzte ohnmächtig zu Boden. Oni dagegen fühlte sich stark und lebendig.

Als der andere Inquisitor sich zu seinem Begleiter hinunterbeugte, fasste Oni nach dessen Handgelenk. Doch obwohl er das Leben des Graugewandeten deutlich spüren konnte, vermochte er ihm lediglich einen Hauch an Lebenskraft zu nehmen. Mit einem großen Satz sprang der Inquisitor zurück, wandte sich hilfesuchend Richtung Marktplatz und schrie nach seinen Kameraden.

Diese Ablenkung nutzte Trisha aus, um die Fesseln der Frau durchzuschneiden und ihr die Schlingen vom Hals zu nehmen. Oni ergriff die Hand der Alten und zog sie auf die Beine, erstaunt darüber, wie leicht sie war.

Vom Marktplatz her kamen zwei weitere Graue auf sie zu. Mit der nahenden Verstärkung fand der erste Inquisitor seinen Mut wieder. Er riss seine Keule vom Gürtel und warf sich Oni entgegen.

Trisha sprang vor, ergriff eine der am Boden liegenden Stangen und schlug sie dem Angreifer gegen die Beine. Der geriet ins Stolpern, verlor seine Waffe und prallte gegen Oni. Sofort öffnete der sich und die Seelen des Inquisitors und der Gefangenen entfalteten sich vor seinem inneren Auge. Wo der Mann jedoch voller Leben strahlte, wucherte in der Frau eine faulige Schwärze. Instinktiv wusste Oni, dass sie nicht mehr lange zu leben hatte, und angewidert von dem abstoßenden Dunkel bekämpfte er es mit seiner eigenen Lebenskraft. Die Fäulnis wich zurück, doch nicht so schnell, wie seine Kräfte schwanden. Er brauchte mehr Leben und wurde sich wieder des Inquisitors bewusst. Auf einen Schlag nahm er ihm fast die gesamte Lebenskraft und gab sie an die Alte weiter. Als er die letzte dunkle Schwäre verbannt hatte, ließ er die Magie fallen.

Ohnmächtig sackte der Mann in sich zusammen und zugleich blühte die Frau auf. Farbe kehrte in ihr Antlitz zurück und ihre Haare nahmen einen schimmernden Glanz an. Zaghaft strich sie mit den Fingern über ihr Gesicht. »Wie ist das möglich?«

Bevor Oni antworten konnte, zerrte Trisha sie von der Straße. »Wir müssen weg!«

Hinter ihnen erklang Gebrüll. »Haltet sie!« Doch die gaffende Menge am Straßenrand wich ängstlich zurück.

»Folgt mir!«, rief die Frau und führte sie eilends durch enge, heruntergekommene Gassen, bis sie ein verfallenes Lagerhaus am Fluss erreichten. Im Halbdunkel ihres Verstecks tastete die Frau an sich herab und schüttelte den Kopf. »Ich verstehe das nicht!«

Oni lächelte sie an. »Du warst schwer krank, das konnte ich spüren. Also habe ich dich geheilt.«

»Die Allmutter rief schon nach mir, doch jetzt ist sie verstummt. Wie konntest du mich wieder gesund machen?«

Erneut setzte Oni zu sprechen an, doch Trisha kam ihm zuvor. »Ein Wunder. Dree selbst hat durch meinen Freund gewirkt. Vielleicht aus reiner Gnade, vielleicht ist dir aber auch noch Wichtiges vorherbestimmt.«

Die Frau schlug das Zeichen der Vier. »Ich danke euch so sehr. Ohne eure Hilfe wäre ich jetzt auf dem Weg zum Scheiterhaufen. Wenn ich etwas für euch tun kann, sagt's mir. Egal was!«

Trisha neigte leicht den Kopf. »Dem Willen der Vier zu genügen, ist uns Lohn genug. Aber die Inquisition wird dich bestimmt suchen und wer weiß, ob sie dir glauben werden, dass Dree dich gesegnet hat. Gibt es irgendjemanden, bei dem du dich eine Zeit lang verbergen kannst?«

Die Frau nickte heftig. »Meine Tochter.«

Im Schutze der Nacht verließen sie das Versteck wieder. Der schmale Sichelmond spendete ihnen gerade genug Licht, um zu sehen, ohne gesehen zu werden. Die Gerettete führte sie durch die Dunkelheit bis zu den letzten Ausläufern Lumbenes. Nach einer kurzen Verabschiedung folgten Trisha und Oni der Straße, die hinauf in das Tal der Holzfäller führte.

Am Morgen schmerzten ihnen die Füße so sehr, dass sie an einer kleinen Brücke den Weg verließen und einem Bach folgten, der sich tief in den Waldboden gegraben hatte. Wenig später fanden sie ein sandiges Stück Ufersaum, zu dem eine dicke Baumwurzel herabhing. Während die Hunde sich oben ins weiche Moosbett legten, kletterte Oni mit Trisha zum Wasser hinab und sie tauchten die geschundenen Füße in das wohltuende Nass.

Zu müde, um wieder nach oben zurückzukehren, machten sie es sich in der geschützten Böschung bequem. Ihr Versuch zu schlafen wurde jedoch von einem lauten Grummeln aus Trishas Magen zunichte gemacht. Verlegen drückte sie die Hände auf den Bauch. »Ich könnte ein ganzes Lamm auf Brot vertilgen. Du nicht auch?«

Er schüttelte den Kopf. »Ich kann mich kaum daran erinnern, wie es war zu essen. Im Gefängnis wurde einige Zeit lang Brot in meine Zelle geworfen, aber irgendwann hörte es auf. Ich habe dann die Ratten getötet, was gerade so zum Überleben gereicht hat.«

Die Empörung in Trishas Stimme war nicht zu überhören: »Du hast nichts mehr zu essen bekommen? Wenn wir zurück sind, werde ich die Verantwortlichen zur Rechenschaft ziehen!«

Oni winkte ab. »Du hast mich ja gerettet. Damit ist es gut für mich.«

Trishas Schultern hoben sich und sie schien noch etwas

sagen zu wollen, atmete dann aber langsam aus. Ein neugieriger Ausdruck legte sich auf ihr Gesicht. »Stillt deine Magie also auch Hunger?«

»Weiß nicht. Lass es uns einfach ausprobieren.« Damit ergriff er ihre Hand und übertrug ihr so viel seiner Lebenskraft, dass er sich gerade noch auf den Beinen halten konnte.

Trisha sprang um ihn herum. »Das fühlt sich so gut an! Ich könnte Bäume ausreißen. Aber Hunger habe ich immer noch.«

Oni taumelte und hielt sich an der großen Wurzel fest.

Besorgt und vorwurfsvoll zugleich sah Trisha ihn an. »Alles in Ordnung?« Sanft berührte sie seinen Arm und jagte ihm damit einen wohligen Schauer durch den Körper. Er fragte sich, was für eine Art von Magie das wohl war. »Nimm dir deine Kraft zurück.«

Erneut öffnete er sich und erschrak, als er eine Seele wahrnahm, die Trishas und seine hell überstrahlte. Sofort ließ er die Magie wieder fallen, doch außer ihnen war niemand zugegen. Mühsam zog er sich an der Wurzel so weit hoch, dass er über die Kante der Böschung spähen konnte, doch dort lagen nur die Hunde, die ihn jetzt aus halb geöffneten Augen betrachteten. Erschöpft ließ er sich wieder herabsinken.

Trisha fasste abermals nach seiner Hand. »Du kannst dich gleich erklären, jetzt brauchst du Kraft. Sofort!«

Er wappnete sich, schloss die Augen und kehrte seine Wahrnehmung einmal mehr nach innen. Das Wesen war immer noch da und gespannt hielt er die Luft an. Als jedoch nichts weiter geschah, atmete er wieder aus und streckte auch seine zweite Hand nach Trisha aus. In diesem Moment verschwand das gewaltige Abbild aus seinem Bewusstsein und da dämmerte es ihm. Vorsichtig tastete er wieder nach der Wurzel des Baumes und lachte laut auf. Natürlich! Es war die Lebenskraft des alten, riesigen Gehölzes, die er gespürt hatte und die er sich jetzt zu eigen machte. Bis in die Haarspitzen hinein fühlte er sich lebendig. Auch Trisha und die Hunde stärkte er damit, bis sie alle vor Kraft bebten. Neugierig betrachtete er das astrale Abbild des Baums und nur eine leichte Schwächung zeugte von seinem Wirken.

An Schlaf war nun nicht mehr zu denken und so wanderten sie wenig später wieder auf der Straße. Im nächsten Dorf machten sie kurz Halt und kauften Brot, Decken und eine Laterne nebst Zunder und Feuerstein.

In dieser Neumondnacht war die Öllampe ihr einziges Licht. Wuchsen ihnen Blasen an den Füßen, heilte Oni diese sofort und zog ihnen ständig neue Kraft aus dem Wald. Doch als der Morgen anbrach, war ihnen seltsam schwindelig und sie suchten sich abseits des Weges ein Lager.

$$**** $$

Die Sonne hatte den Zenit schon überschritten, als Trisha  durch ein lautes Krachen erwachte und erschrocken auffuhr. Es folgte ein dumpfer Aufprall, dann stand unvermittelt Drago neben ihnen und betrachtete sie regungslos aus seinen fremdartigen Goldaugen. Wie sie es bereits gewohnt war, reagierte er nicht auf ihre Ansprache und blieb ein seltsam stiller Begleiter. Waren sie abseits des Weges im Wald unterwegs, lief er hinter ihnen her. Wanderten sie auf der Straße, verschwand er und manchmal glaubte sie dann, ihn fern am Himmel zu entdecken.

Die Tage vergingen und je weiter sie in das Tal vordrangen, desto dichter wurde der alles bedeckende Wald. Mitunter erspähten sie dünne Rauchfahnen über den Bäumen, begleitet vom Geruch verkohlten Holzes. Ab und an begegneten sie kleinen Gruppen von Holzfällern und erkundigten sich bei diesen vorsichtig nach dem Tal von Anvar. Sie hatten jedoch kein Glück, denn niemand hatte davon gehört oder wollte dies zugeben. Stattdessen wurde in den Geschichten immer häufiger der Schattenwald erwähnt.

»Glaubst du dieses abergläubige Geschwätz etwa?« Missmutig stapfte Trisha neben Oni her. Seit zwei Tagen regnete es ohne Unterlass und heute blies ihnen auch noch ein kalter Wind entgegen.

»Weiß nicht so genau. Klang auf jeden Fall nicht gerade einladend.«

So sehr sie Oni mochte, manchmal kam er ihr schrecklich naiv vor. Sie ließ ihre Stimme so tief wie möglich klingen und mit einer ordentlichen Portion Sarkasmus in der Stimme wiederholte sie die Worte eines Holzfällers: »Keiner der Gefangenen ist jemals zurückgekehrt. Und ich schwöre euch, an manchen Tagen färbt sich das Wasser des Gallanjas rot. Blutrot.«

Von seiner Seite kam keine Reaktion.

»Oni!«

Jetzt seufzte er unüberhörbar. »Das hatten wir doch schon.«

»Aber wir sind ja nicht einer Meinung.«

»Du meinst, wir sind nicht deiner Meinung.«

Sie hatten diese Diskussion tatsächlich schon mehrfach geführt und am Ende hatte er ihren Argumenten nichts mehr entgegensetzen können. Er beendete die Gespräche dann immer mit »Du hast bestimmt recht« und schwieg vor sich hin. Schweigen konnte er überhaupt gut und meistens schien er zufrieden damit zu sein, ihr einfach zuzuhören. Aber jetzt wollte sie, dass er redete und sie ablenkte. Zu düster wirkte der Wald rechts und links des Weges in dem tristen Grau des Regens. Dabei schien das noch harmlos zu sein im Vergleich zum Schattenwald. So hatte es ihnen jedenfalls ein Holzfäller versichert.

Sie schnaubte leise und versuchte, sich die fremdartigen Pflanzen vorzustellen, die angeblich jenseits des Flusses Gallanja wuchsen. Alles nur Gerede. Genauso wenig glaubte sie daran, dass Verbrecher sich dort in die Wildnis vorwagten, um durch deren Erkundung eine Begnadigung zu verdienen. Trotzdem wäre ihr ein bisschen wohler zumute gewesen, würde Oni ihre Meinung teilen, dass die Einheimischen hier einfach ein bisschen dick auftrugen.

»Dann überzeuge mich doch!«, sagte sie.

»Wir drehen uns aber im Kreis. Es gibt halt Orte, an denen Menschen nichts zu suchen haben. Nimm die Ragga-Spitze. Das ist ein Berg in meiner Heimat, auf dem ein Riese lebt. Er hasst die Menschen und wirft mit Felsbrocken nach jedem, der ihm zu nahe kommt. Auch von dort ist noch niemand zurückgekehrt und keiner bei gesundem Verstand geht dorthin.«

Sie verdrehte die Augen. »Ach ja? Und woher weiß man dann, dass es ein Riese ist? Hast du ihn selbst gesehen? Oder irgendjemand, den du kennst?«

»Nein.«

»Aha!«

Oni ließ den Kopf hängen. »Es gibt vieles, das sich nicht mit dem Verstand erklären lässt.«

»Nenn mir eins!« Durchnässt bis auf die Haut musste sie sich zügeln, um ihm Zeit für eine Antwort zu lassen. Sie hatte gelernt, dass er im Gegensatz zu ihr erst einmal nachdachte, bevor er etwas sagte. Eine eisige Böe schlug ihr entgegen und blies ihre Geduld davon. »Siehst du, da gibt es nichts.«

»Magie.«

Überrascht sah sie zu ihm hinüber und ihr war, als läge ein leichtes Grinsen in seinem Mundwinkel.

Kurz nach Einsetzen der Dämmerung erreichten sie eine grob gezimmerte Wetterhütte, aus deren Eingang das einladende Flackern eines Feuers drang. Im Inneren schlief ein bärtiger Mann neben einer Feuerstelle und hinter ihm lagen ein großer Rucksack und eine Axt. Ein Trinkschlauch ruhte in seiner Hand und es roch nach Alkohol.

Don und Dante schüttelten sich das Wasser aus dem Fell, doch der Mann reagierte weder auf den Tropfenschauer noch auf das Zischen des Feuers. An einer Wand waren Zweige gestapelt. Aus mehreren davon baute Oni ein Gestell am Feuer, über das sie ihre Oberkleider zum Trocknen hängten.

Schweigend genoss Trisha die wohlige Wärme, stärkte sich aus ihrem Vorrat und beschloss dann, ihre Diskussion wieder aufzunehmen. »Ich habe über deine Antwort nachgedacht, dass sich Magie nicht mit Vernunft erklären lässt.«

Mit zusammengezogenen Augenbrauen deutete Oni auf den Holzfäller, doch sie winkte ab. »So wie der nach Alkohol stinkt, bekommt er mit Sicherheit nichts mit.«

Wie zur Bestätigung ertönte von der anderen Seite des Feuers ein lautes Schnarchen.

Oni sah sie skeptisch an, sagte aber nichts.

»Manche Leute halten schon die Eisenöfen in Minnk oder die Sägemühlen in Lumbene für Zauberei. Einfach, weil sie nicht verstehen, wie die funktionieren. Nur weil wir beide unsere Kräfte nicht erklären *können*, folgt daraus nicht, dass man sie nicht erklären *kann*!«

»Hm.«

»Was soll das heißen, hm?«

»Du hast bestimmt recht.«

»So diskutiert man nicht!«

»Ich will ja auch gar nicht mit dir diskutieren.«

Sie verdrehte die Augen. »Oni!«

»Nun denn. Wenn du etwas nicht verstehst, was andere

verstehen, bedeutet das doch nicht, dass es nichts gibt, was niemand versteht.«

»Ich glaube aber, dass wir alles verstehen können, wenn wir nur genug darüber lernen.«

»*Glaubst* du. Vater Tywin hat immer gesagt: Glauben heißt nicht wissen.«

»Priester! Was wissen *die* denn schon?«

Abrupt fuhr Onis Kopf zu ihr herum. »Das ist …« Seine Worte erstarben mitten im Satz. Er hatte ihr erzählt, was für ein Schock der Anblick im Tempel gewesen war. Diese aufgedunsenen, dekadenten Kerle waren das Gegenteil von dem, was er erwartet hatte. Bis dahin hatte er geglaubt, alle Geistlichen seien wie Tywin, sein Dorfpriester, oder Gereon, der sich für ihn eingesetzt hatte. Jetzt seufzte er wieder. »Was weiß *ich* schon. *Du* kennst die Welt, ich nur meine Schafweide.«

»Aha! Ich finde, es steht dir nicht, wenn du dich kleiner machst, als du bist.« Als er darauf nicht antwortete, zuckte sie mit den Schultern und fuhr fort: »Lass uns einmal betrachten, was wir über Magie wissen. Alles, was ist, beruht auf den Gaben der Vier, also dem Leben, dem Bewusstsein, der Bewegung und der Vergänglichkeit.«

Oni nickte, blieb aber still.

»Ihr Wesen wirkt unterschiedlich stark in allem. Alles vergeht, doch ein Stein zum Beispiel verändert sich nur sehr langsam. Und außer Sogostan wirkt keiner der anderen Götter darin. Ein Stein lebt nicht, er denkt nicht und kann sich auch nicht bewegen. Den Pflanzen hat Dree Leben eingehaucht, und bei Tieren kommt Umis Geschenk der Bewegung hinzu. Allair hat uns Menschen zu etwas Besonderem gemacht, indem er uns Bewusstsein verlieh.«

Mit Blick auf seine Hunde entgegnete Oni: »Tiere haben auch ein Bewusstsein.«

»Das stimmt, aber sie wurden nicht so reich von Allair beschenkt wie wir Menschen. Einverstanden?«

Erneut antwortete Oni mit einem Nicken.

»Dann gibt es so etwas wie den Wind, der von Bewegung erfüllt ist, doch kein Bewusstsein hat und auch nicht lebt, genauso wie der Fluss.«

Oni griff ihren Faden auf: »Wenn die Kräfte der Vier in allem unterschiedlich stark wirken …«

»… könnte es einfach sein, dass sie in uns besonders wirksam sind«, führte Trisha den Satz zu Ende. »Du vermagst es, Leben zu geben oder zu nehmen. Ich kann Dinge bewegen. Und wenn ich bete, dann zumeist zu Umi.«

»Und ich fühle mich Dree am nächsten. Du könntest recht haben! Aber was bedeutet das?«

Aufgeregt warfen sie sich gegenseitig Ideen zu, doch nach einer Weile mussten sie feststellen, dass sie an diesem Abend keinen Durchbruch erzielen würden. Inzwischen waren ihre Sachen getrocknet und mit einem wohligen Schauer schlüpfte Trisha in ihre warme Kleidung. Wenig später war sie eingeschlafen.

Am nächsten Morgen erwachte sie, als der Holzfäller mit frischem Holz im Arm hereingepoltert kam. Er nickte ihnen zu, stapelte Scheite und Zweige an der Wand und verabschiedete sich mit einem weiteren wortlosen Gruß. Nach einem kurzen Frühstück packten sie ihre Sachen und brachen auf. Die Wolken hatten sich verzogen und der klare, frische Morgen bescherte ihnen gute Laune.

In den folgenden Tagen kamen sie zügig voran, freuten sich über das trockene Wetter und begegneten fast keiner Menschenseele. Nach einem besonders beschwerlichen Tag mit vielen Anstiegen schlugen sie erschöpft ihr Lager auf und Oni entfachte ein kleines Lagerfeuer.

Trisha streckte ihre Hände der Wärme entgegen und vergaß für einen Moment all ihre Sorgen. Von der gegenüberliegenden Seite schenkte Oni ihr ein Lächeln und sie konnte nicht anders, als es zu erwidern. Don und Dante tauchten im Lichtschein auf, jeder mit einem Kaninchen im Maul. Dante legte seine Beute vor Onis Füßen ab, woraufhin der dem Hund liebevoll über den Kopf streichelte.

Ihre Gedanken verloren sich im hypnotischen Tanz des Feuers und sie konnte sich nicht daran erinnern, wann sie sich das letzte Mal so wohl gefühlt hatte. Ihre Familie, die Magie, ihre Aufgabe – das alles war mit einem Mal so fern. Still betrachtete sie Oni, der auf dem Rücken lag und verträumt in den Himmel schaute. Was mochte ihm wohl durch den Kopf gehen? Das fragte sie sich überhaupt des Öfteren. Anfangs war er ihr ein bisschen einfach vorgekommen, doch auch wenn er ungebildet war, verfügte er über einen scharfen Verstand. Und er hörte ihr zu, aufmerksam und ernsthaft. Nur ganz selten behandelte er sie wie eine Prinzessin, was ungemein erfrischend war. Bisher hatte sie das nur von Meyla erfahren dürfen und zu Beginn auch von Jula.

Und da war er wieder, dieser Stachel, der sie quälte, seit sie Oni aus dem Kerker befreit hatte. Er schien ihr gegenüber durch und durch aufrichtig zu sein. Und sie selbst? Sie hatte ihn wegen seiner Schwester belogen. Aus Angst, dass er vielleicht eher seiner Familie helfen würde als ihr. Weil sie sich so allein und hilflos vorgekommen war und unbedingt einen Freund gebraucht hatte und weil die Erfüllung ihres Schwurs wichtiger war als alles andere. Aber es fühlte sich so schrecklich falsch an. Ihre Beweggründe galten immer noch, aber irgendetwas hatte sich verändert. Sie wollte ihm unbedingt die Wahrheit sagen, wollte nicht, dass das Geheimnis zwischen ihnen stand. Doch was, wenn er ihr böse wäre und sich deswegen von ihr und der Aufgabe abwandte? Sie brauchte ihn, um das Ei zu befreien, und deswegen durfte sie es ihm nicht verraten, selbst wenn sie es wollte. Nicht jetzt. Oder doch? Mit allem Mut und aller Kraft, die sie aufbringen konnte, stemmte sie sich gegen den inneren Zwang, der ihre Lippen verschloss. »Oni, ich … deine Schwester …« Dann brach ihre Stimme.

✳✳✳✳

Oni setzte sich auf und blickte zu Trisha hinüber, die völlig  auf das knisternde Feuer konzentriert schien. Anspannung war ihr ins Gesicht geschrieben, als sie mehrfach ansetzte zu sprechen, jedoch kein einziges Wort herausbrachte.

Unsicher wartete er ab.

Ihr Mienenspiel schien zwischen Entschlossenheit und Verwirrung zu wechseln, doch mochte dieser Eindruck auch dem Flackern der Flammen geschuldet sein.

»Ja?« Aus einer unerklärlichen Besorgnis heraus sprach er ganz leise.

Da wandte sie sich abrupt ab und legte sich mit dem Rücken zu ihm hin.

»Trisha?«

Ohne sich umzudrehen, fuhr sie ihn brüsk an: »Lass mich in Ruhe, ich will schlafen.«

Einige Zeit noch starrte er ratlos in das Feuer, bis die Müdigkeit ihn schließlich überkam und er in einen traumlosen Schlaf fiel.

Mitten in der Nacht schreckte er jedoch wieder auf, geweckt von einem tiefen Knurren seiner Hunde. Mit gesträubtem Fell und entblößten Lefzen witterten sie in die Richtung, aus der sie gekommen waren. Eilig weckte er Trisha und legte ihr einen Finger auf die Lippen. Rasch entzündete er die Laterne, schippte Erde auf die Glut und raffte ihre Sachen zusammen. In der Ferne erklang wildes Hundegebell.

»Lauf!«, schrie Oni und sie rannten hinein in den mondbeschienenen Wald.

Immer wieder peitschten ihm Zweige ins Gesicht und einige Male stolperte er. Trisha war ihm dicht auf den Fersen, Don und Dante an seiner Seite. Mit einem Arm geriet er in einen Dornbusch und riss sich tiefe Striemen, die er fast beiläufig wieder heilte. Der Atem ging ihm immer schwerer, doch das Heulen wurde zunehmend lauter und trieb sie voran. So schnell sie konnten, rannten sie durch den Wald und seine Brust begann zu schmerzen. Trisha, die deutlich mehr Kondition hatte als er, überholte ihn rasch.

Das Gurgeln eines Bachs drang durch das Pochen in seinen Ohren und er schöpfte neue Hoffnung. Wasser war gut, um Hunde abzuschütteln. Er trieb sich weiter voran, da hörte er ein fieses Knacken vor sich und einen schrillen Schrei von Trisha. Sie war mit dem Fuß in einer Wurzel hängen geblieben und mit schmerzverzerrter Stimme stieß sie stoßweise aus: »Ich glaube, der Fuß ist gebrochen.«

Mit einer Hand griff er nach ihr, mit der anderen fasste er an die Wurzel, öffnete sich und heilte den Knochen. Während der Bruch sich schloss und gerissene Muskeln wieder zusammenwuchsen, suchte er nach der Kraft des Baumes. Doch es war ein totes Gehölz und so vermochte er Trisha zwar zu heilen, brach dann aber selbst entkräftet zusammen.

»Lauf ohne mich weiter!«, stammelte er, doch stattdessen bückte sie sich und las ein paar Steine auf.

»Gemeinsam oder gar nicht. Ich lasse dich nicht zurück!«

Don und Dante bauten sich schützend vor ihnen auf, als auch schon die Meute der Verfolger zwischen den Bäumen hervorbrach. Ohne zu zögern, stürzten sich die beiden den Angreifern entgegen und verbissen sich in diese. Weitere Bluthunde tauchten auf, ignorierten die beiden Hütehunde und sprangen Oni und Trisha an.

Er spürte, wie starke Kiefer zuschnappten und sich Fänge in seine Arme und Beine bohrten. Instinktiv entriss er den Biestern die Lebenskraft und machte sie sich zu eigen. Einen Wimpernschlag später waren die drei Hunde tot, doch deren Zähne steckten tief in seinem Fleisch und das Gewicht der Tiere fesselte ihn am Boden.

Ein riesiges, schwarzes Monster von einem Hund schob sich über ihn und Onis Welt bestand nur noch aus Reißzähnen und fauligem Atem. Das Untier stieg auf seine Brust, um nach seiner Kehle zu schnappen. Doch plötzlich prallte ein schwerer Stein in die Flanke des Tieres und fegte es zur Seite weg, wo es regungslos liegen blieb. Mit einem Stock bewaffnet kam Trisha herbeigeeilt und befreite Oni. Sie schien unverletzt. Hinter ihr entdeckte er zwei weitere Tiere, die regungslos auf dem Waldboden lagen und aus Kopfwunden bluteten.

Ein lautes Jaulen ließ ihn jäh auffahren. Don hatte seinen Angreifer erledigt, doch Dante war zu Boden gegangen. Die letzte Bestie stand über ihm, schlug die Fänge in die Kehle des kleineren Hundes und biss mit aller Kraft zu.

Schon war Don bei ihnen und versenkte seine Zähne im Nacken des Bluthundes, doch der ließ nicht von Dante ab. Wie ein chaotisches Knäuel aus Leibern, Beinen und Köpfen rollten die drei über den Waldboden. Trisha hatte einen weiteren Stein aufgesammelt, bereit, ihn mit ihrer Magie auf den feindlichen Hund zu schleudern. Oni sprang vor, um dem Biest die Lebenskraft zu nehmen, da beendete Don den Kampf. Er warf sich zur Seite und brach seinem Gegner mit einem lauten Knacken das Genick.

Augenblicklich herrschte Stille, nur unterbrochen von schweren Atemstößen. Dante lag regungslos da, den Kopf unnatürlich weit im Nacken. Eine riesige Wunde klaffte an seiner Kehle. Der Boden vor ihm war blutgetränkt und seine Augen starrten ins Leere.

Oni stürzte zu ihm und legte die Hand auf den warmen Körper. Er öffnete sich und – nichts. Kein astrales Abbild, kein ätherisches Geflecht von Lebensenergie, kein schlagendes Herz. Nichts. Sein lieber, treuer Freund war tot.

»Nein!«, schrie er seine Verzweiflung hinaus und vergrub das Gesicht in Dantes Fell. Haltlos liefen ihm die Tränen und seine Brust bebte unter tiefen Schluchzern. Er sah Dante als Welpe vor sich, mit seinen lustigen Schlappohren. Tollpatschig, wie er gewesen war, hatte er immer Unsinn angestellt und Oni damit zum Lachen gebracht. Dann die schöne Zeit, als er Dante zusammen mit seinem Vater ausgebildet und dabei selbst das Schäferhandwerk erlernt hatte. Ihre gemeinsame Reise zum Windemere und die große Freude, als das treue Tier ihm ins Tal der Holzfäller gefolgt war. Und jetzt? Jetzt lag sein Körper vor ihm auf dem Waldboden und Dante war fort.

»Oni!«, drang Trishas Stimme an sein Ohr. »Wir müssen weiter. Hör doch!«

Das Knacken von Holz und neuerliches Gebell drangen durch den nächtlichen Wald, doch er war unfähig, sich zu rühren.

Mit einer Kraft, die nicht zu ihrem zierlichen Körper passte, zog Trisha ihn auf die Beine. »Oni aus dem Faernthal!« Ihr Tonfall duldete keinen Widerspruch. »Jetzt ist die Zeit, uns zu retten. Wir werden hinterher trauern.«

Er wusste, dass sie recht hatte, trotzdem brachte er es nicht übers Herz, seinen Freund so zurückzulassen.

»Du setzt jetzt deinen Schäferhintern in Bewegung oder ich werde dir mächtig hineintreten!«

Diese derben Worte aus ihrem Mund zu hören, war so seltsam, dass sie ihn aus seiner Trance rissen und mit einem lauten Schluchzen wandte er sich von seinem treuen Gefährten ab. Es kam ihm wie Verrat vor, als ob er Dante im Stich ließe.

Nach nur wenigen Schritten erreichten sie den kleinen Bach, stolperten hinein und folgten dessen Lauf einige Zeit stromabwärts. Es dauerte lange, bis sie sich sicher genug fühlten, um ans Ufer zurückzukehren, durchnässt, frierend und bis ins Mark erschöpft. Trisha trieb sie jedoch unerbittlich weiter, ungeachtet der Strapazen, die bereits hinter ihnen lagen.

Oni war alles egal, in seiner Trauer war er seltsam unberührt von dem, was um ihn herum vorging. Als die Prinzessin schließlich eine Rast vorschlug, ließ er sich einfach auf den Boden sacken und rollte sich zusammen. Don trottete herbei und legte sich neben ihn. Oni war froh um dessen Nähe und Wärme.

Ein seltsames Klackern riss ihn schließlich aus seinem stumpfen Brüten. Die Arme um ihren Körper geschlungen, lag Trisha ein paar Schritte entfernt neben ihm und klapperte vor Kälte mit den Zähnen. Mühsam erhob er sich und ging zu ihr hinüber. Er ließ sich hinter ihr nieder und legte seinen Arm um sie. Don folgte seinem Beispiel und rollte sich vor ihrer Brust zusammen.

»Danke«, flüsterte sie und drückte sich fest an ihn.

»Ich bin es, der zu danken hat«, entgegnete Oni. »Ich habe aufgehört zu zählen, wie oft du mir schon das Leben gerettet hast. Nun versuch, ein wenig zu schlafen. Don und ich passen auf dich auf.«

Die Erinnerung an das Erlebte hielt jedoch nicht nur ihn wach, sondern auch die Prinzessin. Er öffnete sich und nahm ihr gerade so viel Kraft, dass sie endlich einschlief.

Langsam, um die Prinzessin nicht erneut zu wecken, ließ er das Leben wieder in sie zurückfließen. Nach allem, was an diesem schrecklichen Tag geschehen war, fühlte er sich in ihrer Nähe geborgen. Sanft strich er durch ihr Haar und ein tiefes Glück drängte die Trauer zurück. Eingebettet in dieses warme Gefühl fand auch er endlich in einen traumlosen Schlaf.

Am nächsten Morgen stärkte er sie alle, dann brachen sie rasch auf. Nach den gestrigen Ereignissen war selbst Trisha schweigsam und grübelte vor sich hin.

Diesmal war er es, der das Schweigen nicht ertrug und seine Gedanken aussprach: »Was sollen wir jetzt machen? Wir haben bisher keine Spur vom Tal von Anvar gefunden, nicht mal den kleinsten Hinweis. Bald werden wir den Gallanja erreichen und dahinter kommt nur noch der Schattenwald. Da wir verfolgt werden, können wir aber auch nicht umkehren. Wir stecken in einer Sackgasse.«

»Mich wundert es nicht, dass niemand von dem Tal weiß«, antwortete Trisha schließlich. »Selbst ich kenne es nicht und glaube mir, ich musste alle Karten des Königreichs studieren. Ich habe lange darüber nachgedacht und bin der Meinung, dass wir in den Schattenwald gehen sollten.«

Oni blieb stehen und sah sie mit großen Augen an. »Wir haben doch schon darüber gesprochen. Ich denke, wir sollten ihn tunlichst meiden und erst einmal das restliche Tal erkunden.«

»Aber wenn das Tal von Anvar nur vom Schattenwald aus zu erreichen ist, wäre das doch eine gute Erklärung dafür, warum niemand etwas darüber weiß.«

»Ja, weil jeder verschwunden ist, der sich dort hineingewagt hat. Tote können halt nicht reden.«

Trisha legte ihren Kopf in den Nacken. »Je länger ich darüber nachdenke, desto sicherer bin ich mir. Ich werde in den Schattenwald gehen und hätte dich gerne bei mir.«

Oni seufzte laut. »Du magst eine Prinzessin sein, bist aber stur wie ein alter Hammel.«

Ein Grinsen stahl sich in ihr Gesicht. »Und du bist zu besorgt. Selbst wenn da ein steineschmeißender Riese haust, wovor sollten wir uns fürchten? Wir sind schließlich mächtige Magier.«

Zornig blieb er stehen und obwohl er flüsterte, zuckte Trisha zusammen: »O ja, wir sind so unglaublich mächtig. Dante wird dir da sicher zustimmen!«

Trisha öffnete den Mund zu einer Erwiderung, schloss ihn aber wieder, ohne etwas zu sagen, und schweigend setzten sie ihren Weg fort.

Einige Zeit später knackte es laut im Blätterdach und rauschend landete Drago neben ihnen. In den folgenden Tagen schritt er stoisch hinter ihnen her. Um Aufmerksamkeit zu vermeiden, umgingen sie alle Siedlungen und hielten sich abseits der Wege. Da sie sich auch nicht mehr trauten, ein Feuer zu entzünden, liefen sie des Nachts und rasteten am Tag, wenn es wärmer war.

So zermürbend ihre Reise auch war, etwas Gutes konnte Oni dem Ganzen doch abgewinnen: Zum Schlafen schmiegten sie sich jetzt immer aneinander.

Feuer und Gefangenschaft

Einige Tage später rasteten sie am Ufer des Gallanjas. Seit
 sie auf den Fluss gestoßen waren, folgten sie
ihm stromaufwärts in der Hoffnung, das
reißende Gewässer noch vor Dystop zu überqueren.

Trisha, die zwischen ihm und Don lag, war bereits eingeschlafen, doch Oni kam nicht zur Ruhe. Mit einem mul-
migen Gefühl beobachtete er das andere Ufer, wo sich still
der Schattenwald erhob. Wie eine Wand ragte er abweisend
auf und selbst wenn sie den Fluss hätten überwinden können,
wären sie wohl kaum einen Meter vorangekommen. Aus den
Augenwinkeln heraus meinte er mehrfach Bewegungen
wahrzunehmen, doch wenn er genau hinschaute, war dort
lediglich undurchdringliches Grün. Sicher bildete er sich
alles nur ein, aber was auch immer geschah, er würde Trisha
beschützen.

Bei dem Gedanken an die Prinzessin schlug sein Herz
schneller und als sie sich im Schlaf drehte, betrachtete er ihr
hübsches Gesicht. Selbst in ihrem jetzigen Zustand, schmutzig, ungekämmt und in zerrissenen Kleidern, war sie immer
noch das schönste Mädchen, das er in seinem Leben gesehen
hatte.

»Du bist wunderschön«, flüsterte er und hätte schwören
können, dass ihr Gesicht in diesem Moment etwas Farbe bekam. Sie drehte sich erneut um und schmiegte wieder ihren
Rücken an ihn. An diesem Tag dauerte es noch lange, bis er
in den Schlaf fand.

Dystop erreichten sie an einem späten Nachmittag und schlugen ihr Lager etwas außerhalb an einem bewaldeten Hügel auf. Von diesem Standort aus konnten sie das Dorf und die dort endende Straße gut überblicken. Es war eine unscheinbare Siedlung, deren gedrungene Häuser in einem Halbkreis um eine kleine Festung standen. Diese wiederum lag unmittelbar an einer Schlucht, durch die der Gallanja toste. Eine knapp mannshohe Mauer schirmte das Dorf vom Umland ab und über die Klamm spannte sich eine steinerne Brücke, deren Zugang im Burghof lag.

Hinter einem Gebüsch verborgen, beobachteten sie die Siedlung und waren schnell gelangweilt. Zwischen den vielleicht zwei Dutzend Häusern waren nur wenige Menschen unterwegs. Gegen Abend kehrten ein paar Holzfäller zu ihren Familien heim und Rauch stieg aus den Schornsteinen auf.

Kurz bevor es dunkel wurde, wies Trisha auf ein paar Gestalten, die aus dem Schattenwald zurückkehrten und auf die Überquerung zuhielten. »Sieh an, sieh an, es gibt Überlebende. Die Schatten sind anscheinend wählerisch.«

Mit zusammengekniffenen Augen versuchte Oni, mehr zu erkennen. »Hm, wenn Gefangene freiwillig zurück ins Gefängnis gehen, müssen die sich auf der anderen Flussseite schon ganz schön sicher fühlen.«

Trisha gab nicht nach: »Wahrscheinlich sind das ganz normale Arbeiter, die nach Hause zurückkehren. Wie auch immer, die Frage ist jetzt, wie gelangen wir in die Festung hinein und über die Brücke hinüber?«

»Wir könnten uns im Ort umhören, aber das Risiko ist groß, dass unsere Verfolger schon hier sind. Ich frage mich immer noch, wer die eigentlich waren.«

Mit einem Satz war Trisha auf den Beinen und lief zwischen den Bäumen umher, während Oni sie still betrachtete.

Er wusste inzwischen, dass Bewegung ihr dabei half, sich zu konzentrieren, und wollte sie nicht in ihren Gedanken stören.

Während er sie ansah, stahl sich ein glückliches Lächeln in sein Gesicht. Als Trisha es bemerkte, hielt sie inne und erwiderte es. Sein Herz wurde ihm leicht, ein Kribbeln breitete sich in seinem Bauch aus und für einen Moment vergaß er all seine Sorgen. Blätter raschelten im Wind, irgendwo sang ein Vogel und mit einem Mal wurde ihm klar, dass er verliebt war.

Beide setzten gleichzeitig an, etwas zu sagen, doch mit einem lauten Rauschen landete Drago einmal mehr neben ihnen und brach die Magie des Augenblicks.

Wenig später lagen sie wieder hinter dem Busch, spähten zum Dorf hinüber und Trisha teilte ihre Überlegungen: »Telessa und meine Schwester werden mich ganz sicher suchen lassen und in Lumbene haben wir viel Aufmerksamkeit erregt. Außerdem müssen wir davon ausgehen, dass dich die Kleine aus den Höhlen der Hoffnung verraten hat. Dein Zauber wirkte doch angeblich bis Neumond, oder?«

Er schlug sich die Hand gegen die Stirn. »Verdammt. Du hast recht. Neumond war zwei Tage nach unserer Flucht. Ich bin so ein Hammel! Warum habe ich nicht einfach *einen Götterlauf* gesagt?«

Aufmunternd lächelte Trisha ihn an. »Du musstest halt schnell eine Lösung finden. Akabar sagt immer: ›Wer vergossener Milch nachweint, bezahlt doppelt‹.«

Aus Angst vor ihren Verfolgern beschlossen sie, erst einmal in ihrem Versteck zu bleiben und das Dorf weiter zu beobachten. Auch in den nächsten Tagen war in Dystop wenig los. Jeden Morgen fand sich ein kleiner Trupp von Arbeitern vor der Festung ein. Das Tor wurde geöffnet und wenig später tauchten die Gestalten auf der Brücke wieder auf. Zu Trishas Genugtuung handelte sich ganz offensichtlich nicht um Gefangene. Abends, kurz vor Einbruch der Dunkelheit, kehrten die Leute wieder heim.

Gegen Ende des folgenden Tages kam eine kleine Gruppe Händler die Straße entlang. Vorneweg schritten vier Erwachsene, hinter ihnen trug ein Dutzend Lastenhammel große, verschnürte Ballen voller Waren. Zwei Hütehunde trotteten zu beiden Seiten dahin und ihr Anblick versetzte Oni einen schmerzhaften Stich. Zwei Jugendliche bildeten die Nachhut. Einer von ihnen trug das Banner der fahrenden Händler und zeigte damit, dass sie unter besonderem Schutz standen.

Trisha sprang auf. »Komm mit. Eine bessere Gelegenheit wird es nicht mehr geben.«

Im Schatten der Bäume eilten sie zum Weg hinunter und erreichten diesen zwischen Dystop und den Händlern. Sie warteten, bis sie die Gruppe hören konnten, und setzen sich dann ganz gemächlich in Richtung Dorf in Bewegung. Wenig später hatten die Handelsleute sie auch schon eingeholt.

Ohne anzuhalten, nickten die Kaufleute ihnen freundlich zu. »Die Viere zum Gruß.«

Oni antwortete mit denselben Worten und sie ließen sich bis ans Ende des Handelszugs zurückfallen, wo Trisha mit den Jugendlichen ein Gespräch begann.

Der Schmutz der Reise haftete auch an den Händlern und bei der Ankunft in Dystop wirkte es nach außen fast so, als gehörten sie zu der Gruppe. Mit ihrem letzten Geld kauften sie neue Kleider und quartierten sich ebenfalls im Wirtshaus ein. Auf dem Zimmer wuschen sie sich und schlüpften in die frischen Sachen.

Mit dem Ziel, Informationen zu sammeln und Trishas Hunger zu stillen, gingen sie hinab in die Gaststube. Köstlicher Bratenduft lag in der Luft. Aus der Küche drang das Klappern von Geschirr. Der Schankraum war nicht besonders groß und der Besuch der Handelsleute lockte offensichtlich viele Gäste an. Farek und Karrl, die Söhne der Händler, winkten Trisha und Oni zu sich an den Tisch. Die beiden folgten der Aufforderung gerne, doch Onis gute Stimmung verflog alsbald. Die Jungen lotsten die Prinzessin geschickt zwischen sich und begannen, ganz ungeniert um sie zu werben. Nicht nur, dass er selbst weitgehend ignoriert wurde, Trisha schien sogar Vergnügen an der Gesellschaft zu finden. Sie errötete und kicherte jedes Mal, wenn einer der beiden einen Witz erzählte, wovon sie aus einem schier unbegrenzten Vorrat schöpften. Dazwischen gaben sie wilde Räubergeschichten zum Besten, die völlig an den Haaren herbeigezogen waren. Trotzdem schien Trisha tief beeindruckt zu sein und hing den beiden fasziniert an den Lippen.

Um sich abzulenken, widmete er seine Aufmerksamkeit den anderen Gästen. Neben ihnen und den Händlern war eine Gruppe Einheimischer da, außerdem ein ruppig aussehender Kerl mit langem Zottelbart, hinter dessen Tisch eine Holzfälleraxt an der Wand lehnte. Der Mann machte sich gerade über sein Essen her und als er bemerkte, dass Oni ihn ansah, starrte er aus funkelnden Augen zurück. Schnell ließ Oni seinen Blick weiterwandern. In einer Ecke saß eine Frau in brauner Reisekleidung und nippte gedankenverloren an einem Weinbecher.

Schließlich war da noch ein dicker Kerl mit raspelkurzen, grauen Haaren. Er trug eine weite Ledermontur und neben ihm stand griffbereit ein Schwert. Der Fremde grüßte mit einem Nicken und erhob sich umständlich. Mit einem Bierhumpen in der einen Hand und dem Schwert in der anderen steuerte er direkt auf ihren Tisch zu. Er grinste breit. »Seid gegrüßt bei den Vieren, ihr Vier. Ich habe Lust auf Gesellschaft und ihr habt offensichtlich spannende Geschichten zu erzählen.« Bevor irgendwer einen Einwand erheben konnte, ließ er sich schnaufend auf den letzten freien Hocker sinken. Er winkte den Schankburschen herbei. »Eine Runde Waldbrand für mich und meine Freunde hier. Und Bier zum Löschen.« Sein massiger Leib hüpfte unter seinem Lachen.

Die beiden Händlerburschen schienen von der Störung nicht begeistert zu sein, waren aber der Einladung auch nicht abgeneigt.

Mit dröhnender Stimme stellte der Mann sich vor. »Man nennt mich Oloff den Wanderer. Darf ich fragen, mit wem ich die Ehre habe?«

Farek nannte ihre Namen, dann konzentrierte er sich wieder auf Trisha. »Wo war ich stehengeblieben? Ach ja, wir hatten gerade die Räuber in die Flucht geschlagen und begannen damit, unsere Wunden zu versorgen, als ...«

Oloff wandte sich Oni zu. »Und du, mein Freund, was führt dich ans Ende der Welt? Auf der Suche nach Abenteuern, wie die beiden dort drüben?«

Noch bevor Oni antworten konnte, kam der Schankjunge und brachte die Getränke.

Oloff hob seinen Schnapsbecher: »Auf euch, meine Freunde!«

Der Geruch des Alkohols stach Oni in der Nase. Doch die beiden anderen Jungen stürzten die Getränke herunter und da er ihnen in nichts nachstehen wollte, leerte er den Becher ebenfalls in einem Zug. Im nächsten Moment stand seine Kehle in Flammen und er hatte das Gefühl, die Augen würden ihm aus den Höhlen schießen. Er wollte sich heilen, vermochte den Schmerz jedoch nicht zu lindern.

»Jetzt weißt du, warum es ›Waldbrand‹ heißt«, johlte der Dicke und schlug ihm auf die Schulter. »Das Einzige, was hilft, ist, es mit einem Bier abzulöschen.« Er schob Oni einen der Krüge herüber.

Farek und Karrl lachten laut, ihnen schien das Getränk sogar zu schmecken.

Frustriert hob Oni den Bierhumpen an die Lippen und nahm einen tiefen Schluck. Es ging es ihm direkt besser, er fühlte sich leicht und beschwingt.

Trishas sah ihn mit finsterer Miene an und schüttelte den Kopf, dann wandte sie sich wieder Karrl zu. War sie enttäuscht, dass er keinen Alkohol gewohnt war? Mit den beiden Angebern würde er auf jeden Fall mithalten.

Bald waren Becher und Humpen wieder gefüllt und diesmal brannte es schon weniger. Oloff ließ sich nicht lumpen und bestellte noch eine weitere Runde. Der dicke Mann wurde ihm zunehmend sympathischer und Oni fühlte sich geschmeichelt, dass sich jemand für ihn interessierte. Natürlich erzählte er ihm nur die Geschichte, die er und Trisha sich zurechtgelegt hatten, aber um mit Farek und Karrl mitzuhalten, schmückte er diese mit allerlei Abenteuern aus.

Nach einiger Zeit spürte er den Ruf der Natur und entschuldigte sich lallend. Auf dem Weg zum Abtritt musste er sich ständig festhalten, so sehr schwankte die Welt auf einmal um ihn herum. Kaum war er durch die Tür hinaus ins Freie getreten, fühlte er sich, als hätte ihm jemand eins übergezogen. Auf den Knien übergab er sich, bis es nichts mehr gab, was er noch hätte ausspucken können. Er erhob sich mühsam wieder und suchte wankend nach dem stillen Örtchen.

Auf dem Weg zurück kam ihm Oloff entgegen. »Aah, junger Freund, wir haben dich schon vermisst. Oh, und hinter dir ist ja auch deine hübsche Freundin.«

Kaum hatte Oni sich umgedreht, traf ihn etwas schwer am Kopf und ihm wurde schwarz vor Augen.

Mit einem Dröhnen im Schädel kam er wieder zu Bewusstsein und fühlte sich, als wäre eine ganze Schafherde über ihn hinweggetrampelt. Ohne die Augen zu öffnen, betastete er die riesige Beule. Sofort heilte er sich, doch die Schmerzen klangen nur unwesentlich ab.

Vorsichtig blinzelte er, bis sein Sichtfeld sich klärte. Durch eine vergitterte Öffnung weit oben in der Wand fiel Sonnenlicht in eine karge Gefängniszelle und er seufzte schwer. »Nicht schon wieder!«

Mühsam setzte er sich auf, bereute es aber sofort, da ihm gleichzeitig schwindelig und schlecht wurde. Einige Male atmete er tief durch und zuckte zusammen, als Trishas Stimme hinter ihm ertönte: »Na, das hast du ja großartig hinbekommen.«

Vorsichtig drehte er sich um. »Wo sind wir? Was ... was ist passiert? Ich erinnere mich nur noch daran, dass ich zur Toilette musste.«

Deutlicher Ärger schwang in ihrer Stimme mit: »Ich sag dir, was geschehen ist! Du hast dich abfüllen lassen, hast ausgeplaudert, wer wir sind, und dich dann niederschlagen lassen.«

Oni erinnerte sich daran, wie er sich für besonders schlau gehalten und erklärt hatte, wieso sie nicht auf der Flucht waren und ganz bestimmt nicht gesucht wurden. Am Tisch war er sich so richtig gescheit vorgekommen, doch jetzt schämte er sich für seine Dummheit. »Es tut mir leid. Ich hab's verbockt.«

Immer noch verärgert fuhr sie ihn an: »Das kannst du laut sagen. Du warst noch nicht lange weg, da folgte dir Oloff nach draußen. Kurze Zeit später kam er wieder rein und winkte mich zu sich. Es gehe dir schlecht und du würdest nach mir rufen. Also bin ich raus und da lagst du neben Don auf dem Boden. Als ich mich zu dir heruntergebeugt habe, muss Oloff mich niedergeschlagen haben.«

Oni betrachtete angestrengt seine Finger. Dann überwand

er sich und sah Trisha direkt an. »Das ist alles meine Schuld. Es tut mir wirklich leid. Ich weiß nicht, was über mich gekommen ist.«

»Das kann ich dir sagen.« Ihre Stimme klang eine Spur milder. »Du bist Oloff auf den Leim gegangen. Dabei habe ich dich doch noch gewarnt.«

Erstaunt zog er die Augenbrauen hoch. »Du hast mich gewarnt? Wann?«

Sie seufzte, so als sei er besonders begriffsstutzig. »Ich habe den Kopf geschüttelt! Und du hast mich dabei angesehen.«

Oni war verdattert. »Das soll deine Warnung gewesen sein? Ich hab gedacht ...«

Die Prinzessin fiel ihm ins Wort: »Du hast was gedacht? Dass ich nur ein paar Mal schnell nach rechts und links gucken wollte? Oder hätte ich besser quer über den Tisch rufen sollen: ›Oni, hör auf. Du verträgst keinen Alkohol und gleich plauderst du bestimmt unsere Geheimnisse aus‹?« Wutträtnen stiegen ihr in die Augen. »Immerhin hast du eines unserer Probleme gelöst. Wir müssen uns nun keine Gedanken mehr darüber machen, wie wir in die Garnison hineinkommen.«

Oni schluckte schwer. »Ehrlich, Trisha, es tut mir leid. Ich war ein Idiot.« Sein Schädel brummte so sehr, dass er kaum einen klaren Gedanken fassen konnte. Derart elend hatte er sich in seinem ganzen Leben noch nicht gefühlt und er schwor sich, Alkohol niemals wieder anzurühren.

Ihn streifte ein wichtiger Gedanke, doch die Kopfschmerzen hämmerten so stark, dass er ihm direkt wieder entglitt. Jedes Mal, wenn er versuchte, sich zu konzentrieren, war ihm, als ob jemand ein Messer in seinen Schädel stieß.

Schließlich brachte ihn Trishas Stöhnen darauf. Vorsichtig erhob er sich und ging zu ihr hinüber. Eine dicke, blutverkrustete Beule zeichnete sich unter ihrem Haar ab, die er sanft heilte.

Trisha belohnte ihn mit einem zaghaften Lächeln und seufzte. »Wenn es sich wenigstens gelohnt hätte, den Abend mit diesen beiden elenden Aufschneidern zu verbringen. Als Händler sind die ja viel herumgekommen, aber außer heißer Luft hatten sie nichts zu bieten. Wenn du denen eine Kerze neben die Ohren hältst, bringst du ihre Augen zum Leuchten.«

Oni lachte, wofür er sofort mit einem stechenden Schmerz bestraft wurde.

Trisha zeigte auf einen Krug. »Du solltest viel trinken, das macht es besser. Zumindest hat Akabar das behauptet. Wieso kannst du die Kopfschmerzen eigentlich nicht heilen?«

Oni zuckte mit den Schultern. »Weiß nicht.«

Unruhig begann Trisha, in der Zelle auf und ab zu gehen. Sie untersuchte das Türschloss, dann versuchte sie, aus dem Fenster zu spähen, doch es war zu weit oben.

»Komm mal her.« Sie winkte Oni herbei und postierte ihn mit dem Rücken zur Wand. Über seine verschränkten Hände stieg sie auf seine Schultern, dann sprang sie hoch und hielt sich an den dicken Gitterstäben fest.

»Was kannst du sehen?«, rief er zu ihr hoch.

»Den Innenhof. Das Fenster befindet sich knapp über dem Boden. Linkerhand ist ein offenes Tor zum Dorf, zur Rechten ein heruntergelassenes Fallgitter, dahinter die Brücke zum Schattenwald. Warte, ich höre Schritte.«

Oni schloss die Augen und lauschte angestrengt. Er vermochte leise Stimmen zu hören, aber Konzentration war mit Schmerz verbunden und so trank er lieber einen weiteren großen Schluck und wartete ab, bis Trisha wieder neben ihm stand und berichtete.

»Oloff war da und hat sich mit einem Hauptmann Barrik gestritten. Auf unsere Ergreifung ist wohl eine Belohnung ausgesetzt und die will er haben. Er hat die ganze Zeit mit einem Papier herumgewedelt, aber den Soldaten hat das nicht gekümmert. Er will uns später befragen und dann entscheiden. Oloff war stinkesauer.«

Oni legte die Hände an die pochenden Schläfen. »Das ist nicht gut. Wir sollten hier irgendwie verschwinden. Wenn ich nur einen klaren Gedanken fassen könnte.«

****

Trisha betrachtete Oni, der wie ein Häuflein Elend auf dem

Boden saß, den Rücken an die Wand gelehnt und den Wasserkrug zwischen seinen Beinen. Selbst schuld, wenn er meinte, ihr etwas beweisen zu müssen.

Ein Bellen lenkte ihre Aufmerksamkeit auf das Fenstergitter und den Hundekopf, der sich gerade zwischen den Stäben hindurchzwängte.

»Don!«, rief sie im selben Augenblick wie Oni, von dem jedoch sofort ein tiefes Stöhnen folgte.

Im nächsten Moment tauchte ein Paar Beine vor dem Gitter auf. Don wollte zurückweichen, doch er steckte jetzt zwischen den Metallstäben fest. Wild drehte er den Kopf hin und her und knurrte dabei bedrohlich. Trisha musste hilflos mit ansehen, wie ihn ein schwerer Tritt in die Flanke traf. Das arme Tier jaulte laut auf.

Blass, wie er war, baute Oni sich erneut unterhalb des Fensters auf und verschränkte die Finger zu einem Tritt. »Hilf ihm!«

Doch noch bevor Trisha hinaufsteigen konnte, ertönte draußen eine tiefe Stimme: »Lass das Tier in Ruhe, Oloff!«

»Was kümmert Euch denn dieser räudige Köter, Hauptmann?«

»Einer wie du versteht wohl nichts von Treue, Kopfgeldjäger!« Das letzte Wort klang mehr ausgespuckt als gesprochen. »Das Tier sucht nach seinem Herrn. Warte in der Eingangshalle auf mich, wenn du bei der Befragung dabei sein willst, oder verschwinde aus meiner Burg.«

Oloff entfernte sich und Barrik kniete sich neben Don. »Ganz ruhig, Junge«, sprach er auf den Hund ein und klopfte ihm auf die Flanke.

Trisha war ein paar Schritte von der Wand zurückgewichen, um einen besseren Blick zu haben und Oni trat neben sie. Zwei kurze Pfiffe von ihm und Don wurde ganz still, auch wenn sein Körper weiterhin vor Anspannung zitterte.

»Guter Junge!«, beruhigte ihn der Hauptmann. Seine Hände schoben sich durch das Gitter und befreiten Don behutsam aus seiner misslichen Lage. »Thomak, komm her.« Zwei weitere schwere Stiefel tauchten vor dem Fenster auf. »Das Tier kann hierbleiben. Sieh zu, dass du was zu fressen und saufen für ihn findest.«

Beide verschwanden und einige Zeit später tauchte der Hauptmann in Begleitung von Oloff und einem Wächter vor ihrer Zelle auf.

Oni saß wieder auf dem Boden und Trisha beugte sich zu ihm hinunter. »Überlass mir das Reden!«

Die Wache löste einen großen Ring mit mehreren Schlüsseln von ihrem Gürtel, öffnete die Gittertür und bezog dann daneben Stellung. Den Kopfgeldjäger würdigte Trisha keines Blickes und konzentrierte sich völlig auf den Hauptmann. Der war ein großer Mann mit aufrechter Haltung. Ein Bäuchlein deutete sich unter seinem Wams an und sein Haar wies erste Spuren von Grau auf.

Aufmerksam musterte er sie. »Ich bin Hauptmann Barrik und habe das Kommando über diese Festung. Ihr werdet des Hochverrats bezichtigt. Erklärt Euch.«

Trisha überlegte. Keine Finte, kein Geplänkel. Ein Mann, der direkt zur Sache kam und gewohnt war, dass man ihm gehorchte. Am besten war also ein offener Gegenangriff. »Wieso habt Ihr uns eingesperrt, Hauptmann Barrik? Der da ...«, abfällig wedelte sie mit der Hand in Oloffs Richtung, »hat mich und meinen Freund hinterrücks niedergeschlagen. Als unbescholtene Bürger gehören nicht *wir* hierher, sondern *er*.«

Wortlos griff der Kommandant in sein Wams, zog einen Steckbrief hervor und hielt ihn ihr hin. Für ihre Ergreifung waren fünfhundert Korrat ausgesetzt. Unter dem Schreiben prangte das Siegel ihrer Schwester.

Sie gab sich große Mühe, verwirrt zu gucken. »Leider bin ich des Lesens nicht mächtig. Was steht denn dort?«

»Spielt nicht mit mir.« Wieder eine klare Ansage, ohne Unmut oder Unsicherheit in der Stimme.

Ungeduldig schob sich Oloff an Barrik vorbei. »Da steht, dass Ihr des Hochverrats für schuldig befunden seid und ein Kopfgeld auf Euch ausgesetzt wurde. Unterzeichnet hat es Königin Dania.« An Barrik gewandt fuhr er fort: »Seht Euch ihren Ring an. Er trägt das königliche Wappen. Sie *ist* Prinzessin Patrizia!«

Mit diesen Worten griff er nach ihr, doch sie wich ihm geschmeidig aus und spie ihm entgegen: »Lege noch ein einziges Mal Hand an mich und du wirst sie verlieren!«

Der große Mann zuckte zurück und Barrik lachte auf. »Mir scheint, du hast da eine Wildkatze eingefangen.« Dann wurde er wieder ernst und sein Tonfall duldete keinen Widerspruch. »Eure Hand, bitte.«

Trisha drehte den Ring langsam um den Finger. Vorsichtshalber hatte sie das Wappen zur Handfläche hingetragen, doch Oloff musste es wohl entdeckt haben, als sie bewusstlos gewesen war. Das Kinn nach vorne gereckt hielt sie dem Hauptmann den Ring vor das Gesicht.

Der warf einen Blick darauf und wandte sich Oloff zu. »Es ist in der Tat das Wappen von Prinzessin Patrizia. Offensichtlich habt Ihr Euch das Kopfgeld verdient.«

Während sich auf Oloffs Gesicht ein widerliches Grinsen ausbreitete, überschlugen sich Trishas Gedanken. Aus dem Augenwinkel bemerkte sie, dass Oni sich regte, doch mit der Hand bedeutete sie ihm zu schweigen. Das hier war ihr Terrain, schließlich war sie eine Prinzessin von Windemere. Oloff hatte sich mit der Falschen angelegt und sie würde dem Haderlumpen das Grinsen schon austreiben.

Offensichtlich hatte Oloff ein gutes Gespür, denn auf einmal drängte er den Hauptmann zum Aufbruch: »Ich denke, Ihr könnt mich jetzt auszahlen.«

Barrik nickte und wandte sich zum Ausgang.

»Vielleicht habe ich den Ring ja nur gefunden.«

Oloff schnaufte. »Nur die Mitglieder der königlichen Familie dürfen deren Insignien tragen. Für alle anderen bedeutet es Hochverrat. Es kommt für Euch also auf dasselbe heraus.«

»Ein einfaches Mädchen könnte so etwas vielleicht nicht wissen.«

»Unwissenheit schützt vor Strafe nicht«, entgegnete der Kopfgeldjäger. »Jetzt habe ich aber genug von diesem Spiel. Ihr habt verloren, *Eure Durchlaucht*.«

Fieberhaft suchte Trisha nach einem Ausweg. Dania war es, die das Verbrechen begangen hatte, und nun hängte sie es ihr an. Wieso hatte sie das getan? Trotz aller Auseinandersetzungen waren sie doch Schwestern! Sie waren doch ... ihr kam ein Gedanke. Sie hob den Kopf und funkelte ihren Häscher an. »Sag mir, Oloff, war es eine würdige Trauerfeier?«

»Welche Trauerfeier? Was redet Ihr da?«

»Für meine verschiedenen Eltern und meinen verstorbenen Bruder.«

»Es reicht mir jetzt mit Eurem verzweifelten Gerede«, blaffte Oloff. »Es gab keine Trauerfeierlichkeiten. Überhaupt wird gemunkelt, dass *Ihr* Eure Familie vergiftet habt und sie jetzt in einem Schlaf liegt, aus dem sie nicht mehr erwacht.«

Ein bitteres Lächeln stahl sich auf Trishas Gesicht. »Hauptmann Barrik, verhaftet diesen Mann.«

Oloff schnaubte und wandte sich zur Tür, doch Barrik versperrte ihm den Weg. »Erklärt Euch, Eure Durchlaucht.«

»Einzig dem König selbst ist es erlaubt, ein Mitglied der königlichen Familie zu verurteilen. Dieser Steckbrief wurde jedoch nicht von ihm, sondern von meiner Schwester unterzeichnet. Solange mein Vater lebt, hat dieses Dokument keinerlei Gültigkeit. Dies wiederum bedeutet, dass Oloff Hochverrat beging, als er mich angriff und verletzte.«

Der Kopfgeldjäger wurde blass und sah hilfesuchend zu Barrik, doch der schüttelte langsam den Kopf. Oloffs Stimme brach fast, als er ansetzte, sich zu verteidigen: »Das konnte ich doch nicht wissen.«

Mit einem lauten Scheppern fiel die Zellentür ins Schloss und die Wache drehte den Schlüssel herum. Ohne sich um Oloffs Gewimmer zu kümmern, verließen sie den Kerker und erreichten bald den Hof, wo Don schon schwanzwedelnd angelaufen kam.

Oni ließ sich auf die Knie sinken und legte die Arme um seinen treuen Begleiter. Mit feuchten Augen sah er zu Barrik auf. »Ihr habt meinen Freund beschützt, Hauptmann, dafür danke ich Euch über alles.«

Der Kommandant nickte ihm zackig zu, dann wandte er sich an Trisha: »Eure Durchlaucht, ich bitte um Entschuldigung für den ungebührlichen Empfang auf dieser Burg.«

Trisha straffte sich und lächelte den Soldaten an. »Die Art unseres Erscheinens war durchaus ungewöhnlich. Ihr habt Euch in meinen Augen besonnen und vorbildlich verhalten. Seid Euch meines Wohlwollens gewiss.«

Barrik verbeugte sich tief und fragte freundlich: »Wie

kann ich Euch dienen?«

»Ein Bad, frische Kleidung, ein warmes Essen und ein weiches Bett für mich und meinen Gefährten. Vielleicht könnt Ihr noch eine Zofe entbehren?«

»Selbstverständlich, Eure Durchlaucht.«

In diesem Moment erklang ein aufgeregter Ruf von einem der Wachtürme: »Hauptmann! Eine Gruppe Reiter nähert sich in gestrecktem Galopp.«

»Wie viele? Was kannst du sonst noch erkennen?«

»Eine Handvoll etwa. Sie tragen graue Gewänder, sind bewaffnet und haben eine Schar Hunde dabei.«

»Wo sind sie jetzt?«

»Unten an der vorletzten Wegkehre.«

Der Hauptmann wandte sich wieder Trisha zu. »Die Inquisition also. Ihr scheint mächtige Feinde zu haben. Noch sind die Reiter nicht in der Burg und Euer Wort ist Gesetz. Wie lauten Eure Befehle?«

Wut und Verzweiflung tanzten einen wilden Reigen in Trishas Brust. Warum gönnten die Götter ihnen nicht einmal eine kurze Verschnaufpause? Doch ihre Mutter hatte sie nicht zum Hadern erzogen. »Lasst das Haupttor schließen und den Weg zum Schattenwald öffnen.«

Wenig später standen sie auf der Brücke über den Gallanja. Barrik musste sich zu Trisha herabbeugen, um ihre letzten Anweisungen trotz des tosenden Flusses zu verstehen. »Lasst das Fallgitter herunter und die Seilwinde zerschlagen. Danach fügt Ihr Euch allen Anordnungen der Grauen.«

Der Hauptmann bestätigte ihre Befehle mit einem militärischen Gruß. »Mögen die Vier Euch gewogen sein!«

Fremde Gedanken

»Sie kommen!«

Der stille Ruf ihrer Freundin ließ sie voller Vorfreude beben. Sie breitete die Arme weit aus und ließ sich langsam nach vorne kippen.

»Wann?«

Ihre Frage hallte wie ein lautloses Echo zurück. Ein Kribbeln breitete sich vom Bauch her in ihrem ganzen Körper aus. Ihr Blick wanderte vorbei an dem schmalen Felsvorsprung zu ihren Füßen, hinab zu dem türkisfarbenen See tief unter ihr. Eingebettet in einen kleinen Talkessel lag er erwartungsvoll da, umgeben vom satten Grün mächtiger Baumkronen. Sie hörte die Gedanken ungezählter Lebewesen, die alle miteinander verwoben waren und der großen Leere Sinn gaben.

»Bald.«

Die unhörbare Antwort verklang, als die Schwerkraft nach ihr griff und alle Gedanken ausschloss. Furcht umtanzte den Rausch der Schwerelosigkeit und in diesem Reigen fühlte sie sich unglaublich lebendig. Das lange Haar flatterte hinter ihr her, während der See unter ihr rasch größer und größer wurde, dann tauchte sie hinein in dessen eisige Fluten.

Aufprall und Kälte raubten ihr fast die Sinne, doch als sie wieder durch die Oberfläche brach, jubelte sie innerlich.

»Du bist verrückt!«

Diesem gedachten Vorwurf der Freundin mischten sich untrüglich auch Erleichterung und Stolz bei.

****

Trisha zwängte sich unter einem umgestürzten Baum hindurch und fluchte leise vor sich hin.  Seit sie aus Dystop geflohen waren, kamen sie nur langsam voran. Das urwüchsige Gehölz des Schattenwaldes war so dicht, dass am Boden nur ein fahles Zwielicht herrschte und sie fast ständig kriechen oder klettern mussten. Überall an ihrem Körper brannten Schrammen und Kratzer von Dornen.

Sie blieb mit dem Oberteil an etwas hängen und vernahm das Reißen von Stoff. »Argh! Das ist doch zum Mäusemelken!«

Und wieso, bei den Vieren, konnte sie noch nicht einmal richtig fluchen? Wenn sie alles wieder in Ordnung gebracht hatte, würde sie den Wachen als Erstes befehlen, ihr ein paar ordentliche Schimpfwörter beizubringen.

Mit einiger Anstrengung schob sie sich unter dem Holz hervor, stand auf und drehte sich um. Ein kurzes Bellen erklang. Oben auf dem Stamm stand Don. Neben ihm saß Oni, der mehr schlecht als recht versuchte, ein Grinsen zu unterdrücken.

Sie funkelte ihn an. »Kein Wort! Wage es bloß nicht!«

Die Anstrengung war ihm ins Gesicht geschrieben, doch schließlich verlor er die Fassung und begann, herzhaft zu lachen. Wütend kehrte sie sich von ihm ab, doch seine Fröhlichkeit war ansteckend. Die Schwere, die sie gerade eben noch empfunden hatte, fiel von ihr ab und sie lachte ebenfalls.

Mit einem großen Satz sprang Don herunter und Oni folgte ihm geschickt. Kaum hatte er den Boden erreicht, knuffte sie ihm spielerisch gegen die Schulter. »Das war nicht nett. Ab jetzt gehst du vor.«

Ohne ein Wort darüber zu verlieren, nickte er freundlich. Das war eines dieser Dinge, die sie so an ihm mochte. Er hätte ihr auch unter die Nase reiben können, dass sie ja unbedingt die Führung übernehmen wollte, aber so war er einfach nicht.

Oni hob seinen Zeigefinger und ließ ihn durch die Luft kreisen. »Dreh dich mal um.«

Kaum war sie seiner Aufforderung gefolgt, spürte sie, wie er seine Hand durch den Riss im Stoff schob. Ein warmes Gefühl verdrängte den Schmerz und seine Berührung jagte ihr einen wohligen Schauer durch den Körper.

Wie aus weiter Ferne hörte sie seine Stimme: »Ist alles in Ordnung? Du zitterst.«

Sie nickte nur. In diesem Moment meldete sich ihr Bauch mit einem lauten Grummeln und Oni zog seine Hand zurück. Zum Mäusemelken!

In seiner ruhigen Art sprach er aus, was sie ebenfalls dachte: »Ich weiß, dass wir weitergehen sollten, aber ich brauche eine Rast.«

Erst jetzt nahm sie wahr, dass sie auf einer kleinen Lichtung standen. Um sie herum blühten überall bunte Blumen, deren Duft die Luft erfüllte. Insekten tanzten im Sonnenschein und Vögel zwitscherten in den Bäumen. »Ich auch.« Es tat gut, einfach so dazuliegen und in den blauen Himmel zu schauen. Weit über ihnen zogen Schäfchenwolken dahin, unberührt von dem seltsamen Treiben am Boden. Vor nicht allzu langer Zeit war Trishas Welt noch in Ordnung gewesen. Und jetzt? Ihre Eltern lagen im Wachschlaf und Akabar vermutlich auch. Verraten von ihrer Schwester und Telessa. Noch unglaublicher war, dass sie einem Drachen geschworen hatte, sein Ei aus einem magischen Gefängnis zu befreien. Einem Drachen!

Ihr altes Leben kam ihr weit entfernt vor. Sehnte sie sich eigentlich danach zurück? Ihr Körper war erschöpft, sie hatte Hunger und Angst, aber sie fühlte sich auch befreit und stark. Ihr Blick fiel auf eine Raupe, die sich einen Kokon spann, und eine Frage bahnte sich in ihr Bewusstsein: *Wer bin ich eigentlich?*

Neben ihr streckte Oni sich, gähnte herzhaft und wandte sich ihr zu. »Ich könnte einfach hier einschlafen. Es ist so friedlich und schön. Aber ich fürchte, wir brauchen so viel Vorsprung wie möglich.«

»Ja, leider.« Sie seufzte wehmütig. »Welche Richtung schlägst du vor?«

»Wenn ich ehrlich bin …« Mitten im Satz hielt er verwirrt inne. Dann schüttelte er sich und zeigte unsicher in eine Richtung. »Mir ist gerade, als hätte ich das alles hier schon einmal erlebt. Ich könnte schwören, dass dort vorne …«

Sie fiel ihm ins Wort: »… ein Bachlauf ist, dem wir eine Weile folgen können.«

Oni sah sie mit großen Augen an. »Wie merkwürdig, dass wir beide gleichzeitig denselben Gedanken haben.« Ein Lächeln zauberte die hübschen Grübchen in sein Gesicht. »Das muss ein Zeichen sein. Ich schlage vor, wir schauen nach, ob dort wirklich ein Bach ist.«

Das Unterholz wurde immer dichter und Trisha war froh, dass Oni die Führung übernahm. Als sie nach einiger Zeit tatsächlich Wasserrauschen wahrnahm, tippte sie ihn aufgeregt an. »Hörst du das auch?«

Mit einem Strahlen nickte er ihr zu und wenig später standen sie inmitten des Bachbetts. An dessen Ufern wuchs das Unterholz zu grünen Wänden empor und über ihnen schlossen sich die ausladenden Zweige der Bäume, sodass Trisha sich wie in einem Tunnel vorkam.

Das Wasser war nicht so kalt, wie sie erwartet hätte, doch als der Abend der Nacht wich, fühlte sie ihre Zehen kaum noch. Dafür waren sie auf ihrer Wanderung durch den Schattenwald gut vorangekommen. Das Mondlicht drang vereinzelt durch das Geäst und spiegelte sich in der Strömung.

Durch den Schleier der Müdigkeit schien es ihr fast, als ob sie auf einer Straße aus Sternen wanderten. Oni ergriff ihre Hand und mit einem Mal wurde ihr ganz leicht ums Herz.

Gegen Ende der Nacht wurde der Bach seichter und breiter. Zwischen den Wipfeln färbte sich der Himmel langsam blau und als die Sonne über den Bäumen auftauchte, beschien sie eine kleine, grasbewachsene Insel. In den wärmenden Strahlen tanzten dort Schmetterlinge über den Blüten einer prächtigen Blumenwiese.

Inmitten dieser Pracht stand Drago reglos wie eine Säule. Das Licht fing sich in seinen goldenen Augen und die grünen Schuppen verschmolzen fast mit der Umgebung. Neben ihm lud ein weiches Moosbett zur Rast ein und erschöpft ließen sie sich darauf nieder.

»Ich bin froh, dass du bei mir bist«, flüsterte Trisha in Onis Ohr und schloss die Augen.

Als sie wieder erwachte, hatte die Sonne ihren höchsten Stand schon überschritten. Vorsichtig, um Oni nicht zu wecken, setzte sie sich auf und streckte sich. Ihr Blick fiel auf einen Strauch voller großer, dunkler Beeren. Auch wenn ihr gerade nicht einfiel, wo sie diese schon einmal probiert hatte, erinnerte sie sich doch an deren köstlichen Geschmack.

Von einem anderen Busch pflückte sie ein großes Blatt, sammelte darauf die Früchte und kehrte damit zu Oni zurück. Während sie auf sein Erwachen wartete, genoss sie eine um die andere Beere und betrachtete ihn still und glücklich. Bald hatte Trisha fast alles aufgegessen und so süß er auch dalag, sie begann sich zu langweilen. Mit der Spitze des Blattes kitzelte sie ihn am Ohr, bis er endlich wach wurde. Grummelnd setzte er sich auf und schien etwas sagen zu wollen. Doch kaum hatte er den Mund geöffnet, legte sie ihm eine der Beeren hinein und lächelte ihn an.

»Wahnsinn!«, entfuhr es Oni voller Begeisterung. »Das ist mit Abstand das Leckerste, was ich jemals gegessen habe. Ich wünschte, Julaia könnte das schmecken. Sie ist verrückt nach Süßem!«

Trisha war, als ob ihr mit einem Schlag alle Kraft entzogen würde, und sie begann zu zittern. Das Blatt mit den Beeren entglitt ihren Fingern.

»Was ist los?« Der Schreck stand Oni ins Gesicht geschrieben. »Die Beeren! Sie müssen giftig sein!«

Sie blickte in sein blasses Gesicht mit den weit aufgerissenen Augen. Auch er hatte die Früchte gegessen und trotzdem sorgte er sich nur um sie. Er war immer so gut zu ihr. Wie würde er wohl reagieren, wenn er die Wahrheit erführe? Wenn er herausfände, dass sie ihn von Anfang an belogen hatte und seine Schwester sich womöglich in großer Gefahr befand?

Sie spürte die sanfte Berührung seiner Seele wie einen kribbelnden Lufthauch, der ihren Nacken umstrich. Eine Gänsehaut erfasste sie am ganzen Körper und eine Stimme in ihr schrie: *Sei endlich ehrlich! Sag es ihm und bitte um Entschuldigung. Er wird es verstehen.*

Doch da war auch noch etwas anderes. Wie der Klang eines gewaltigen Gongs, tief und mächtig, erinnerte es sie an ihren Schwur. Die Brut des Ewigen zu befreien, stand über allem anderen. Dagegen hatte sie ihr eigenes Wohl und auch das jedes anderen unterzuordnen.

Jetzt schrie die Stimme wieder, lauter als zuvor: Oni hat aber nichts geschworen. Du betrügst ihn. Das hat er nicht verdient.

Sie spürte, wie er seine Anstrengungen verstärkte in dem Versuch, sie von ihrer vermeintlichen Vergiftung zu heilen.

Das dunkle Vibrieren wurde zu einem Dröhnen und die Stimme schrie dagegen an: *Du hast ihn nicht verdient. Sag es ihm! Tu es, verdammt!*

Trisha hatte das Gefühl, ihre Trommelfelle würden platzen, und mit aller Kraft stieß sie Oni von sich. Der stolperte und fiel auf den Hintern, auf seinem Gesicht ein Ausdruck völliger Überraschung.

»Mir fehlt nichts«, spie sie ihm entgegen und drehte sich von ihm weg, damit er ihre Tränen nicht sehen konnte. Sie hörte, wie er sich erhob, und spürte, wie er zaghaft seine Hand auf ihre Schulter legte. Brüsk schlug sie diese weg und lief los, weiter den Bach hinauf. Den ganzen Tag über wehrte sie seine Gesprächsversuche ab und am Nachmittag schien ihr, dass er aufgegeben hatte.

Als sie jedoch auf einem sandigen Uferstück rasteten, hob er erneut an. Deutlich schwang Verärgerung in seiner Stimme mit: »Sag mir bitte, was los ist.«

»Ich … ich kann nicht. Es tut mir leid.«

»Was tut dir leid?«

»Bitte versprich mir, dass du bei mir bleibst und mir hilfst, das Ei des Ewigen zu retten.«

Aus seinen unergründlichen, braunen Augen betrachtete er sie und wie schon früher wich seine Anspannung einem sanften Ausdruck. »Ich habe es dir schon einmal unter dem Windemere gesagt und ich stehe zu meinem Wort. Ich werde dir helfen, deinen Schwur zu erfüllen.«

»Versprochen?«

»Versprochen!«

Mit einem dankbaren Lächeln stellte sie sich auf die Zehenspitzen und drückte ihm einen Kuss auf die Wange. Sie konnte in seinem Gesicht lesen, dass er noch etwas fragen wollte, doch sie legte ihm einen Finger auf die Lippen. »Bitte nicht.«

Er sah sie lange an, dann lächelte er, sprang auf und zog sie auf die Beine. »Ein Stück können wir heute noch schaffen.«

In den folgenden Tagen kamen sie gut voran. Der Wald wurde zusehends lichter und Trisha war froh, als sie endlich wieder auf dem Trockenen gehen konnten. Immer wieder vermochte sie sich zu erinnern, wo Essbares zu finden war oder wo sich eine Höhle zum Übernachten verbarg.

Oni erging es ebenso und auf ihre Frage hin äußerte er die Vermutung, dass vielleicht der Wald selbst ihnen diese Geheimnisse verriet. Anfangs tat sie es als Aberglaube ab, doch je mehr Zeit verging, desto unsicherer wurde sie.

Sie umgingen gerade das Revier eines Berglöwen, da verschwamm mit einem Mal die Welt um Trisha herum. Als sich ihre Gedanken wieder klärten, hatte sie das Gefühl, in einem fremden Körper zu stecken.

Eine fingerdicke Ranke legte sich um ihren Knöchel und brachte sie zu Fall. Auf einmal schien der Wald zum Leben erwacht und aus allen Richtungen drängten weitere Schlingen heran. Eine umfing ihre Brust und zog sich zusammen. Mit jedem Ausatmen ein wenig fester. Sie riss vergebens daran, atmete flach, versuchte, Zeit zu gewinnen, doch schon schwanden ihr die Sinne. Die Ankömmlinge waren ihre einzige Chance. Sie mussten nur zwischen den Bäumen den Hügel heraufkommen.

Die Vision verblasste und Trisha zögerte nicht. So schnell ihre Beine sie trugen, rannte sie in die gewiesene Richtung. Oni und Don fielen hinter ihr zurück und als um sie herum die Pflanze zum Leben erwachte, wusste sie, dass sie ihr Ziel erreicht hatte.

Alle ihre Sinne waren geschärft und gewandt wich sie den Ranken aus. Sie duckte sich, sprang, warf sich zur Seite und hielt doch immer auf die Gestalt zu, die jetzt über den Waldboden gezogen wurde. Direkt vor Trisha erhob sich ein handdicker Strang und schnellte auf sie zu. Instinktiv wich sie aus und spürte den Luftzug, als die Ranke an ihr vorbeipeitschte.

Die Angriffe erfolgten umso schneller, je näher sie ihrem Ziel kam. Immer weiter drang sie vor und aus der Nähe erkannte sie ein Mädchen mit langen, roten Haaren, das bewusstlos in den Fesseln der Pflanze hing.

Trisha zog das Messer hervor und stach wie wild auf die Ranken ein. Mehrere fielen zu Boden, doch dann schnellte ein halbes Dutzend von ihnen gleichzeitig aus mehreren Richtungen heran. Zwei davon erwischten sie. Ihre Arme wurden ihr an den Körper gepresst und ein anderer Strang schlang sich um ihren Hals. Verzweifelt spürte sie nach der Unruhe in ihrem Inneren, doch schon wurde ihr schwarz vor Augen.

✳✳✳✳

Völlig außer Atem erreichte Oni die Hügelkuppe. Vor ihm peitschte eine Ranke auf und erschrocken sprang er zurück. Wie ein Kettenhund schnellte sie ihm immer wieder entgegen, doch er befand sich gerade außerhalb ihrer Reichweite. Mit Don an seiner Seite zog er sich ein paar Schritte zurück und die Schlinge sank auf den Boden zurück, wo sie reglos verharrte.

Inmitten des Pflanzengewirrs erspähte er Trisha, die über den Boden in Richtung eines riesigen Blütenkelches geschleift wurde. Direkt daneben hoben weitere Schlinge ein anderes Mädchen an den Füßen empor. Oni blieb keine Zeit mehr für einen ausgefeilten Plan und so tat er das Einzige, was ihm in den Sinn kam.

»Warte hier!«, befahl er Don und näherte sich erneut der Pflanze. Sofort kam wieder Bewegung in die Ranke und er streckte ihr den Arm entgegen. Als das Gewächs sich um sein Handgelenk wickelte, öffnete er sich der Magie, um ihm das Leben zu entreißen. Doch sofort erkannte er seinen Fehler. Die Pflanze war überbordend voller Leben, selbst ein Baum verblasste dagegen. So viel Kraft wohnte diesem Wesen inne, er würde es nicht annähernd genug schwächen können, um es zu töten.

Er wurde nach vorne gezogen und weitere Ranken legten sich um seine Brust. Sie pressten ihm die Luft aus der Lunge und brachen ihm die Rippen. Kurz wurde ihm schwarz vor Augen und er stellte fest, dass er die Knochen nicht heilen konnte, solange die Schlinge ihn nicht freigab. Wieder und wieder versuchte er, Luft zu holen, doch unbarmherzig drückte die Pflanze seinen Brustkorb zusammen. Verzweifelt konzentrierte er sich auf den Strang um seine Brust und wartete auf den richtigen Moment. Kurz bevor er endgültig das Bewusstsein verlor, sog er das Leben mit aller Macht aus der Ranke heraus. Schneller, als es nachfließen konnte, entriss er es der Schlinge und diese starb ab.

Mit der gewonnenen Kraft heilte er sich, nahm einen tiefen Atemzug und öffnete die Augen. Die Ranke an seinem Knöchel zog ihn über den Boden zum Kelch hin. Trisha hing inzwischen ebenfalls in der Luft und das andere Mädchen war schon beinahe über der Öffnung.

Er versenkte seine Wahrnehmung wieder in die Pflanze und in Gedankenschnelle glitt er an deren astralen Abbild entlang. Wo sich verschiedene Stränge vereinten, leuchteten sie auf wie Sterne in dunkler Nacht und je mehr er sich dem Zentrum näherte, desto heller strahlten sie. Einfache Formen wuchsen mehr und mehr zusammen und bildeten Strukturen von unglaublicher Vielfalt und Schönheit. Die Perfektion wurde nur von den Abbildern Trishas und der Unbekannten gestört. Irgendwo in seinem Hinterkopf regte sich die Frage, wie er sie spüren konnte, ohne sie zu berühren. Doch dann war ihm, als würde er in den Himmel selbst aufsteigen, und die schiere Größe überwältigte ihn. In das gleißende Herz des Wesens tauchte er ein und dort, im Zentrum einer Kugel aus tausend Sternen, pulsierte ein einzelnes Licht. Mit jedem der umgebenden Gestirne war es durch unendlich feine Strahlen verbunden.

Voller Gram konzentrierte er sich auf das, was er nun tun musste. Er fühlte hinaus, fand die astralen Abbilder der beiden Mädchen und verband sich mit ihnen. Dann öffnete er alle Schleusen und in einem einzigen gewaltigen Sog strömte das Leben der Pflanze in ihre drei Körper. Das Herz des Wesens zerriss. Das helle Strahlen verlosch und gleich einer Welle breitete sich Dunkelheit von innen her aus.

Während die Pflanze von innen heraus starb, weinte Oni. Er hatte sie alle gerettet, doch zu welchem Preis? Das Wesen hatte schon auf der Welt geweilt, lange bevor einer von ihnen auch nur den ersten Atemzug getan hatte, und war vielleicht das einzige seiner Art gewesen. Nun verstand er, warum die Götter Magie verboten hatten. Nichts auf dieser Welt konnte dieses prächtige Wesen zurückholen. Er hatte es für immer zerstört!

Es dauerte einige Zeit, bis seine Tränen versiegten und er die Umgebung wieder wahrnahm. Trishas Finger ruhten sanft auf seinem Handrücken und vor ihm saß ein dünnes Mädchen im Schneidersitz, das ihn freundlich anlächelte. Rotes Haar umrahmte ein anmutiges Gesicht. Unverwandt betrachtete sie ihn aus großen Augen und wandte den Blick erst ab, als Trisha sie ansprach.

»Wer bist du?«

Auf die Frage hin schien die Fremde kurz nachzudenken, dann berührte sie ihre Schläfe mit Zeige- und Mittelfinger. Sie beugte sich vor und legte erst Trisha und dann ihm die Finger an die gleiche Stelle.

Noch bevor er den Mund öffnen konnte, erinnerte er sich zurück an die kleine Insel, auf der sie Drago wiedergetroffen hatten. Vor sich sah er das satte Grün der Wiese, gesprenkelt mit blauen, gelben und weißen Blüten. Die einzige rote Blume unter ihnen stach deutlich hervor. Sie wäre ihm einsam vorgekommen, doch wurde sie von einem wunderschönen Schmetterling umflattert, der auf ihr landete und von ihrem Nektar trank. Keine der anderen Pflanzen wurde von ihm besucht, für ihn schien es nur diese eine Blüte zu geben.

Die Erinnerung verblasste und ließ Oni verwirrt zurück. Er drehte den Kopf und Trisha nickte ihm zu. Sie hatte dasselbe gesehen.

»Warst du es, die uns durch den Schattenwald geleitet hat?«, fragte er das fremde Mädchen.

Ein Lächeln huschte über ihr Gesicht.

»Warum hast du uns geholfen?«

Erneut zeigte sie die Geste mit den zwei Fingern, dann erinnerte er sich daran, wie Trisha im Kerker von Dystop auf seine Schultern geklettert und dann zu dem vergitterten Fenster hochgesprungen war.

Trisha beugte sich leicht vor. »Meinst du, dass wir unser Ziel nicht alleine erreichen können?«

Jetzt strahlte die Unbekannte sie glücklich an.

»Was ist denn unser Ziel?«

Diesmal hob das Mädchen die Finger nur in die Luft, bevor Oni sich daran erinnerte, wie er vor so langer Zeit am Ufer des Sees des Himmels gestanden und voller Ehrfurcht zu den Statuen der Vier aufgesehen hatte. Dann war ihm, als würde er in einen Strudel aus Farben stürzen, in dessen Zentrum ein Ei lag mit einer Schale von tiefem Rot, durchsetzt mit Wirbeln aus Orange bis Purpur. Die Farben verblassten und er wurde sich wieder seiner Umgebung bewusst.

»Du hast recht, aber warum willst du, dass wir unser Ziel erreichen?«, fragte Trisha mit gerunzelter Stirn.

Noch während sie die Worte aussprach, kehrte die Erinnerung an die Blumenwiese zurück und mit ihr das Bild der roten Blüte und des Schmetterlings. Doch jetzt erkannte Oni, dass es gar kein Falter war. Stattdessen handelte es sich um ein zierliches, anmutiges Wesen, einem Menschen ähnlich und mit Flügeln in der Farbe der ersten Morgenröte. Es hatte eine Hand an den Mund gelegt, als flüsterte es der Blume etwas zu.

Trisha fand ihre Worte als Erste wieder. »Du hilfst uns, weil eine Fee es dir gesagt hat?«

Erneut lächelte das Mädchen sie an.

Trisha schüttelte entgeistert den Kopf. »Das ist ganz schön … ungewöhnlich. Doch ich denke, wir können jede Hilfe gebrauchen, die uns angeboten wird. Aber …« Sie erhob sich und sah auf die Fremde hinab. »Du wirst nie wieder ungefragt unsere Gedanken lesen. Nur damit das klar ist!«

Bestürzung stand ihrer neuen Gefährtin ins Gesicht geschrieben und sie nickte heftig.

Oni kam ein Gedanke. »Wie heißt du eigentlich?«

Die Zerknirschtheit wich Verwirrung.

»Ich wüsste gerne deinen Namen. Wie sollen wir dich sonst ansprechen?«

Kaum hatte das Mädchen die Hand mit den ausgestreckten Fingern erhoben, da erinnerte er sich wieder an die rote Blüte. Diese wuchs auch in seiner Heimat und deren Name hatte ihm immer gefallen. »Dürfen wir dich Aria nennen?«

Freude kehrte in ihr Gesicht zurück und ihm war, als würde er ein glockenhelles Lachen hören.

****

»Ein Name! Ich habe einen Namen! Gefällt er dir? Oh, ich mag ihn so sehr!«

Aria sprang vor Freude in die Luft. Ein Name war schließlich etwas ganz Besonderes. Vor ihr schwebte die Fee und eine winzige Träne glitzerte auf deren Wange.

»Nie hörte ich einen schöneren oder einen, der besser gepasst hätte. Es ist ein ganz besonderer Name für eine ganz besondere Seele.«

In den folgenden Tagen führte Aria ihre neuen Freunde bergan. Der Wald wurde zunehmend offener und gab immer öfter die Sicht auf die Berge frei, die vor ihnen in schwindelerregende Höhen wuchsen. Aus Trishas Erinnerungen wusste sie, dass diese hier nach einem ihr unbekannten Tal suchte. Immer wieder streckte Aria ihre Gedanken gen Himmel, bis sie schließlich fand, wonach sie suchte.

Strahlend wandte sich den anderen zu und ließ sich auf dem Boden nieder. Sie wies mit ausgestrecktem Arm auf einen Raubvogel, der weit oben am Himmel seine Kreise zog, und bedeutete ihren Freunden, sich ebenfalls zu setzen. Kaum waren sie der Aufforderung gefolgt, beugte sie sich vor und schloss ihnen sanft die Augen. Als sie sicher war, dass die beiden verstanden hatten, ergriff sie deren Hände. Ein gellender Schrei ertönte am Himmel und sie nahm ihre neuen Gefährten mit in die Gedanken des gefiederten Jägers.

Höher und höher trug der Wind ihn hinauf, während er die Landschaft unter sich nach Beute absuchte. Eine Bewegung lenkte seine Aufmerksamkeit zurück und er entdeckte ein Lamm. Es stand an einer steilen Felswand, weit oberhalb des Tals ohne Beute, und fraß von einem Busch. Er neigte seine Federn und glitt in einem weiten Bogen um sein Ziel herum, bis er die Sonne im Rücken hatte. Seine ganze Konzentration galt jetzt der Beute. Er neigte sich nach vorne und legte die Flügel an. Schneller und schneller stürzte er hinab und der Wind zupfte an seinem Gefieder.

Er jagte auf den Berg zu, der nun sein ganzes Sichtfeld ausfüllte. Das Lamm hatte ihn noch nicht bemerkt. In atemberaubender Geschwindigkeit stob er heran und jetzt erst hob das Schaf den Kopf. Zu spät! Er öffnete die gewaltigen Schwingen und schlug seine Krallen in die Beute.

Mit kräftigem Flügelschlag stieg er wieder auf und kündete mit einem Schrei von seinem Erfolg. Unter ihm schrumpfte die Landschaft zusammen.

Aria konzentrierte sich auf die letzte Wahrnehmung des Greifvogels. Deutlich war ein Pass zu erkennen, der erst hinauf zu einem Fluss aus Eis und dann wieder hinab in das Tal ohne Beute führte. Ein paar Atemzüge später ließ sie die Erinnerung verwehen und wartete geduldig, bis ihre Freunde wieder ganz bei sich waren.

Oni sah sie aus großen Augen an. »Das war … unglaublich.«

Schwungvoll erhob er sich und wies auf eine Einkerbung zwischen zwei Gipfeln. »Ich glaube, dort liegt unser Weg.«

Im Antlitz der Allmutter

Wieder in den Bergen zu sein, verbesserte Onis Laune beträchtlich. Die klare Luft und die Weite der Landschaft vermittelten ihm ein Gefühl von Heimat.

An ihrem ersten Abend lagerten sie auf einer windgeschützten Hochwiese und genossen die Wärme der späten Sonne. Tief unter ihnen wogten die Baumkronen des Schattenwaldes und Oni dachte daran zurück, wie er vor so langer Zeit von zu Hause aufgebrochen war. Seine Gedanken begannen zu schweifen und Aria begleitete sie auf einer Holzflöte mit einer leisen Melodie. Sanft verwoben sich die Klänge mit seinen Erinnerungen, mal langsam und traurig, mal quirlig und verheißungsvoll. Als der letzte Ton verklang, lag der Wald schon fast völlig in Dunkelheit gebettet. Mit einem wohligen Seufzer streckte er sich aus und lauschte dem Nachhall. Dann war nur noch das leichte Rauschen des Windes zu hören. Niemand sagte etwas und als die Nacht sie gänzlich umfing und einzig die Sterne am Himmel ihr funkelndes Licht schenkten, schliefen sie alle ein.

Gegen Mittag des folgenden Tags beobachteten sie in der Ferne wilde Schafe und Oni wurde sich schmerzlich bewusst, wie sehr er Dante vermisste. Trisha schien seine Trauer zu spüren und versuchte, ihn aufzuheitern, indem sie ihm alles erzählte, was ihr gerade in den Sinn kam. Manchmal waren es unterhaltsame Anekdoten aus dem Palast, dann wieder Geschichten über ihren Bruder oder Geschehnisse in den drei Tälern. Es schien, als gingen ihr nie die Themen aus, und er war dankbar für die Ablenkung.

So liefen und kletterten sie einige Tage und je höher sie in die Berge stiegen, desto deutlicher spürten sie das Fehlen warmer Kleidung. Doch erst der eisige Wind auf dem Gletscher lehrte sie, was wirkliche Kälte war. Wie ein erstarrter Fluss lag er da, still und majestätisch. Breiter als der Gonja an dessen Mündung und von einem so glänzenden Weiß, dass sie die Augen abschirmen mussten. Aufgewirbelte Eiskristalle stachen in den Augen und jeder Atemzug schmerzte in der Brust. Gnadenlos biss der Frost sich in jede unachtsam entblößte Stelle nackter Haut. Einzig Drago schien unberührt, war er doch durch seine harten Schuppen vor dem eisigen Angriff geschützt.

Niemand sprach mehr und einmal ertappte Oni sich dabei, dass er sich lieber in die Einsamkeit des Kerkers zurückwünschte, als auch nur einen Atemzug länger diese Kälte ertragen zu müssen. Innerlich schimpfte er mit sich und zwang sich, an etwas Schönes zu denken. Ein Grinsen stahl sich auf sein Gesicht, als er an die Nächte zurückdachte, in denen er eng an Trisha geschmiegt eingeschlafen war.

Als ob sie seine Gedanken spüren konnte, drehte sie sich kurz zu ihm um und lächelte ihn an. In diesem Moment verschwand jeglicher Wunsch, woanders zu sein, und etwas leichteren Herzens setzte Oni weiter einen Fuß vor den anderen.

Eine besonders kräftige Böe stob heran und zwang ihn, die Augen mit der Hand zu bedecken. Kurz nur, aber als er sie wieder herunternahm, war Trisha verschwunden. Verwirrt drehte er sich zu den anderen um, dann wieder zurück zu der Stelle, an der Trisha eben noch gestanden hatte.

Mit einem Bellen machte Don ihn auf ein Loch im Eis aufmerksam. Sofort legte Oni sich auf den Bauch. Er schob sich vorsichtig an die Kante heran und spähte in eine Gletscherspalte, die so tief war, dass er die Sohle nicht erkennen konnte. Trisha lag reglos einige Schritt unter ihm auf einem kleinen Vorsprung.

Seine Gedanken rasten. Ihre Ausrüstung hatten sie auf der Flucht vor den Bluthunden verloren. Sie besaßen nur noch das, was sie am Körper trugen. Sein Blick blieb an Drago hängen. Flügel! Er hatte Flügel!

Sofort sprang Oni auf und schrie über den Wind hinweg: »Die Prinzessin ist abgestürzt. Wir müssen die Eisdecke zerstören und dann musst du hinunterfliegen und sie heraufholen.«

Der Drachling wirkte völlig unbeteiligt und verriet mit keiner Regung, ob er ihn verstanden hatte.

Aria eilte herbei, sah hinab in das Loch und legte ihrem grünen Begleiter eine Hand auf die Schuppen. Ihre Augen weiteten sich, als ob sie fürchterlich erschrak, doch Drago erhob sich tatsächlich in die Luft.

Oni griff nach Aria und riss sie mit sich fort, dann krachte Drago auch schon durch das Eis und war außer Sicht. Oni hielt den Atem an und erst als das Drachenwesen mit Trisha in den Armen wieder emporstieg, stieß er ihn mit einem Jubelschrei wieder aus. Drago landete neben ihm und schien erneut wie erstarrt.

Sanft berührte Oni Trishas Wange, fühlte in sie hinein und teilte seine Lebensenergie mit ihr. Sie schlug die Augen auf und als sich ihre Blicke trafen, huschte ein glückliches Lächeln über ihr Gesicht. Wie gerne hätte er diesen Moment länger ausgekostet, doch sie mussten jetzt so schnell wie möglich heraus aus diesem eisigen Wind.

Dicht an dicht kämpften sie sich weiter, bis sie endlich wieder harten Felsen unter ihren Füßen spürten. Schweigend klopften sie einander auf die Schultern und fanden alsbald Unterschlupf in einer windgeschützten Mulde. Durchfroren und bis auf die Knochen erschöpft ließen sie sich eng aneinandergedrängt auf den Boden sinken. Oni nahm jegliches Leben auf, dessen er habhaft wurde: Moose, Flechten und kleine Pflanzen, die den widrigen Bedingungen hier oben trotzten und ihnen zumindest ein bisschen Kraft spendeten.

Bis zur Dämmerung entfernten sie sich so weit wie möglich von dem Gletscher und waren froh, in einer kleinen Höhle Zuflucht zu finden. Diese war nicht besonders tief und der Wind fing sich darin, doch Oni wandte sich mit einer Idee an Aria: »Würdest du Drago bitten, am Eingang die Flügel aufzuspannen? Dann wären wir vor dem Luftzug geschützt und könnten uns etwas ausruhen.«

Zu seinem Erstaunen riss die Rothaarige erschrocken die Augen auf und schüttelte wild den Kopf. Das Bild eines Bären stieg in seinen Gedanken auf, der sich zu weit in einen Sumpf wagte und darin versank.

Verwirrt kratzte Oni sich im Nacken. »Das verstehe ich nicht.«

Daraufhin wandelte sich das Bild zu einem nächtlich lodernden Feuer und einem kleinen Leuchtkäfer. Das Insekt flog schnurstracks in die Flammen und verglühte darin.

Oni verstand immer noch nicht, was Aria ihm zeigen wollte, aber offensichtlich würde sie seine Bitte nicht weitertragen. Also baute er sich vor Drago auf und flatterte mit den Armen. Dann streckte er sie zur Seite aus, ging zum Ausgang und blieb dort stehen. Das wiederholte er ein paar Mal, bis er Trisha kichern hörte. Aria, die neben ihr stand, schmunzelte.

Beleidigt zog Oni sich so weit wie möglich von der Öffnung zurück und schlang die Arme um seinen Körper. »Dann lasst euch doch was Besseres einfallen!«

Trisha fasste Drago an der Klaue und dieser ließ sich von ihr widerstandslos zum Eingang bugsieren. Dort zog sie an seinen Flügeln, bis er diese aufspannte, und kehrte dann mit einem breiten Lächeln zurück, in das sich zugleich auch eine ordentliche Portion Erleichterung mischte.

Gemeinsam mit Don und Aria kam sie zu Oni herüber und wortlos drängten die drei sich dicht an ihn. Dankbar für die Wärme und die Nähe schluckte er seinen aufwallenden Unmut herunter und erschöpft schlief er wenig später ein.

Von nun an führte der Weg bergab und der Himmel klarte auf. Je tiefer sie hinabstiegen, desto mehr Pflanzen sprossen auf dem kargen Boden. Am Nachmittag entdeckten sie die ersten dornigen Gebüsche und Oni zog daraus Kraft für seine Freunde und sich selbst. Zuversicht machte sich unter ihnen breit und Aria holte erneut ihre Flöte hervor. Eine quirlige Melodie erklang und Oni hatte das Bild eines jungen Vogels vor Augen, kurz vor seinem ersten Flug. Mit neuem Mut setzten sie den Abstieg weiter fort.

Die Sonne berührte schon die Gipfel der Berge, als der Weg sie um eine Felsnadel herumführte und sich vor ihnen ein spektakuläres Panorama öffnete: Die Felswand zu ihren Füßen fiel senkrecht ab und einige hundert Schritt unter ihnen lag ein bewaldetes Tal. Dort breitete sich schon die Dämmerung aus und tauchte die Bäume in ein dunkles Grau. Morgen würden sie das Tal von Anvar endlich erreichen.

Erneut suchten sie in einer Höhle Zuflucht vor der Kälte der Nacht und diesmal schlief er mit einem guten Gefühl ein.

Am nächsten Tag erwachte er ausgeruht und auch Trisha und Aria reckten und streckten sich ausgiebig. Sein Blick schweifte zum Höhlenausgang und zu dem prächtigen Busch dahinter. Sonnenlicht brach durch sein Blattwerk und er war über und über mit tiefroten Früchten behangen. Das Wasser lief Oni im Munde zusammen, doch dann kniff er die Augen zusammen. Er hätte schwören können, dass der Strauch gestern noch nicht dagewesen war! Verwirrt drehte er sich zu Trisha um, die verträumt in Richtung der Höhlenöffnung schaute und sich mit einer Hand über den Bauch rieb.

Schließlich fiel der Jinnie bei ihm und mit einem Lächeln wandte er sich Aria zu. »Vielleicht wächst er ja auch im Tal von Anvar.«

Das zierliche Mädchen lief rot an und ließ zerknirscht den Kopf hängen.

Als Oni wieder hinsah, war der Busch verschwunden.

Wenig später setzten sie den Abstieg auf dem schmalen Steig fort. Don trottete vorneweg, die Mädchen und er folgten konzentriert und schweigend. Über ihnen am Himmel zog Drago weite Kreise.

Es war schon später Nachmittag und die Dämmerung hatte abermals eingesetzt, als sie endlich den Fuß des Berges erreichten. Doch es kam keine Freude auf, denn hier unten herrschte eine bedrückende Stille. Der Schattenwald hatte vor Leben vibriert und das Brüllen und Keckern verborgener Tiere war dort ihr ständiger Begleiter gewesen. Doch hier – nichts. Kein Vogelgezwitscher, kein Insektensummen, noch nicht einmal das Rascheln von Blättern im Wind.

Beklemmung breitete sich unter ihnen aus und zögerlich näherten sie sich dem Wald, dessen Bäume wie gefroren wirkten. Oni hatte das Gefühl, beobachtet zu werden, vermochte jedoch niemanden zu entdecken. Langsam drehte er sich zu den beiden Mädchen um.

Angespannt sagte Trisha: »Ich denke, wir sollten hier übernachten und erst bei Tageslicht aufbrechen.«

Erleichtert atmete Oni aus. Der seltsame Forst bereitete ihm Unbehagen und die Vorstellung, ihn bei Nacht zu betreten, verursachte einen Knoten in seinem Bauch. Er hatte sich ihre Ankunft anders vorgestellt. Immerhin waren sie quer durch das Königreich gewandert und dem Tod mehrfach nur knapp entronnen. Allen Gefahren zum Trotz und mit der Hoffnung, endlich mehr über ihre Fähigkeiten zu lernen, hatten sie sich bis hierher durchgekämpft. Und jetzt?

Verstohlen betrachtete er Trisha. Eine Strähne war ihr ins Gesicht gefallen und mit feuchten Augen starrte sie auf den Boden vor ihren Füßen. Plötzlich wollte er sie einfach nur in den Arm nehmen und trösten, doch eine seltsame Nervosität ließ ihn zögern. Sein Atem ging schneller und das Herz pochte wild in der Brust. Trisha hob den Kopf und sah ihn unvermittelt an. Er wollte etwas sagen, doch brachte nur ein verlegenes Lächeln zustande und der Augenblick verstrich.

Zwischen mehreren hohen Felsen fanden sie eine windgeschützte Stelle, legten sich nieder und schliefen bald ein.

Im Laufe der Nacht wachte Oni immer wieder auf. Einmal wurde er von einem düsteren Traum geplagt, dann war ihm, als ob er etwas gehört hätte, und ein anderes Mal boxte Trisha ihm im Schlaf in die Rippen.

Lange bevor die Sonne zwischen den Bergen emporstieg, saß er wach da und starrte in Richtung der leblosen Bäume. Im fahlen Mondschein erschien der Wald noch unheimlicher und ihm lief ein kalter Schauer über den Rücken. Soweit sie beim Abstieg hatten erkennen können, war das Tal recht klein, vielleicht eine halbe Tagesreise von einer Seite zur anderen. Bei ihrer Ankunft hatten sie keinerlei Anzeichen entdeckt, dass das Tal bewohnt war, und insgeheim fragte Oni sich, ob sie hier am richtigen Ort waren.

Im Licht der ersten Sonnenstrahlen kletterte er in einer nahegelegenen Felsspalte gut dreißig Schritt in die Höhe. Mit einem Mal fühlte er sich an zu Hause erinnert und daran, wie glücklich und zufrieden er dort gewesen war.

Doch dann hielt er inne und sah zu dem eigenartigen Wald hinüber. Still und grau lag dieser da, seltsam starr und erdrückend. Oni ließ den Blick über die Wipfel schweifen, in der Hoffnung, etwas Ungewöhnliches zu entdecken, doch einzig ein besonders hoher Baum stach inmitten der anderen hervor.

So machte er sich auf den Weg zurück zum Lager, wo er schon von den anderen erwartet wurde. Alle wirkten niedergeschlagen, lediglich Drago glich wie immer einer schweigsamen Statue. Trishas Lippen waren nur noch zwei schmale Striche und zeugten davon, wie angespannt sie war. Arias Haar, welches sonst locker ihr Gesicht umspielte, hing kraftlos herab und wirkte wie ein klammer Umhang. So durfte es nicht weitergehen.

Er zwang sich ein Lächeln auf die Lippen und mit einer Zuversicht, die er selbst nicht verspürte, sagte er: »Der Wald ist nicht groß und in seiner Mitte steht ein riesiger Baum. Ich denke, das ist unser Ziel.«

Die Mädchen nickten.

»Im Wald werden wir sicher auch etwas zu essen finden, zumindest kann ich uns dort alle stärken. Dann werden wir dem Tal sein Geheimnis schon entlocken.«

Tatsächlich schienen die Worte den Mädchen auf eine Weise Kraft zu geben, die er mit seiner Magie nicht hätte bewirken können.

Wenig später hatten sie den Wald erreicht und nun verstand er, weshalb dieser so bedrückend wirkte: Die Bäume waren allesamt grau, versteinert und bar jeglichen Lebens.

Mit einigem Kraftaufwand brach Oni einen dünnen Ast ab. Das dabei entstandene Krachen hallte durch den gespenstischen Wald und es dauerte einige Zeit, bis auch das letzte Echo verklungen war. Unter Trishas scharfem Blick fühlte er sich direkt einen Kopf kleiner.

Eine Weile verharrten sie reglos und lauschten in den Wald hinein, doch als nichts weiter geschah, setzten sie ihren Weg fort. Trisha übernahm jetzt die Führung und als sie auf einen versteinerten Zweig trat, zerriss das laute Knacken erneut die Stille. Trisha fuhr zu ihm herum, doch er zuckte einfach nur mit den Achseln und verbarg seine Schadenfreude hinter einem betont gleichgültigen Gesichtsausdruck.

Seine Hochstimmung verflog jedoch, als er kurze Zeit später eine frische Bruchstelle an einem Baum entdeckte. Den dazugehörigen Ast fand er dort, wo er ihn am Vormittag hingeworfen hatte. »Stinkende Schafscheiße!«

»Was ist los?«, fragte Trisha.

Oni fuchtelte mit dem steinernen Stock in der Luft herum. »Wir sind in Kreis gelaufen. Den ganzen Tag irren wir hier bereits umher und jetzt sind wir wieder da, wo wir heute Morgen schon waren. Außerdem wird es bereits dunkel.«

Wenig später saßen sie alle dicht zusammengedrängt und nur Dragos goldene Augen waren in der Dunkelheit zu sehen.

»Sssht! Seid mal alle leise, ich habe etwas gehört.«

Trishas besorgter Tonfall ließ Oni zusammenzucken. Mit angehaltenem Atem lauschte er in die Nacht hinein. War da nicht ein leises Kratzen? Ihm war, als spüre er einen heißen Atemzug im Nacken und er fuhr herum. Doch da war nur die Nacht. Die Finsternis brachte die Erinnerung an seine Gefangenschaft zurück. Doch während dort die Einsamkeit geherrscht hatte, regierte hier die Angst! Ein eiskalter Schauer lief ihm über den Rücken. Als jedoch nichts weiter geschah, beruhigte sich sein Herzschlag wieder und er stieß die Luft aus, die er die ganze Zeit angehalten hatte.

In diesem Augenblick brach das Verderben über sie herein. Ein Stoß traf ihn zwischen den Schultern, er wurde nach vorne geschleudert und schlug hart auf den Boden. Krallen gruben sich in seinen Rücken und gedankenschnell öffnete er sich der Magie. Er suchte und fand den einen Punkt, an dem alle Lebensfäden seines Angreifers zusammenliefen. In einem einzigen Akt nahm er sich dessen gesamte

Lebenskraft und fast schien es ihm, als würde er seinem Gegner das Herz aus dem lebendigen Leib herausreißen.

Wieder voller Energie hörte er zu seiner Linken einen Tumult und stolperte blind dorthin. Ein Licht blitzte auf und blendete ihn. Der Geruch verbrannten Fleisches stieg ihm in die Nase, aber er hatte keine Zeit, darüber nachzudenken. Er rannte in jemanden hinein, öffnete sich und erkannte die Seele Arias. Mit Entsetzen fühlte er, dass sie tödlich verletzt war. Nur noch wenige Herzschläge blieben ihr vom Leben.

Durch Aria hindurch spürte er das astrale Abbild ihres Angreifers und ohne nachzudenken, entriss er ihm die gesamte Lebenskraft. Er schenkte sie Aria, doch ihre Wunden waren zu tief und die Kraft des Wesens alleine reichte nicht aus, um sie zu retten. Das Leben entwich einfach zu schnell aus ihrem Körper. Es blieb ihm nur noch, ihr alles zu geben, was er aufbieten konnte. Mit erschreckender Klarheit wurde er sich des Preises bewusst, den er dafür würde zahlen müssen.

Da war ihm auf einmal, als spräche eine Stimme aus der Vergangenheit zu ihm: *Es ist ein Leichtes, ein Leben zu nehmen. Doch schwer wiegt die Verantwortung, eines gerettet zu haben. Ich übernehme diese Verantwortung und setze mich ein!*

Er dachte an Matten zurück und daran, wie der Wächter ihn vor dem Sturz in den sicheren Tod bewahrt hatte. Und welches Risiko mochte er eingegangen sein, als er sich vor dem König für ihn eingesetzt hatte? Von einem Moment auf den anderen wurde er ganz ruhig und atmete ein letztes Mal aus. Dann ließ er los und schenkte Aria sein Leben.

Schwärze umfing ihn, doch war es eine wohlwollende Dunkelheit, die ihn willkommen hieß. Von irgendwoher erklang eine Melodie, verheißungsvoll und lockend. Dann war ihm, als würde er ein Bellen hören, und er spürte, dass Dante bei ihm war.

Lichter tauchten um ihn herum auf. Ganz schwach erst, leuchteten sie heller und heller. Einzelne Punkte fügten sich zu schimmernden Fäden zusammen und breiteten sich bis in die Unendlichkeit aus. Seine Wahrnehmung fiel auf ihn selbst zurück und er fand sich wieder als Geflecht silbriger Fäden, die zu seinem einzigartigen Leben verwoben waren. Dünne Stränge führten zu jenen, die er liebte und von denen er geliebt wurde. Jenen, deren Schicksale mit seinem verknüpft waren. Von diesen spannten weitere Fäden zu den Seelen derer, die wiederum mit ihnen verbunden waren. Bis in die Unendlichkeit wuchs das Netz und schon konnte er darin die Allmutter erahnen. Alles, was je war und je sein würde, verband sich in ihr zu einem grenzenlosen Ganzen und er selbst war ein untrennbarer Teil davon. *Sie* war das Leben selbst. *Sie* war die Melodie der Ewigkeit. *Sie* rief ihn zu sich.

Doch da war auch noch etwas anderes, ganz schwach nur und zugleich von solcher Intensität, dass er innehielt. Ein Flehen von solcher Dringlichkeit, dass er sich diesem nicht entziehen konnte. Wie aus weiter Ferne drang auf einmal ein Schluchzen in sein Bewusstsein: »Oni. Bitte. Bitte, verlass mich nicht. Ich brauche dich … ich liebe dich.«

Die letzten Worte waren nur noch geflüstert, doch sie weckten eine Erinnerung. Trisha, süße Trisha, die er ebenfalls von ganzem Herzen liebte. Einen winzigen Lebenshauch nur, mehr brauchte es nicht …

*Es regnet, w*ar sein erster Gedanke, als er wieder zu sich kam. Tropfen um Tropfen spürte er auf seiner Haut. Er schlug die Augen auf und erblickte im Schein des Mondes Trishas tränenüberströmtes Gesicht.

»Du lebst!«, entfuhr es ihr. Sie schlang die Arme um ihn und presste ihre Wange an seine Brust.

Eine Weile lagen sie einfach so da, bis ein behaarter Kopf

vor Oni auftauchte. Eine lange Zunge schoss hervor und Don schlabberte ihm mitten durch das Gesicht.

Von beiden holte er sich Kraft, dann schob er seinen treuen Freund leise lachend beiseite. »Ich freue mich auch, dich zu sehen.« Zaghaft flüsterte er Trisha zu: »Stimmt das, was du eben gesagt hast?«

Röte schoss ihr ins Gesicht. »Ich dachte, du stirbst.«

Oni war verwirrt. Liebte sie ihn oder waren ihr die Worte nur so herausgerutscht? Verdammt, er hatte keine Ahnung von Mädchen. Sein Magen schlug Purzelbäume und auf einmal fühlte er sich wieder wie ein kleiner Junge, der zum ersten Mal alleine eine Herde in die Berge führen sollte. *Sie ist eine Prinzessin und ich bin nur ein Schäfer*, schoss es ihm durch den Kopf.

Er schob diesen Gedanken beiseite, atmete tief ein und zog sie dann sanft zu sich heran. »Ich liebe dich auch!«

Ihre Lippen berührten sich und ihm war, als stünde sein ganzer Körper mit einem Schlag in Flammen. Eben war er fast gestorben, jetzt hämmerte ihm das Herz in der Brust, so stark wie nie zuvor in seinem Leben. Jegliches Zeitgefühl verschwand und der Rausch schien einen ewigen Wimpernschlag zu währen.

Dons Bellen holte sie in die Wirklichkeit zurück und sie ließen voneinander ab. Rasch folgten sie dem Hund zu einer kleinen Lichtung, auf der Aria sie bereits erwartete. Unübersehbar zeigten sich dort die Spuren eines Kampfes und die grauen Bäume waren mit Blut besudelt.

Wie ein Hammerschlag brach die Erinnerung an die Ereignisse über Oni herein und er begann, am ganzen Körper unkontrolliert zu zittern. Besorgt eilten die Mädchen herbei und führten ihn zu einem Stamm, an dem er sich herabsinken ließ.

Trisha sah ihm tief in die Augen und gab ihm mit einem leichten Nicken ihr Einverständnis. Bestürzt stellte Oni fest, wie schwach sie war, und nahm nur eben so viel von ihr, dass er sich gerade auf den Beinen würde halten können.

Dankbar lächelte er sie an, dann kehrten seine Gedanken zu dem Überfall zurück. »Was war das heute Nacht?«

Trisha hob zu einer Antwort an, doch Aria kam ihr zuvor und teilte ihre Erinnerungen mit ihm:

Licht verdrängte die Dunkelheit, als zwischen den Klauen des Drachenwesens eine Feuerkugel aufflammte. Deren Schein offenbarte eine Gruppe Raubkatzen mit fahlweißem Fell. Riesige Ohren krönten augenlose Schädel und in den Mäulern prangten drei Reihen nadelspitzer Zähne.

Der Feuerball schoss durch die Luft, traf eines der Raubtiere und setzte es in Brand. Weitere von ihnen wurden von Trishas Magie gepackt und gegen Bäume geschleudert. Einem brach das Rückgrat, ein anderes wurde auf dem Rest des abgebrochenen Astes aufgespießt.

Aria stand zwei Angreifern gleichzeitig gegenüber, doch ihre Feenfreundin erschien neben dem Ohr des einen und flüsterte ihm zu. Daraufhin wandte dieser sich gegen seinen Artgenossen und fiel über ihn her. Alles ging rasend schnell. Schon lagen überall tote und sterbende Bestien. Es schien, als würden sie die Oberhand gewinnen, doch dann sprang eine weitere Raubkatze sie an. Bevor sie reagieren konnte, explodierte in ihrem Hals ein solcher Schmerz, dass ihr die Sinne schwanden.

Arias Gedanken verblassten und zurück blieb ein Gefühl tiefer Dankbarkeit. Wild schüttelte Oni den Kopf bei dem Versuch, seine eigenen Erinnerungen von denen des Mädchens zu trennen.

Ein weiteres Bellen erklang und sie fuhren zu Don herum. Mit der Nase dicht am Boden lief er zwischen den

Bäumen hindurch und sie folgten ihm rasch. Kreuz und quer jagte sein Freund der Fährte nach und lief schließlich direkt auf den riesigen Baum zu, den Oni bereits aus der Ferne entdeckt hatte.

Erst als sie den Stamm fast erreicht hatten, konnten sie darin den kleinen Spalt ausmachen, in den die Spur geradewegs hineinführte. Dahinter tat sich ein Gang auf, der hinab in die Tiefe führte.

Begräbnis und Flucht

Schon nach wenigen Schritten hinein in die Dunkelheit begann Onis Herz zu rasen. Panik lähmte seinen Körper und ihm war, als würde er gegen eine unsichtbare Wand prallen. Abrupt blieb er stehen und Trisha lief in ihn hinein. Die Erinnerung an die endlose Zeit im Verlies unter dem Windemere brach mit Gewalt hervor. Mühsam schnappte er nach Luft.

Trisha fasste seine Hand. »Was ist los?«

Der Klang ihrer Stimme gab ihm etwas Ruhe zurück. »Ich kann nicht weiter«, flüsterte er. »Ich ertrage die Finsternis nicht mehr.«

Sanft strich Trisha ihm über den Arm »Ich bin bei dir. Gemeinsam schaffen wir das.« Sie legte seine Hand auf ihr Herz. »Kannst du spüren, wie es schlägt? Konzentriere dich nur darauf. Fühle es, Oni, denn mein Herz gehört dir!«

Mit ihren Worten drängte sie seine Furcht vor Finsternis und Einsamkeit zurück. Er atmete tief durch und tat einen zögerlichen ersten Schritt. Ihre Nähe gab ihm Sicherheit und vorsichtig begann er, sich durch die Dunkelheit zu tasten.

Die Zeit schien wieder einmal still zu stehen und er hätte nicht zu sagen vermocht, wie lange sie so wanderten. Mal ging es geradeaus, manchmal steil und in engen Wendungen hinab in die Tiefe. Auf einmal vernahm er von Don ein lautes Knurren und instinktiv schob Oni die Mädchen hinter sich.

»Wer ist da?«, rief er in die Finsternis hinein.

Ein Licht flammte auf und er kniff die Lider zusammen. Seine Augen tränten und nur verschwommen nahm er einen menschlichen Umriss vor sich wahr.

Eine männliche Stimme erklang: »Folgt ihr mir, Eindringlinge!«

»Wer ist da?«, fragte Oni vorsichtig, hielt sich die Hand vor das Gesicht und versuchte, zwischen den Fingern hindurch sein Gegenüber zu erkennen.

»Stellt ihr keine Fragen! Folgt ihr mir!«

Trisha drängte sich an Oni vorbei und baute sich im Gang auf. Mit fester Stimme entgegnete sie dem Unbekannten: »Wer seid Ihr, dass Ihr uns befehlen wollt, Fremder? Zuerst nennt *Ihr* uns Euren Namen und Euer Begehr, dann entscheiden *wir* über unser Tun.«

In schärferem Ton kam zurück: »Redest du nicht. Kommst du. Jetzt!«

Langsam verschwand der Film vor Onis Augen und über Trishas Schulter hinweg erspähte er die Umrisse eines schlanken Mannes, der eine Laterne in der Hand hielt. Doch der Fremde war kein Mensch. Das schmale Gesicht hatte eine blasse, bläuliche Farbe und war von silbrig schimmerndem Haar umrahmt. Tief in den violetten Augen schien ein Feuer zu lodern. Der Unbekannte war ein Stück größer als Oni, doch wog er sicherlich nicht viel mehr als Trisha. Er trug ein schwarzes, eng anliegendes Oberteil sowie eine passende Hose und Schuhe. Vor dem dunklen Hintergrund des Ganges schwebten der Kopf und die Hände förmlich in der Luft. Über einer Schulter war das Heft eines Schwertes zu sehen.

»Wann und wohin wir gehen, entscheiden wir selbst. Du dagegen wirst uns deinen Namen nennen und uns dann zu deinem Anführer bringen. Jetzt!«, sagte die Prinzessin barsch.

Oni lächelte in sich hinein. Trisha war so wunderbar.

Die Antwort wurde von einem Seufzen begleitet und fast hatte Oni Mitleid. »Yushu.« Damit wandte ihr Gegenüber sich abrupt um und schritt tiefer in den Tunnel hinein.

Von hier an kam es Oni vor, als würde er durch eine Traumwelt schreiten. Zuerst durchquerten sie eine Höhle, in deren Mitte eine Quelle leuchtenden Wassers entsprang, und folgten dem Rinnsal, bis dieses sich in eine scheinbar bodenlose Schlucht ergoss. Oni beugte sich über die Kante und starrte hinab, bis ihm schwindelig wurde und er das Gleichgewicht verlor. Trisha zog ihn vom Abgrund zurück und die Benommenheit schwand wieder.

Yushu führte sie über einen schmalen Sims am Rand der Kluft entlang zu einer Stelle, an der sich die Felswände bis auf wenige Schritt näherten. Ein schmaler Steinbogen überspannte die Tiefe. Auf dem höchsten Punkt hielt Oni inne und wandte sich zu dem leuchtenden Wasserfall um. Eine Bewegung auf dem Sims, ein Stück des Weges zurück, erregte seine Aufmerksamkeit und er entdeckte mehrere dünne Gestalten mit weißen Haaren und kurzen Bögen. Unauffällig stupste er Trisha an, die mit einem angedeuteten Nicken antwortete.

Nach einiger Zeit schritten sie durch eine Höhle, in der riesige Kristalle wuchsen. Diese brachen das Licht der Laterne tausendfach und warfen es in allen Farben zurück, so dass es Oni vorkam, als stünde er inmitten eines Regenbogens.

Auf dem Weg durch das unterirdische Reich folgten noch so einige Wunder, jedoch verblassten diese alle, als sie eine Höhle erreichten, die dieser Bezeichnung spottete. So fern war die Decke, dass sie kaum zu erahnen war. Wie Dornen ragten gigantische Tropfsteine auf, deren größter nicht von einhundert Männern hätte umspannt werden können. Ihnen wuchsen von der Decke Zwillinge entgegen und das größte Paar musste sich schon vor ewigen Zeiten vereint haben. Auf den Stalagmiten waren helle Lichtpunkte zu erkennen und zwischen den steinernen Gebilden machte Oni vielerorts Bewegung aus.

Mit einem Schlag verstand er, was sich da vor ihm auf-
getan hatte: Sie standen am Eingang einer unterirdischen
Stadt, die in ihrer Größe Windemere in nichts nachstand.
Yushu führte sie hinein und als sie näherkamen, erkannte
Oni, dass die Bewohner sich deutlich von Yushu unter-
schieden. Zwar hatten sie ähnliche Haare und Augen, waren
jedoch kleiner und viel dünner. *Gut, dass es hier keinen
Wind gibt*, schoss es ihm durch den Kopf, *sonst würden die
alle weggeweht.*

Überall herrschte geschäftiges Treiben, doch sobald sie
sich näherten, hielt ein jeder der Fremdlinge inne und starrte
sie unverhohlen an. Das Unheimlichste war jedoch die tiefe
Stille, denn niemand sprach auch nur ein einziges Wort.

Sie hatten die zentrale Säule fast erreicht, da teilte sich
die schweigende Menge und einer der Höhlenbewohner
schritt auf sie zu. Wie Yushu trug er eine schwarze Kluft,
jedoch mit mehreren silbernen Ringen an den Oberarmen
verziert. Eine schlanke, tödlich aussehende Klinge hing an
seiner Seite. Vier jener Raubtiere flankierten ihn, von denen
sie im steinernen Wald angegriffen worden waren. Bei Licht
betrachtet wirkten diese sogar noch bedrohlicher.

Yushu sank auf ein Knie, während der Fremde sie der
Reihe nach musterte. Obwohl sein Gegenüber viel kleiner war
als Oni, hatte er das Gefühl, zu dem Andersartigen aufzu-
schauen. Unvermittelt hob dieser eine Hand und berührte ihn
an der Stirn.

*»Willkommen in Amm'atar, Fremder. Ich bin Dar'atar,
Erster Wächter der Ar'atai. Ihr seht erschöpft aus und sollt
Gelegenheit haben, Euch zu erholen, bevor Ihr vor Gur'atar
hintretet. Folgt mir!«*

Mit einer weiteren Geste gab der Ar'atai Yushu eine
Anweisung und dieser trat mit gesenktem Haupt an ihre
Seite. Dar'atar wandte sich um und seine Bewegungen

waren so fließend, dass Oni sich auf einmal grobschlächtig und ungelenk vorkam.

Tausend Fragen jagten ihm durch den Kopf, doch er traute sich in der Stille und angesichts der schweigenden Menge um sie herum noch nicht einmal zu flüstern. Stattdessen versuchte er, möglichst würdevoll hinter Dar'atar einherzuschreiten.

Der Erste Wächter führte sie auf den Eingang in der riesigen Säule zu und erst als sie kurz davorstanden, erkannte Oni dessen eigentliches Ausmaß. So erhaben war das gewaltige Portal, dass das Tor des Königspalastes auf dem Windemere dagegen wie eine Schanktüre wirkte. Mehrere Reihen Wachsoldaten standen zu beiden Seiten, jeder mit einer dieser schmalen Klingen bewaffnet und von einem der blutrünstigen Raubtiere begleitet.

Die säulengetragene Eingangshalle stellte alles in den Schatten, was Oni sich an Pracht jemals hätte vorstellen können. Gewaltige Säulen erhoben sich in langen Reihen bis zur fernen Decke, deren Anblick ihm den Atem stocken ließ. In einem Himmel von strahlendem Blau meinte er ferne Vögel zu erkennen. Ihm war, als ob die Sonne sich hinter einer weißen Wolke verbarg, die sich ständig zu verändern schien. Der Boden bestand aus tiefschwarzem Gestein mit eingelassenen Bildern aus weißem Kristall. Diese waren von solcher Kunstfertigkeit, dass er immer wieder stehen blieb, um sie zu bewundern.

Ihm fiel auf, dass die Fremden und deren Tiere beim Gehen keinerlei Geräusche verursachten, und einmal mehr kam er sich plump und schwerfällig vor. Dar'atar schritt zielstrebig auf einen Seitenausgang zu und führte sie von dort durch schier endlose Gänge bis hinein in einen weitläufigen Raum.

Dar'atar schnippte wieder und Yushu kniete vor ihm nieder. Der Wächter legte ihm kurz die Hand auf den Kopf, dann verschwand er grußlos. Hinter ihm schloss sich lautlos die schwere Tür.

Beklommenheit umfing Oni und er war erleichtert, Trishas Hand in seiner zu fühlen. Dankbar lächelte er sie an. Nach wenigen Augenblicken löste sie sich wieder von ihm und baute sich vor Yushu auf. Ihre Stimme durchbohrte diesen geradezu:»Ich habe Fragen! Wo sind wir hier? Wer war das eben? Wieso bist du anders als die anderen? Weshalb wurden wir im steinernen Wald von euch angegriffen? Und vor allem, wo ist Drago?«

Yushu verschränkte die Arme vor der Brust und starrte die Prinzessin herausfordernd an.

Oni baute sich neben ihr auf und auch Don gesellte sich knurrend dazu.

Aria entschärfte schließlich die Situation. Sie stellte sich vor Yushu, hob die Hand an ihre Schläfe und schob sie dann in Richtung seines Kopfes. Kurz bevor sie ihn berührte, hielt sie inne und erst als er ihr mit einem flüchtigen Nicken sein Einverständnis gab, berührte sie ihn sanft mit den Fingerspitzen. Yushus versteinerte Miene entspannte sich und von Zeit zu Zeit umspielte sogar ein Lächeln seinen Mund. Als die beiden sich auf den Boden sinken ließen und sich dann schweigend gegenübersaßen, dämmerte Oni, dass das stille Zwiegespräch wohl etwas länger dauern würde.

Mehrere Liegen waren um einen großen Tisch verteilt, auf dem verschiedene Früchte angerichtet waren, von denen er keine einzige kannte. Der Anblick löste ein Zittern in ihm aus und ihm wurde bewusst, wie schwach er inzwischen wieder war.

Bevor er jedoch auch nur einen Schritt tun konnte, war Trisha schon dort und griff nach etwas, das aussah wie ein schneeweißer Apfel. Sie roch kurz daran, zog die Schultern hoch und biss hinein. Mit einer Grimasse spuckte sie jedoch wieder aus und probierte die nächste Frucht, musste aber erneut würgen.

Nach ein paar weiteren erfolglosen Versuchen zog Oni einfach direkt das Leben aus dem Obst und teilte die so gewonnene Kraft mit Trisha, Aria und Don. Wenigstens das Wasser schmeckte so, wie es sollte, und sie stillten ihren Durst. Eine rasche Erkundung des Raumes ergab, dass sich hinter den kunstvoll gewebten Teppichen, die jeden Fingerbreit der Wände bedeckten, nur nackter Fels befand.

Aria und Yushu saßen unverändert auf dem Boden. Trisha ging zu einer der Liegen. Sie legte eine Hand darauf, woraufhin die Bettstatt sich ein kleines Stück weit in die Luft erhob und neben eine andere glitt. Die Prinzessin grinste Oni verwegen an. Wenig später schliefen sie aneinandergeschmiegt ein.

Oni erwachte durch ein leises Geräusch und im Halbschlaf öffnete er die Augen einen Spaltbreit. Vor ihm lag Trisha und ihr wohliger Geruch bereitete ihm ein gutes Gefühl. Eine verschwommene Bewegung weiter hinten im Raum weckte seine Aufmerksamkeit. Er musste mehrere Male blinzeln, bis er Yushu erkannte. Als sei jegliche Farbe von ihm gewichen, wirkte er grau und düster. Mit dem Schwert in der Hand führte er unglaublich langsame Bewegungen aus, gerade so, als würde er mit einem unsichtbaren Gegner fechten. Dann schien ihm ein Fehler zu unterlaufen und die Waffe entglitt seiner Hand. Kaum berührte sie seine Finger nicht mehr, blitzte sie silbern auf, flog mit normalem Schwung fort und fiel scheppernd zu Boden. Wo eben noch der Griff gewesen war, schlossen Yushus Finger sich jetzt ins Leere.

Mit einem lauten Gähnen streckte Trisha sich und lenkte ihn kurz ab. Als er wieder zu Yushu sah, wirkte dieser völlig normal, schritt durch den Raum und hob die Klinge auf.

Trisha drehte sich zu ihm um und der Anblick ihres schlaftrunkenen Gesichts und der Haare, die wild in alle Richtungen abstanden, ließ Oni glücklich auflachen. In diesem Moment war die Prinzessin für ihn verschwunden und vor ihm lag einfach nur das Mädchen, das er von ganzem Herzen liebte.

»Lachst du mich aus?«, fragte sie spitz und fuhr sich mit den Fingern durch die Haare.

»Ich lache dich an! Du bist so wunderbar süß, selbst wenn du gerade aufwachst und so zerknautscht aussiehst wie ein neugeborenes Lamm.«

Mit gespielter Empörung knuffte sie ihm gegen die Brust. Da er ganz am Rand lag, reichte der leichte Stoß aus und er stürzte von der Liege zu Boden.

Trishas Kopf schob sich über die Kante. »Geschieht dir recht!«, sagte sie belustigt.

Bevor sie reagieren konnte, griff Oni nach ihr und zog sie zu sich herunter. Ihr Gesicht schwebte jetzt direkt über seinem und er spürte ihren Atem auf der Haut. Sie schloss die Augen und dann berührten sich ihre Lippen. Das seltsame Kribbeln ergriff wieder von ihm Besitz und die ganze Welt bestand nur noch aus ihnen beiden.

»Sind sie wie liebestolle Ras'agal. Haben vergessen sie, dass sind sie nicht alleine.«

Röte schoss Trisha ins Gesicht und sie setzte sich auf.

Um die peinliche Situation zu überspielen, sprach Oni das Erste aus, das ihm in den Sinn kam: »Was ist ein Ras'agal?«

Ehe Yushu antworten konnte, ging die Tür auf und Dar'atar betrat den Raum, gefolgt von einer der Bestien. Sofort sank Yushu auf die Knie, während Don an Onis Seite sprang und knurrte. Dar'atar winkte Yushu herbei und legte diesem kurz einen Finger an die Stirn, dann verschwand er wortlos wieder.

Wenig später führte Yushu sie durch den Palast in einen Bereich, bei dessen Anblick Oni der Unterkiefer herunterklappte und Trisha erfreut in die Hände klatschte. Vor ihnen lag ein großes Bassin voller Wasser. Das Becken war von einer flachen Mauer umfasst und mit kleinen Plättchen verziert, die im Zusammenspiel Motive von der Oberfläche darstellten. Der Duft von Blumen lag in der Luft und aus dem warmen Wasser stieg leichter Dampf auf. Aria bewegte sich als Erste. Während Oni noch staunte, streifte sie ihre Kleidung ab und sprang in das Becken hinein. Ihre Nacktheit trieb ihm die Röte ins Gesicht und verlegen sah er zu Boden.

Fast war er erleichtert, als Yushu ihm eine Hand auf die Schulter legte und mit der anderen auf einen Durchgang wies. »Folgst du mir. Ist Bad für Männer dort drüben.«

Die wenigen Male, die Oni in seinem Leben gebadet hatte, waren nur kurze Sprünge in kalte Bergseen gewesen. Das hier war etwas völlig anderes. Ihm war, als zerflössen seine Muskeln im warmen Wasser und er fühlte sich tief entspannt.

Nach einiger Zeit beschloss er, mehr über seinen fremdartigen Aufpasser herauszufinden. Um möglichst unverfänglich zu beginnen, fragte er: »Wie alt bist du eigentlich?«

»Bin ich siebenhundertdreiundsechzig.«

Oni wurde schwindelig. »Oh!« Mehr brachte er nicht heraus.

Ehrfurcht lähmte seine Zunge und während er noch um Worte rang, brach Yushu in schallendes Gelächter aus. »Hast geguckt du komisch! Denke ich, bin ich ähnlich alt wie du.«

Oni konnte nicht anders und fiel mit in das Lachen ein. Als sie sich wieder beruhigt hatten, setzte Oni erneut an: »Darf ich dich etwas Persönliches fragen?«

Yushu bedachte ihn mit einem eindringlichen Blick, dann nickte er langsam.

»Warum bist du so anders als die restlichen Ar'atai, denen wir bisher begegnet sind?«

Yushu presste die Lippen aufeinander und Oni fürchtete schon, ihn mit der Frage verärgert zu haben, doch dann teilte der fremdartige Junge freimütig seine Geschichte.

Die Mutter war ein Schatten gewesen, eine Spionin der Ar'atai, und hatte die Menschen aus dem Verborgenen heraus beobachtet. Eines Tages entflammte ihr Herz für einen von ihnen und damit nahm die Tragödie ihren Lauf. Lange Zeit hielt sie sich verborgen, doch mit jedem neuen Tag erklang der Ruf ihres Herzens lauter. Schließlich brach sie das Gesetz und offenbarte sich ihm.

Heimlich wurden die beiden ein Paar und Yushus Mutter empfing ein Kind. Sie waren sich darin einig, dass sie weder bei den Menschen noch den Ar'atai willkommen wären, und beschlossen, in den Schattenwald zu gehen, um dort im Verborgenen zu leben. Jedoch keimte Furcht in Yushus Vater auf und wuchs schließlich über die Liebe hinaus. Ohne ein Wort des Abschieds stahl er sich fort und ließ die Mutter mit dem ungeborenen Kind im Stich.

Mit gebrochenem Herzen floh sie allein in den Schattenwald und erwartete dort die Niederkunft. Das menschliche Erbe war jedoch zu stark in dem Ungeborenen und so war es bald zu groß für ihren zierlichen Körper. In dem Bewusstsein, dass sie ohne Hilfe beide sterben würden, kehrte sie nach Amm'atar zurück. Dort hatte sie als Ausgestoßene ihr Dasein gefristet bis zu dem Tage, da er ihrem Leib entnommen worden und sie vergangen war.

Den Tränen nahe schluckte Oni schwer und wartete ab, ob Yushu weitersprechen würde, doch der starrte nur noch brütend vor sich hin. »Es tut mir leid, das zu hören.«

»Ist es nicht deine Schuld. Habe geglaubt ich bis gestern, dass sind alle Menschen feige Verräter. Hat mich teilhaben lassen Aria an eurer Geschichte. Hast gerettet du ihr das Leben und warst bereit, dich zu opfern für sie. Bist du nicht wie mein Vater, sondern wie hätte sollen sein er.«

Eine weitere Welle der Traurigkeit spülte über Oni hinweg, als er an seine eigene Kindheit zurückdachte. »Mein Vater war Schäfer wie ich. Eines Winters, während eines schweren Schneesturms, ging es meiner kleinen Schwester Julaia sehr schlecht. Sie hatte hohes Fieber und brauchte die Heilerin. Mutter weinte vor Sorge. Ich sehe meinen Vater noch heute vor mir, wie er sich erhob, seinen schweren Mantel anzog und seinen Hut aufsetzte. Trotz ihrer Sorge um Julaia schimpfte Mutter mit ihm, dass es Wahnsinn sei, bei diesem Wetter hinauszugehen. Doch er umarmte sie nur still, strich Julaia über den Kopf und beugte sich dann zu mir herab. Er sagte mir, dass er mich lieb habe und ich mich nicht fürchten solle. Als Schäfer sei es seine Aufgabe zu beschützen und deswegen müsse er gehen. Meine letzte Erinnerung an ihn ist, wie er in den Schneesturm hinaustrat und die Türe hinter sich schloss.« Mit tränenfeuchten Augen verharrte Oni eine Weile in seiner Erinnerung. Dann schluckte er schwer und fuhr fort: »Lange war ich sehr wütend auf ihn. Nach meinem ersten Sommer auf der Alm begann ich jedoch langsam, ihn zu verstehen.«

Das Wasser plätscherte, als Yushu sich aufsetzte. »Tut es mir auch leid für dich wegen des Vaters. Doch freue ich mich, geht es gut deiner Schwester heute. Hat gezeigt mir die rote Blume, dass lebt sie im Palast als Dienerin deiner Gefährtin.«

Jetzt setzte Oni sich ebenfalls auf. »Da musst du etwas falsch verstanden haben. Nachdem ich verurteilt wurde, ist sie nach Hause zurückgekehrt.« Kurz fühlte er nach Julaia und war froh zu spüren, dass es ihr gut ging.

»War nicht ehrlich mein Vater zu meiner Mutter, die geliebt hat ihn sehr. Ist erwachsen daraus großes Leid. Hat getäuscht entweder die Blume mich oder die Prinzessin dich.«

Oni war verwirrt. Hatte Trisha ihn belogen? Nach seiner Befreiung hatte sie ihm erzählt, dass sie Julaia Geld gegeben und nach Hause geschickt habe. Wenn er jetzt darüber nachdachte, hatte Trisha im Schattenwald sehr seltsam reagiert, als die Sprache auf seine Schwester gekommen war. Andererseits, welchen Grund sollte sie haben, ihn anzulügen?

Darüber musste er in Ruhe nachdenken, jetzt galt es erst einmal, etwas anderes zu klären. »Warum begleitest du uns? Bist du unser Aufpasser?«

Yushu schnaubte. »Bin ich eher ein Diener, der soll ausspionieren euch.« Onis Augen weiten sich, doch sein Gegenüber fuhr fort: »Sind Sorgen unnütz. Weiß ich schon alles und habe weitergegeben alles. Bin ich jetzt nur noch euer Diener.«

Das beruhigte Oni zwar nicht sonderlich, aber er war dankbar für die Offenheit. »Warum du?«

Der Halb-Ar'atai wandte sich beschämt ab. »Halten Ar'atai die Menschen für unwürdig. Wollen sie besudeln ihre Gedanken nicht mit euren.«

Oni dachte nach. »Du bist doch auch zur Hälfte ein Mensch. Du …«

Yushus tiefer Seufzer erstickte Onis restlichen Worte.

$$* * * *$$

Der Ruf an Gur'atars Hof erfolgte, kaum dass Trisha mit den anderen in ihr Zimmer zurückgekehrt war.

Der Erste Wächter Dar'atar holte sie ab, schweigend wie immer, und führte sie innerhalb des gigantischen Tropfsteins hinauf.

Auf dem Weg kam Trisha aus dem Staunen nicht mehr heraus. Hinter jeder Abbiegung warteten neue Wunder. Der

Höhepunkt war eine Höhle, in der tatsächlich ein Baum wuchs, in dessen Geäst Vögel zwitscherten. Für einen Moment fühlte sie sich an die Oberfläche versetzt. Sogar die Wärme der Sonne meinte sie auf ihrer Haut zu spüren, so hell strahlte ein Licht von der Höhlendecke herab. Gras bedeckte den Boden und die Luft war von einem leisen Gesang erfüllt, der von einer kleinen Gruppe Ar'atai zu kommen schien. Ein jeder von ihnen wandte sich um und neigte das Haupt vor Dar'atar.

Stetig ging es höher hinauf und schließlich erreichten sie eine weit geschwungene Treppe. Zum ersten Mal gab es Fenster im Felsen, doch Dar'atar schritt so zügig voran, dass Trisha nur einen kurzen Blick auf das überwältigende Panorama erhaschte.

Sie betrachtete Oni, der an ihrer Seite lief, und konnte sich ein glückliches Grinsen nicht verkneifen. Das bevorstehende Treffen mit dem Herrscher dieser Unterwelt bereitete ihr Bauchgrimmen, doch Onis Nähe gab ihr zugleich ein Gefühl der Geborgenheit. Er war ihr Fels in reißender Strömung. Ruhig, stark und immer für sie da. An seiner Seite konnte ihr nichts Schlimmes widerfahren. Er lächelte sie an und ein Schwarm Schmetterlinge flatterte in ihrem Bauch auf.

Nach einer weiteren Biegung erreichten sie ein großes, prunkvolles Tor, dessen Flügel weit geöffnet waren. Dahinter erstreckte sich eine riesige Halle, deren Gewölbe von zwei Reihen mächtiger Säulen getragen wurde. Zwischen diesen hindurch führte Dar'atar sie, während zu beiden Seiten unzählige Ar'atai standen und sie schweigend beobachteten. Einzig das Geräusch ihrer Schritte durchbrach die Stille, bis sie vor dem Thron des Königs anhielten. Dar'atar verbeugte sich tief vor dem uralten Ar'atai und postierte sich dann seitlich des Herrschers. Yushu war auf die Knie gesunken und hatte die Stirn auf den Boden gepresst.

Oni wollte vortreten, doch Trisha hielt ihn mit einer Geste zurück. Sie neigte ihr Haupt und führte einen formvollendeten Knicks aus. Einen Moment sammelte sie all ihren Mut, dann sah sie dem Anführer der Ar'atai direkt in die Augen. »Ich grüße Euch, König Gur'atar. Ich bin Prinzessin Patrizia von Windemere, Tochter von König Berengar und Dritte in der Thronfolge.«

Mit teilnahmsloser Miene erwiderte er ihren Blick und sie fragte sich, ob er sie überhaupt verstand. Doch sie wollte sich auf keinen Fall eine Blöße geben und zwang sich zur Geduld. Zeit verstrich und einzig ein leises Fußscharren hinter ihr war zu hören. Das Starren des Königs begann ihr Unbehagen zu bereiten und die Unruhe flammte in ihr auf. Mit aller Willenskraft, die sie aufzubringen vermochte, drängte sie das Gefühl zurück.

Gur'atar schnippte mit den Fingern und das Geräusch hallte wie Donner durch den Saal. Beinahe hätte sie ihre Kontrolle verloren. Auf dieses Zeichen hin erhob sich Yushu, schritt nach vorne, wandte sich zu ihnen um und kniete erneut neben dem Thron nieder. Der König legte ihm eine faltige Hand auf den Kopf und Yushu begann zu sprechen: »Es sind Eure Taten, die Euch zu der machen, die Ihr seid, nicht Eure Titel, Patrizia von Windemere. Und diese Taten lassen Euch in keinem guten Licht erscheinen.«

Trisha widerstand dem Drang, sich zu Oni umzudrehen, und wählte ihre Worte sorgsam: »Ihr seht mich verwirrt, Majestät. Eure Begrüßung im steinernen Wald war zwar nicht gerade warmherzig, trotzdem habt Ihr es uns im Anschluss an nichts fehlen lassen. Weshalb jetzt diese Worte?«

Aus Yushus Mund antwortete der Herrscher der Ar'atai: »Man erkennt die Größe eines Volkes daran, wie es seine Gefangenen behandelt.«

Es kostete sie viel Kraft, nicht zusammenzuzucken. »Was für ein Verbrechen legt Ihr uns zur Last?«

Wie ein Hammerschlag erklang die Antwort in der Stille der Versammlung: »*Ihr* habt das Goldauge vor unser Tor geführt und damit den Drachen selbst. *Ihr* habt uns aus der Deckung genötigt, weil wir ihm seine Klaue abschlagen mussten. *Ihr* seid Diener des *Wyn* und in unser Reich eingedrungen!«

Trisha schluckte, entgegnete jedoch mit fester Stimme: »Wir kamen, um zu lernen, doch wurden in der Nacht überfallen. Unser Gefährte wurde verwundet und verschleppt und wer wären wir, würden wir einem Freund in Not nicht beistehen? Und Drago ist nicht der, den ihr Wyn nennt, sondern lediglich sein Diener.«

Gur'atar funkelte sie an. »Ihr Welpen seid so unerfahren und doch meint ihr, bereits die Geheimnisse dieser Welt zu kennen. Was lässt Euch glauben, Euch hier ein Urteil erlauben zu können?«

Trisha hielt seinem harten Blick weiter stand. »Weil ich dem Ewigen bereits begegnet bin.«

Nun veränderte sich etwas in Yushus Stimme und es klang, als würde er aus einer fernen Vergangenheit zu ihr sprechen: »Dann haben wir beide etwas gemeinsam, Menschenkind. Ich sehe ihn noch vor mir, als wäre es eben erst gewesen. Jeden Tag und jede Nacht erinnere ich mich an das Grauen und das Elend, welches über Menschen und Ar'atai kam, wenn der Gewaltige von seinem Berg herabstieg. Wyn'd'maer, Thron des Drachen. Noch heute klingt der Name über das Land, auch wenn ihr Menschen schon längst dessen Bedeutung vergessen habt. Und auch der Wyn selbst ist für euch nicht mehr als eine Schauergeschichte längst vergangener Zeiten. Doch ich kann ihn fühlen. Spüre, wie er in seinem Verlies lauert. Spüre, wie er wartet. Spüre eine Hoffnung in seinem verfaulenden Körper keimen. Diese Hoffnung seid *Ihr*, Patrizia von Windemere,

Tochter von König Berengar und Dritte in der Thronfolge. Diese Hoffnung seid *Ihr*, Patrizia aus dem Hause des Brahn. Seite an Seite vergossen Euer Urahn und ich unser Blut und Zehntausende gaben ihr Leben hin. Männer opferten sich, um ihre Frauen zu beschützen. Frauen gaben sich hin, um ihre Kinder zu retten. Selbst unter den Jüngsten fanden sich solche, die alles verloren hatten und für die größere Sache ihr Leben aushauchten. Am Ende vermochten wir den Wyn nicht zu vernichten, doch wir schlugen ihn und mit jedem Tag schwindet er ein bisschen mehr. Ich sehne die Zeit herbei, in dem er dem Ruf der Allmutter endlich folgt und auch ich nicht länger dem Vergessen trotzen muss.«

Ein Schauer lief Trisha über den Rücken. »Dann seid Ihr über tausend Götterläufe alt!«

Erneut sprach Gur'atar durch Yushu: »Vor so langer Zeit opferten unsere beiden Völker so viel, um den Wyn zu stürzen, und jetzt verratet Ihr die Euren, Tochter des Brahn. Warum ist das so?«

Ihre Gedanken rasten. Alles, was er sagte, widersprach den Erinnerungen, die der Drache mit ihr geteilt hatte. Die Ar'atai waren darin gar nicht vorgekommen. Und selbst wenn, hätte es nur bedeutet, dass sie ihm seine guten Taten übel vergolten hatten. Am liebsten hätte sie dem alten Greis seine Lügen um die Ohren geschlagen, doch sie musste vorsichtig sein. *Erst denken!* Langsam atmete sie tief ein, straffte die Schultern und reckte das Kinn vor. »Mir wurden andere Erinnerungen zuteil als Euch, Majestät. Es ist weder mein Wunsch, die Ahnen zu schmähen, noch ist es mein Begehren, ein Unheil heraufzubeschwören. Selbstlos rettete der Ewige mein Leben und aus Dankbarkeit schwor ich bei diesem, seine Brut zu befreien.«

Gur'atar zog seine Augenbrauen zusammen, sodass sie sich beinahe berührten. »Ein Schwur bei Eurem Leben, sagt

Ihr? Ihr habt Euren freien Willen an den Ewigen verpfändet?« Der König verfiel in Schweigen und schien abzuwägen. Als er fortfuhr, lag eine Spur Milde in seinem verwitterten Gesicht. »Ich verstehe nun, dass einzig Eure erste Entscheidung Eure eigene war. Aus Respekt vor Brahn, der an meiner Seite sein Blut gab, verurteile ich Euch nicht zum Tode. Jedoch werde ich auch nicht zulassen, dass das Ei ausgebrütet wird und ein neuer Wyn die Welt in Feuer und Asche taucht. Also werdet Ihr Amm'atar nicht mehr verlassen, solange der Wyn auch nur einen Funken Leben in sich trägt. Die anderen jedoch haben ihm keinen Eid geleistet und als seine willfährigen Diener verurteile ich sie hiermit zum Tode. Das Urteil wird sofort vollstreckt.« Gur'atar hob die Hand von Yushus Schulter, der kraftlos nach vorne stürzte.

Trisha hörte Oni hinter sich aufstöhnen und die Unruhe in ihr brauste zu einem Sturm auf. »Es ist nicht an Euch, über unser Leben zu entscheiden! Doch was immer uns erwartet, das Schicksal meiner Gefährten wird auch meines sein.«

Neben Dar'atar erschienen mehrere Krieger mit gespannten Bögen und auf einen Wink des Ersten Wächters hin entließen sie ihre Pfeile.

Mit einem Schrei entfesselte Trisha den Sturm, der in ihr toste, und schleuderte ihn den Angreifern entgegen. Die magische Welle brandete voran und riss Trishas Bewusstsein mit sich. Für einen Moment fühlte sie sich völlig hilflos und ausgeliefert, doch dann war ihr, als hörte sie ihre Mutter: *Kontrolle, mein Kind, Kontrolle ist alles!* Nun war sie auf der Höhe der Pfeile und spürte diese mit ihrem ganzen Sein. Fast beiläufig nahm sie ihnen die Bewegung und als sie zu Boden fielen, war Trisha auch schon bei den Bogenschützen. Noch während sie diese zurückstieß, zerbrach sie deren Bögen. Doch sie hatte ihre gesamte Kraft entfesselt und der Sturm drängte weiter. Er brandete gegen die rückwärtige

Wand und wurde von dem unnachgiebigen Stein zurückgeworfen. Es kam ihr vor, als würde sie auf sich selbst und ihre Freunde zurasen wie eine reißende Strömung. Doch Oni war zu ihr getreten und hielt sie im Arm. Er war ihr unerschütterlicher Fels in der Brandung. Sie teilte sich vor ihm und floss um ihn und die anderen herum. Hinter ihnen vereinte sie sich wieder mit sich selbst, schoss durch das offene Portal und verlor sich in den Weiten des Palastes.

Trisha ließ die Magie los, öffnete die Augen und jubelte innerlich. Sie hatte es geschafft! Sie hatte die Kontrolle über ihre Magie erlangt. Doch dann erkannte sie ihren Fehler. Wie einst in der Höhle über dem Maelstrom hatte sie ihre ganze Kraft in einer einzigen, gewaltigen Eruption freigegeben. Wo vorher die Magie in ihr getobt hatte, herrschte nun eine eisige Kälte, die unbarmherzig nach ihrem Herzen griff. Einmal mehr hatte sie gehandelt, ohne nachzudenken. Weitere Bogenschützen tauchten auf und spannten die Bögen, doch sie hatte ihnen nichts mehr entgegenzusetzen.

****

Oni griff nach Trishas Hand und erschrak ob der Leere in ihr. Ohne darüber nachzudenken, teilte er seine eigene Lebenskraft mit ihr. Weitere Bogenschützen tauchten auf und als Trisha den nächsten Pfeilhagel abwehrte, bemerkte er, wie schnell ihre gemeinsame Kraft verrann. Zu schnell. Einem weiteren Angriff hätten sie nichts mehr entgegenzusetzen.

Aria ergriff seine andere Hand und Don drückte sich an seine Beine. Oni wandte seine Wahrnehmung nach innen und auf das silbern-ätherische Geflecht seiner eigenen Seele. Er fühlte nach den Verbindungen zu seinen beiden Freunden und nahm, was diese ihm bereitwillig anboten. Doch da war mehr. Viel mehr. Silberne Stränge verbanden sein Selbst mit den Seelen von Trisha, Aria und Don. Er konnte auch seine Schwester spüren, genauso wie seine Mutter, Matten, den freundlichen Priester und die alte Vogelfrau. Sie alle waren wiederum verbunden mit den Menschen, die sie liebten und von denen sie geliebt wurden. In einem einzigen Gedankenflug wob sich das Netz des Lebens bis in die Unendlichkeit. Nur einen winzigen Lebenshauch von jedem, mehr brauchte es nicht.

Vor ihnen bauten sich weitere Ar'atai auf und immer schneller schossen diese ihre Pfeile ab. Einer streifte Trishas Arm, doch er hatte die Wunde geheilt, bevor auch nur ein einziger Tropfen Blut vergossen war.

Etwas veränderte sich merklich in Trisha. Die violetten Augen der Angreifer weiteten sich, als überall Pfeile vom Boden in die Luft stiegen, sich ausrichteten und dann auf die Ar'atai zuschossen. Je ein Pfeil stoppte unmittelbar vor den Kehlen der Schützen, ein Dutzend vor Gur'atar.

Trishas Stimme hallte durch den Thronsaal: »*Wir* kamen in friedlicher Absicht, doch *Ihr* habt das Gastrecht gebrochen. *Ihr* habt unseren Gefährten erschlagen, uns eingesperrt und mit dem Tode bedroht. Wo wir Hilfe suchten, fanden wir nur Verrat! Ihr, Gur'atar, werdet unser Pfand sein, bis wir Euer Reich verlassen haben. Sollte einem von uns etwas zustoßen, werdet Ihr sein Schicksal teilen.«

Mit einer Stimme, die seit den Zeiten Brahn Drachentöters nicht mehr erklungen war und die wie das Kratzen von Schiefer auf Schiefer klang, sprach der König: »Ahnungslose, arrogante Närrin!« Blut quoll unter den Pfeilspitzen hervor, doch schien er dies gar nicht zu bemerken. »Was bedeutet schon mein eigenes Leben, wenn der Wyn wieder aufersteht? Glaubst du, nach quälend langen tausend Götterläufen würde ich das Ende nicht herbeisehnen? Glaubst du nicht, jeder in diesem Raum würde sein Leben bereitwillig geben, um die zu schützen, die er liebt? Wir haben die Klaue abgeschlagen, die er nach unserem Reich ausgestreckt hat, und so werden wir auch mit jedem verfahren, der ihm dient!«

Mit seinen uralten, gekrümmten Fingern griff er nach einem der Pfeile und schleuderte ihn zur Seite. Die anderen Ar'atai taten es ihm nach und Trisha ließ ihre Magie fallen, doch nur für einen Augenblick. Sie ballte die Hände zu Fäusten und Oni spürte einen reißenden Strom von Magie durch sie hindurchfluten. Die gesamten Ar'atai wurden von unsichtbarer Hand zurückgestoßen und stolperten wild durcheinander.

Oni sprang vor, legte die Hand auf Yushus Schulter und einen Moment später stand dieser wieder auf den Beinen. Dann flohen sie aus dem Thronsaal und hinter ihnen schlugen die schweren Tore donnernd zu.

Yushu setzte sich an die Spitze der kleinen Gruppe. »Hier entlang, folgt ihr mir!«, rief er und rannte los. Er führte sie weiter und weiter hinauf und schließlich erreichten sie einen Säulengang. Ein Pfeil zischte an ihren Köpfen vorbei und Trisha griff erneut nach Onis Hand. Eine der großen Steinsäulen barst und die Decke darüber stürzte zwischen ihnen und den Verfolgern ein. Sie blieben stehen und japsten nach Luft.

»Wird sie das nicht lange aufhalten, nehmen sie einen anderen Weg. Brauchen wir einen Plan, werden sie uns sonst verfolgen, bis haben sie uns gebracht zur Strecke.«

In diesem Moment drängte sich Aria in ihre Mitte und legte die Finger an die Schläfe. Oni schloss die Augen. Im nächsten Moment erinnerte er sich daran, wie das Gestein zwischen ihnen und den Verfolgern einbrach und ihn mitsamt seinen Freunden unter sich begrub. Verstört riss Oni die Augen wieder auf. Dass die anderen dasselbe gesehen hatten, stand ihnen in die Gesichter geschrieben. Sie alle nickten Aria wortlos zu. Die Ar'atai sollten sie nicht bekommen.

Eilends flohen sie weiter und schon bald wichen die bearbeiteten Wände natürlichem Gestein. Oni war es schon, als ob die Luft sich veränderte und eine klare Frische mit sich trug, als er die Ar'atai-Krieger bemerkte. Angeführt von Dur'atar waren sie fast auf Pfeilreichweite herangekommen.

»Halt!« Auf Onis Ruf hin blieben seine Freunde stehen und gemeinsam wandten sie sich zu den Verfolgern um.

Er ließ die überwältigende Macht des Lebensnetzes durch sich hindurchströmen und lenkte sie zu Trisha und Aria hinüber. Ein Grollen im Gestein ließ ihre Verfolger innehalten. Oni schloss die Augen und betete still.

Aria teilte ihre Gedanken und ließ ihn an dem Anblick teilhaben, der sich ihren Verfolger bot: Der Berg brach und begrub ihn und seine Freunde unter sich.

Zum Thron des Ewigen

Voller Wonne sog Trisha die klare Morgenluft ein und ließ den Blick über die Landschaft unter sich schweifen. Zu ihren Füßen plätscherte ein Bach den Hang hinab und durch eine kleine Bergbausiedlung. In Schleifen strömte er weiter bis zum Linni, der sich in der Ferne wie eine eisblaue Schlange durch das Tal der Erze zog. Die ersten Boote waren darauf schon unterwegs und in dem Dorf unter ihr erwachte gerade das Leben. Rauch stieg aus Schornsteinen auf und zeugte von frisch angefachten Feuern.

Sie schwelgte kurz in der Normalität dieses Anblicks, dann wandte sie sich zu ihren Freunden um, die gerade aus dem Tunnel ins Freie traten. Yushu legte den Kopf in den Nacken und bewunderte fassungslos den offenen Himmel.

Oni wirkte, als fiele eine große Last von ihm ab, doch schnell wurde seine Miene wieder ernst. »Es wird Zeit für einen Plan.« Er setzte sich auf einen großen Stein und sah sie erwartungsvoll an.

Mit gespielter Ernsthaftigkeit stemmte sie die Fäuste in die Hüften. »Oh, das ist einfach. Wir stürmen eines der Flussboote, schmeißen den Besitzer über Bord und fahren auf dem Linni bis zur Uferstadt Minnk. Dort geben wir uns als Erzhändler aus, überqueren die Brücke und besteigen den Windemere. Oben angekommen, brüten wir das Ei aus und ich habe meinen Schwur erfüllt. Danach werfen wir meine Schwester mitsamt Telessa in den Kerker und finden eine Heilung für meine Familie.«

Oni nickte anerkennend. »Abgesehen davon, dass wir

keine Räuber sind, kein Aufsehen erregen sollten und nicht mal der größte Hammel uns für Erzhändler halten würde, ein feiner Plan. Lasst uns aufbrechen.«

Damit erhob er sich und ging los. Trishas rascher Blick zu Yushu und Aria verriet ihr, dass die beiden ebenso überrascht waren wie sie selbst.

Nach ein paar Schritten drehte Oni sich um und winkte auffordernd. »Worauf wartet ihr?«

Dann begann er, herzhaft zu lachen, und es war so ansteckend, dass sie nicht anders konnte, als einzustimmen. Auch Yushu und Aria grinsten über beide Ohren.

Oni brauchte sichtbar mehrere Anläufe, um sich wieder zu beherrschen. »Ihr hättet eure Gesichter sehen sollen!« Er setzte sich wieder auf den Fels. »Wir sollten zuallererst einmal klären, was wir wollen. Um deinen Schwur zu erfüllen, müssen wir die Brut des Drachen retten. Wenn aber Gur'atars Worte wahr sind, würden wir dadurch eine Katastrophe auslösen.«

Yushu trat näher heran. »Zweifle ich nicht an Gur'atars Worten, ist er ein großer und wahrhaftiger Mann.«

In Trisha brodelte unvermittelt eine Wut auf, die sie selbst erschreckte. »Ich habe es deinem König schon gesagt und ich wiederhole es gerne noch einmal: Der Ewige hat seine Erinnerungen mit mir geteilt und ich konnte kein Arg darin erkennen. Er hat die Menschen beschützt und wir haben es ihm übel vergolten.«

Nun erhob Aria die Hand und alle Gesichter wandten sich ihr zu. Trisha erinnerte sich daran, wie die Tunneldecke zwischen ihnen und ihren Verfolgern einbrach. Dann wechselte die Perspektive und diesmal sah sie durch die Augen von Dar'atar, wie der Fels sie begrub.

Die Täuschung wirkte so echt, dass sie ihr auch jetzt noch ein mulmiges Gefühl bescherte. Kaum war das letzte Bild verblasst, ging sie zu Oni hinüber und ergriff seine Hand.

Leise sagte er: »Entweder hat Gur'atar uns allen etwas vorgemacht oder der Wyn hat dich ebenso getäuscht wie Aria unsere Verfolger.«

Ihr erster Reflex war, ihn wegzustoßen, doch das konnte sie ebenso wenig, wie ihren Schwur in Frage zu stellen. »Meine Entscheidung steht fest«, sagte sie schließlich harscher als gewollt. »Ich werde zu meinem Wort stehen und die Brut des Ewigen befreien. Nach wie vor könnte ich dabei Hilfe gebrauchen. Wenn ihr aber dem greisen Ar'atai mehr vertraut als mir, werde ich es auch alleine angehen.«

Kummer spiegelte sich in Onis Gesicht wider und es zerriss ihr fast das Herz. Seine Stimme klang belegt: »Ich muss dich etwas fragen. Allein!«

Ohne abzuwarten, ob sie ihm folgte, entfernte er sich und verschwand hinter einem Felsvorsprung. Sie ging ihm nach, blieb aber mit verschränkten Armen auf Abstand.

Einen Moment lang betrachtete er sie, als würde er etwas in ihr suchen. »Gur'atai schien wirklich an das zu glauben, was er sagte. Für den Ewigen steht viel auf dem Spiel und vermutlich würde er alles dafür tun, seine Brut zu befreien.« Sie hob zu einer Antwort an, doch Oni schnitt ihr das Wort ab: »Ich habe versprochen, dir zu helfen, und das werde ich auch tun. Aber vorher möchte ich wissen, warum du mich wegen Julaia angelogen hast.«

»Woher …?« Erschrocken schlug Trisha sich eine Hand vor den Mund.

Mit raschen Schritten überwand er die Distanz zwischen ihnen und fasst sie an den Armen. »Bis gerade eben war ich mir nicht ganz sicher, aber es passte einfach alles zusammen. Jedes Mal, wenn es um Julaia ging, warst du ganz anders als sonst. Ich habe eine Vermutung, wieso du mir nicht die Wahrheit gesagt hast. Aber viel wichtiger ist, dass ich über uns beide nachgedacht habe und Gur'atar in einem Punkt zustimme: Es sind unsere Taten, die uns ausmachen. Du hast mir schon so oft das Leben gerettet und dabei nicht ein einziges Mal gezögert. Auch als Aria in Not war, hast du dich ohne Vorbehalt eingesetzt, um ihr zu helfen. Und in Gur'atars Halle hast du dich vor uns alle gestellt und dem ganzen Hofstaat getrotzt. Ich möchte dir weiter vertrauen und deswegen muss ich die Wahrheit wissen.«

Sie trat einen Schritt zurück und drückte die Schultern durch. »Zuerst hatte ich Angst davor, dass du nicht mir helfen würdest, sondern deiner Schwester. Ich schwöre, ich wollte es dir trotzdem sagen, aber irgendwie konnte ich es nicht. Dann flossen die Lügen aus mir heraus und hinterher habe ich mich so fürchterlich geschämt. Später im Wald am Feuer, in der Nacht, in der Dante starb, beschloss ich, dir die Wahrheit zu sagen. Aber meine Gedanken begannen, sich im Kreis zu drehen, und mir fielen immer mehr Gründe ein, warum es besser sei zu schweigen. Gleichzeitig habe ich mich dafür gehasst. Im Schattenwald schließlich war es am schlimmsten. Da habe ich gänzlich die Kontrolle verloren und dich weggestoßen.« Mit einem Schluchzer schlang sie ihre Arme um ihn. »Und jedes Mal habe ich mich so schmutzig gefühlt, dich zu belügen. Und du … du warst immer so lieb zu mir. Ich weiß gar nicht, womit ich dich verdient habe. Ich bin so froh, dass die Wahrheit jetzt raus ist.«

Als ob eine riesige Last von ihr abfiele, atmete sie tief ein. Endlich musste sie ihn nicht mehr anlügen. Jetzt blieb ihr nur zu hoffen, dass er ihr verzieh. Erleichterung und Angst vor seiner Entscheidung rangen in ihrer Brust und Tränen rannen ihr über die Wangen.

Ganz sachte fing Oni eine von ihnen mit dem Finger auf. »Ich bin auch froh.« Dann zog er Trisha an sich und strich ihr sanft über das Haar. Eine ganze Weile standen sie einfach so da, ihr Kopf an seine Brust gelehnt, bis weit über ihnen der Schrei eines Raubvogels erklang.

Oni schob sie auf Armeslänge fort. »Wir werden deinen Schwur gemeinsam erfüllen, wie ich es versprochen habe. Doch bevor wir zu den anderen zurückkehren, wiederhole bitte einmal Wort für Wort, was du dem Wyn geschworen hast.«

»Ich habe ihm bei meinem Blut, meiner Seele und dem Leben, das er mir geschenkt hat, geschworen, seine Brut zu befreien.«

»Sonst nichts?«

»Sonst nichts.«

Sein Gesicht nahm einen zufriedenen Ausdruck an. »Wir sollten die anderen nicht länger warten lassen.«

Kurz darauf waren sie wieder bei ihren Freunden.

Zu Trishas Erleichterung ergriff Oni das Wort: »Wir werden die Brut des Ewigen befreien. Sobald wir das aber vollbracht haben, müssen wir mit allem, was wir haben, verhindern, dass er zu alter Größe aufersteht.«

Aria erhob sich und legte die Finger an die Schläfe. Vor Trishas innerem Auge erschien das Bild eines kleinen Lamms, das sich einem gewaltigen Berglöwen entgegenwarf.

Oni nickte ihr zu. »So darf es nicht kommen. Es wird Zeit für einen Plan!« Und an Trisha gewandt ergänzte er: »Einen ernsthaften Plan.«

Alle Blicke ruhten nun auf ihr. »Wir dürfen keine Zeit verlieren. Falls die Ar'atai unsere List durchschauen, werden sie uns wieder verfolgen. Bis dahin möchte ich uns möglichst weit entfernt wissen. Und wenn wir nicht bis zum Windemere laufen wollen, brauchen wir Geld.« Sie nahm die Kette ab, an der zuvor das Medaillon ihrer Mutter gehangen hatte. »Die ist sicher von einigem Wert. In dem Weiler dort unten versuchen

Oni und ich, den Schmuck zu verkaufen und uns mit neuer Kleidung und Ausrüstung einzudecken. Dann kommen wir hierher zurück, wandern gemeinsam zum Linni und suchen ein Schiff, das uns mitnimmt. Sobald wir auf dem Fluss sind, planen wir unsere nächsten Schritte.«

Niemand widersprach.

Trisha klatschte in die Hände. »Also, dann brechen Oni und ich auf. Wir beeilen uns, um noch vor Mittag zurück zu sein.«

Verträumt sah Aria Yushu dabei zu, wie er mit Begeisterung einer Libelle nachlief, die über einer Wiese hin und her tanzte. Irgendwann hatte das Tier genug und flog davon. Yushu legte sich auf einen umgestürzten Baumstamm und richtete den Blick in den Himmel.

Mit einem Mal setzte er sich wieder auf und wies auf zwei Wolken, die langsam über den klaren Himmel zogen. »Sehen sie aus wie zwei Ras'agal auf der Jagd.« Dann zeigte er voller Freude auf eine andere Formation. »Und da! Erinnert die mich an Tla'luk, meinen kleinen Irbis.«

Die Fee flatterte neben Yushus Ohr und schien darin irgendetwas zu suchen. Dann schwirrte sie zu Aria herüber und hob fragend die Hände. »*Weißt du, was ein Irbis ist?*«

Aus dem Meer von Yushus Gedankenbildern stach deutlich ein putziges kleines Fellknäuel mit riesigen Augen heraus. Aria prägte sich jedes Detail ein, dann wob sie ein Abbild in die Gedanken Yushus und ihrer Freundin. Sie ließ das Wesen über den Baumstamm auf die beiden zu laufen.

Yushu lachte hell auf, dann wandte er sich zu ihr um. »Danke ich dir. Ist das ein schönes Geschenk. Macht mich glücklich, ihn wiederzusehen, auch wenn ist er nicht wirklich hier.«

Überrascht und enttäuscht zugleich ließ Aria die Illusion fallen, doch er schloss sie lachend in die Arme. »Konntest Du nicht wissen, dass Irbisse haben sehr empfindliche Augen und meiden helles Licht.«

Oni reichte Aria und Yushu die neue Kleidung, die er mit  Trisha in dem Dorf erstanden hatte. Die beiden bekamen die gleiche feste Ledermontur wie sie selbst. Für Yushu hatten sie zudem noch einen langen Kapuzenmantel und Handschuhe besorgt. Gemeinsam machten sie sich über das mitgebrachte Essen her und brachen dann gestärkt auf.

Am frühen Abend des folgenden Tages erreichten sie den Linni und folgten ihm stromabwärts, bis sie eine betriebsame Treidelstation erreichten. Gerade wurden dort Schiffe für die Nacht am Steg vertäut und Matrosen spannten Zugtiere aus, die sie zu einem großen Stall trieben.

Trisha sprach einen der jüngeren Flussschiffer an: »Sei gegrüßt.«

Der muskulöse Junge musterte sie von oben bis unten. Offensichtlich gefiel ihm, was er sah, denn seine Mundwinkel schossen nach oben. »Du auch!«

»Kannst du mir sagen, ob hier auch Schiffe liegen, die flussabwärts fahren?«

»Klar.«

»Klar, du kannst es sagen, oder klar, hier liegt ein solches Schiff?«

»Klar, kann ich.«

Trisha verdrehte die Augen. »Und?«

»Komm, ich bringe dich hin, meine Süße.« Er machte Anstalten, ihr einen Arm um die Hüfte zu legen.

Hitze schoss Oni in die Ohren. Ohne darüber nachzudenken, trat er zwischen die beiden und zog Trisha an sich heran. »Hey, das ist mein Mädchen.«

Verärgert fuhr sie ihn an: »Danke, ich kann schon selbst auf mich aufpassen.«

»Soll ich ihn boxen?« Der fremde Kerl grinste frech.

Trisha funkelte ihn grimmig an. »Ich bin *nicht* interessiert und gleich fange *ich* hier an zu boxen.«

Der blonde Junge lachte laut auf. »Du gefällst mir, Kleine.« Mit ausgestrecktem Arm wies er auf eines der Schiffe. »Da vorne, die *Kormoran* fährt morgen weiter den Linni runter.« Damit wandte er sich ab und ging auf die Wirtsstube zu. Er hatte die Türe schon halb geöffnet, da drehte er sich noch einmal zu ihnen um. »Warte nicht zu lange, meine Hübsche, ich bin ein begehrter Typ!«

Für Onis Geschmack schaute Trisha ihm eine Spur zu lange hinterher. Ohne ein weiteres Wort wandte er sich ab und stapfte in Richtung der *Kormoran* davon. Dort sprach er einen etwas untersetzten Mann an, dessen graue Locken unter einer flachen Mütze hervorquollen. »Seid Ihr der Kapitän der *Kormoran*?«

Der Angesprochene tippte sich mit zwei Fingern gegen die Stirn. »Das bin ich wohl. Wer will das denn wissen?«

»Ich bin Oni und suche für mich und meine drei Freunde eine Passage nach Minnk.«

»Könnt ihr zahlen?«

»Wir haben drei Korrat.«

»In Ordnung, aber Vorkasse. Und Essen ist eure Sache.«

Oni streckte seine Hand aus. »Wie es den Vieren recht ist.«

Der Schiffer schlug ein. »Wie es den Vieren recht ist. Kannst mich übrigens Reiher nennen. Bei Sonnenaufgang legen wir ab. Wenn ihr nicht an Bord schlaft, seid rechtzeitig da.«

Rasch zählte Oni dem Kapitän das Geld in die Hand. Der zog daraufhin noch ein paar Knoten fest, schmiss am Bug einige Bretter an Bord und ging dann zum Treidelhaus hinüber.

Immer noch verstimmt, winkte Oni die anderen herbei und kletterte an Bord. Der plumpe Lastenkahn war über die gesamte Länge schwer mit Erz beladen, sodass die Bordwand kaum aus dem Wasser ragte. Im Heck lagen ein paar Planken und darüber spannte auf vier Stecken eine Plane. Neben großen Truhen lagen zwei Stoffmatten samt Decken, eindeutig der Schlafplatz der Besatzung.

Im Bug legten sie die Bretter aus, die der Schiffer dorthin geworfen hatte, und ließen sich erschöpft darauf nieder. Ohne ein Wort bettete Trisha ihren Kopf auf seinen Schoß und im nächsten Moment war sein Ärger wie fortgeweht. Die Sonne verschwand hinter den Bergen und über ihm begannen, Myriaden von Sternen zu leuchten. Unter ihm schlugen kleine Wellen sanft glucksend an den Rumpf und irgendwann schlief er ein.

Als zwei Gestalten laut an Bord gepoltert kamen und zum Heck stolperten, erwachte er wieder. Die eine ließ sich auf eines der Bettlager fallen und fing sofort an zu schnarchen. Die andere kramte irgendwo herum und kam dann schwankend in ihre Richtung. An der Mütze erkannte er den Kapitän und atmete auf. Wortlos warf dieser ihnen ein paar Decken hin und torkelte zu seinem eigenen Schlafplatz.

Dankbar hob Oni sie auf und wandte sich seinen Freunden zu. Aria lag mit dem Kopf auf Yushus Brust und schlief. Der Halb-Ar'atai blickte mit tränenfeuchten Augen unverwandt zum Himmel empor und reagierte auch nicht, als Oni zwei Decken über ihm und Aria ausbreitete. Trisha hatte sich zusammengerollt und murmelte etwas im Schlaf, jedoch so leise, dass Oni es nicht verstand. Die eigene Decke schob er ihr vorsichtig unter den Kopf, die andere breitete er sanft über ihr aus und schlüpfte dann ebenfalls darunter.

Am nächsten Morgen weckte ihn ein dreifacher Glocken-schlag. Wenig später herrschte überall reges Treiben und auch die beiden Schiffer der *Kormoran* erhoben sich. Der Jüngere kam in ihre Richtung. Rasch drehte Oni sich zu Yushu um, doch der hatte sich bereits aufgesetzt und sein Gesicht tief in der Kapuze verborgen.

Hinter Oni erklang eine Stimme und ließ ihn innerlich aufstöhnen: »Hallo, Schönheit! Ich wusste, du kommst zu mir zurück.«

»Lass sie in Ruhe oder ich werfe dich über Bord«, warnte Oni.

Der Angesprochene verzog keine Miene. »Ruhig, Brauner. Wenn sie *dein* Mädel ist, brauchst du dir ja keine Sorgen zu machen.«

Beide funkelten sich an, bis der Kapitän vom Heck rief: »Krabbe! Quatsch mal nicht so viel und mach die Leinen los.«

Grinsend knuffte der Junge Oni gegen die Brust. »Ruhig Blut! Ich fisch nicht in fremden Gewässern.«

Mit einem Satz sprang er über die Bordwand auf den Steg und löste die Taue. Zurück an Deck hob er eine lange Stange auf und begann, ebenso wie der Kapitän im Heck, die *Kormoran* in die Strömung zu schieben.

Während der Tag verging und das Schiff den Linni hinabtrieb, wechselten sich Krabbe und Reiher an der Stak-stange ab und hielten die *Kormoran* in der Flussmitte. Ge-mächlich zog das Ufer an ihnen vorbei und trotz seines Bemühens wachzubleiben, schlummerte Oni in seine Decke gewickelt ein.

Die Sonne stand schon hoch am Himmel, als er kurz aufwachte und Trishas Hand spürte, die ihm sanft durch die Haare kraulte. Wohlig räkelte er sich einmal, blieb ansonsten aber einfach liegen. Das Gemurmel seiner Gefährten und die

Geräusche des Flusses lullten ihn ein und er dämmerte wieder weg.

Beim nächsten Aufwachen hörte er Yushu leise sprechen: »… wird erwähnt das Ei des Wyn in einer Legende der Ar'atai. Ist es die Geschichte von El'adrin und Lean'dora und beginnt diese zu der Zeit, als lebte das schöne Volk noch unter den Sternen.«

Gebannt lauschte er der Geschichte, die davon erzählte, dass einst Frieden und Glück in den drei Tälern geherrscht hatten. Dann war der Wyn über diese gekommen und hatte Feuer und Vernichtung gebracht. Er verzehrte die Ar'atai und mit ihnen die Kinder von El'adrin und Lean'dora. Mit ihrem einzig verbliebenen Sohn, einem Säugling noch, flohen sie in das Tal von An'var. Von dort zog El'adrin aus, suchte nach Überlebenden und führte sie in dem Versteck zusammen. Doch der Gewaltige fand sie schließlich auch dort und ihnen blieb nur noch die Flucht unter die Berge. Noch immer legte der steinerne Wald ein stummes Zeugnis davon ab, wie der Ewige jegliches Leben an sich gerissen hatte.

Oni musste an die Ratten in seinem Verlies denken und ihm wurde innerlich kalt. Rasch verdrängte er die Erinnerung und konzentrierte sich wieder auf Yushus Erzählung.

In Amm'atar fanden die Ar'atai schließlich ein neues Zuhause und ihr Volk wuchs dort zu neuer Größe heran. Viele Generationen vergingen und einzig El'adrin, Lean'dora und ihr Kind Gur'atar kehrten nicht zur Allmutter heim. Verstanden die drei sich doch als die Hüter ihres Volkes.

Irgendwann drang das Hämmern von Metall auf Stein durch den Felsen. Die Menschen waren in den Tälern aufgetaucht und sie lebten frei unter dem Angesicht des Wyn. Unmut machte sich unter den jungen Ar'atai breit und sie drängten zurück an die Oberfläche. Auch Gur'atar, der die Schrecken selbst nicht erlebt hatte, stellte sich gegen seine Eltern und schloss sich den Abtrünnigen an. Gemeinsam zogen sie hinaus und lebten von da an wieder unter den Sternen. Zurück blieben nur El'adrin und Lean'dora und diejenigen, die ihren Worten Glauben schenkten. Generationen vergingen und bis auf Gur'atar vergaßen sie alle ihr Erbe in der Tiefe.

Über all die Zeit verharrte der Wyn reglos auf seinem Thron, bis eines Tages ein strahlendes Leuchten von der Spitze des Berges herabdrang. Da erhob der Ewige sich und brachte erneut Verderben über alles Leben. Es gab kein Entkommen und in ihrer Verzweiflung griffen Menschen und Ar'atai den Gewaltigen Seite an Seite an. Und Seite an Seite ließen sie ihre Leben.

Gur'atar verbündete sich mit Brahn, dem Stärksten unter den Menschen, und gemeinsam stahlen sie sich zur Spitze des Wyn'd'maer hinauf. Dort fanden sie die Brut des Unsäglichen, doch vermochten diese nicht zu zerstören. Gur'atar schrie seine Verzweiflung in die Welt hinaus und seine Eltern folgten dem Ruf. Gemeinsam schmiedeten sie einen Plan.

Brahn und Gur'atar scharten ihre engsten Getreuen um sich und bedrängten den Wyn mit Magie und Waffen, um ihn abzulenken. Derweil verband sich El'adrin mit dem Netz des Lebens und öffnete dieses für seine Frau. Lean'dora tauchte ein in den Strom der Zeit und riss die Brut des Ewigen aus diesem heraus. So gewaltig war die Anstrengung, dass sie das Leben Zehntausender nehmen musste. Auch das El'adrins und ihr eigenes gab sie dafür hin.

In einer gewaltigen Schlacht wurde der Wyn vom Berg gestürzt und verschwand in den Tiefen des Sees. Mehrere Monde vergingen und der Ewige blieb verschwunden. Alle glaubten ihn tot, alle außer Gur'atar. Unter seiner Führung hatten sich die Ar'atai schließlich nach Amm'atar zurückgezogen, um bis zu dem Tage auszuharren, da der Ewige endgültig zur Allmutter heimkehrte.

Oni dachte lange über die Geschichte nach. Sie erinnerte ihn an etwas, doch der Gedanken entglitt ihm ständig. Es war, als wolle er eine Forelle mit bloßen Händen fangen. Der Duft frischgebratenen Fisches lenkte ihn ab und er setzte sich auf. Das Schiff war an einem Holzstamm vertäut worden, der hinter dem Heck aus dem Wasser ragte. In der Mitte des Kahns hatte Krabbe auf dem Erz ein Feuer entzündet und einen Grill darüber aufgestellt.

Jetzt winkte er ihnen zu und rief: » Wenn ihr Hunger habt, kommt rüber. Ich hab mehr gefangen, als Reiher und ich essen können.« Don war schon dort und der Schiffer klopfte ihm freundschaftlich auf die Flanke. »Ja, du bekommst auch was, Junge.«

Der Hund leckte ihm über die Hand und Oni hoffte, dass es wegen des Fischgeschmacks war.

Neben ihm stand Yushu auf und folgte Aria hinüber zur Kochstelle. Trisha schien auf seine Reaktion zu warten, woraufhin Oni mit den Schultern zuckte und sich ebenfalls erhob.

Kurze Zeit später wischte er sich mit dem Handrücken über den Mund. »Danke. Das war lecker.«

»Gern geschehen. Ich hab vielleicht auch was dick aufgetragen. Aber, sag mal, wer seid ihr eigentlich?«

Der Reihe nach stellte er sie vor. »Wir kommen aus der Hauptstadt und haben diesen Sommer Verwandte im Minental besucht. Jetzt geht es wieder nach Hause, bevor der Winter einbricht.«

Mit einem Kopfnicken deutete Krabbe auf Yushu. »Was ist mit ihm? Warum versteckt er sich die ganze Zeit unter der Kapuze?«

»Vor ein paar Götterläufen hat ein Feuer sein Gesicht schrecklich entstellt, deswegen mag er es niemandem mehr zeigen.«

»Hm, aber du zeigst deins doch auch!«

Oni grinste breit. »Pass auf, sonst werf ich dich doch noch in den Linni.«

Der Schifferjunge lachte laut auf, dann holte er ein paar Würfel hervor. »Lust auf ein paar Runden? Aber ich spiel nicht um Geld.«

»Warum sollten wir denn auch um Geld spielen?«, fragte Oni verwirrt.

»Für den Nervenkitzel. Aber heute nicht. Vater und ich müssen jeden Jinnie zusammenhalten, wir sind ja schon froh, zahlende Passagiere zu haben.«

Oni zeigte auf die Ladung. »Aber ihr müsst doch ganz schön reich sein, immerhin habt ihr ein Schiff voller Erz!«

»Schön wär's. Das Schiff gehört meinem Vater, aber die Fracht einem Händler. Sobald wir sie abgeliefert haben, bekommen wir unsere Heuer.«

»Wie viel verdient man denn als Schiffer?«

»Nicht genug. Vor allem, seit in Minnk alles teurer geworden ist. Beim letzten Mal war der Brückenzoll schon doppelt so hoch wie sonst und damit steigen auch alle anderen Preise.«

Jetzt schaltete sich Trisha in das Gespräch ein: »Weißt du, warum der Zoll hochgesetzt wurde?«

»Der Thron rekrutiert jede Menge Söldner und der erste Steiger von Minnk tut es ihm nach. Mich wollten sie auch schon haben, aber als Kämpfer tauge ich nicht.« Krabbe zeigte auf Yushus Schwert. »Das Angebot war schon ganz ordentlich. Aber richtig gutes Geld verdienen die Hexenjäger. Bei unserem letzten Besuch waren achtzig Korrat Belohnung für jede Ergreifung ausgesetzt. Es gibt ganze Banden, die einzig Jagd auf Zauberer machen.«

Oni schluckte schwer und war froh, dass Trisha die Aufmerksamkeit auf sich lenkte: »Genug geredet. Lasst uns würfeln!«

Krabbe erklärte rasch die Regeln und nach den ersten paar Runden konnte Oni von dem Spiel gar nicht mehr genug bekommen.

In den folgenden Tagen lernten sie die Gesellschaft des Schifferjungen mehr und mehr zu schätzen. Krabbe zeigte ihnen, wie man mit einem Netz fischte, das Schiff richtig im Strom hielt und wies auf unzählige kleine Besonderheiten des Flusses hin. Als sie Minnk schließlich erreichten und sich voneinander verabschiedeten, war Oni ein bisschen traurig und versprach sich selbst, den Schiffer eines Tages wieder zu besuchen.

Die Uferstadt war noch lauter als die Hauptstadt im Zentrum des Sees. Von überall her war das Schlagen von Hämmern zu hören und Oni fragte sich, wie man den Lärm und den Schmutz dauerhaft ertragen konnte. Die Häuser waren allesamt aus Bruchstein erbaut und die Dächer mit Platten aus Schiefer bedeckt. Aus kurzen Schornsteinen stieg dunkler Rauch empor, auf jeder Oberfläche lag eine Rußschicht und die Luft trug einen unangenehmen, metallischen Geschmack.

Unwillkürlich musste er an seine Heimat im Faernthal denken und er schwelgte in der Erinnerung an klare Bäche, Blumenduft und dem Blöken von Schafen. Irgendwann würde er Trisha mit nach Hause mitnehmen, ein kleines Häuschen für sie beide bauen und dort glücklich mit ihr leben. Keine Drachen, Ar'atai und Inquisition mehr. Keine Verfolgungen und schwere Entscheidungen.

Die anderen blieben stehen und rissen ihn aus seinen Tagträumen. Vor ihnen lag die Brücke über den See des Himmels, bewacht von einer großen Gruppe aus Soldaten und graugewandeten Tempeldienern. Schnell bogen sie in eine Seitengasse ein und waren froh, dort eine einfache Taverne zu finden. Sie bestellten etwas zu essen und berieten dann, wie sie nun weiter vorgehen sollten.

Yushu wandte sich an Trisha: »Wieso besorgen wir uns kein Boot, das bringt uns hinüber?«

»Keines hat es je unbeschadet über den See des Himmels geschafft. Überall sind starke Strömungen und Strudel, die sogar ein Schiff in die Tiefe ziehen können. Niemand bei klarem Verstand wagt sich auf das Wasser hinaus, zumal es ja auch die Brücken gibt.«

Mit einem Mal schwebte ein vollbeladener Teller vom Tisch empor, drehte eine kleine Runde über ihren Köpfen und kehrte dann zu seinem Platz zurück. Erschrocken sah Oni sich um, ob von den anderen Gästen jemand etwas bemerkt hatte, aber niemand schenkte ihnen Beachtung. Fragend schaute er zu Trisha hinüber, die jedoch selbst ganz verwirrt dreinblickte. Aria dagegen strahlte über das ganze Gesicht und legte zwei Finger an ihre Schläfe.

Der Jinnie fiel bei Trisha zuerst. »Du bist genial!«, jauchzte sie auf und fuhr dann in leiserem Ton fort: »Wenn wir nicht auf dem Wasser hinüberkönnen, dann vielleicht darüber hinweg. Wir brauchen einen festen Untersatz, der Platz für uns alle bietet. Den bringe ich zum Schweben und trage uns darauf zum Windemere hinüber. Ein großes Brett sollte sich doch auftreiben lassen, zur Not würde es auch eine Türe oder ähnliches tun.«

Nachdem sie aufgegessen und bezahlt hatten, streiften sie durch die Stadt und hielten Ausschau nach einem brauchbaren Gegenstand. Erstaunt stellten sie jedoch fest, dass nirgends Müll herumlag und es auch keine verlassenen Häuser gab. Zwar war alles mit Ruß bedeckt, doch nicht so dick, wie Oni erwartet hätte. Mit der Zeit bemerkten sie mehrfach kleine Gruppen von Arbeitern, die durch die Straßen zogen und diese säuberten.

Oni sprach einen der Männer an, der eine feste, graue Hose und eine ebenso robuste Jacke trug. Sein aufgequollenes Gesicht wurde von strähnigem Haar eingerahmt. »Entschuldigt bitte, ich habe eine Frage. Wo bringt ihr denn den ganzen Müll hin?«

Der verschmutzte Mann musterte ihn von oben bis unten. Sein Atem stank nach Alkohol, als er antwortete: »Willste auch putzen oder was? Musste dich am großen Müllhaufen melden. Ist aber Scheißarbeit und verdienen tuste auch nichts.«

Oni war verwirrt. »Warum macht Ihr das dann?«

Der Mann seufzte. »Wenne in Minnk bettelst, wirste in den See geschmissen. Und so bekommste immerhin noch was zu kauen, einen ordentlichen Schluck und nachts ein Dach überm Schädel. Ist verdammt kalt hier. Jetzt muss ich aber weiter. Wenn die Straße nicht fertig wird, muss ich nachher doch noch draußen pennen.«

Oni entdeckte einen Karren, der ein Stück weiter die Gasse hinab stand, und schlenderte dorthin. Ein alter Teppich lag dort zusammengerollt neben anderem Müll und wartete darauf, abtransportiert zu werden. Eine flüchtige Idee streifte ihn und ohne weiter darüber nachzudenken, warf er sich das stinkende Ding über die Schulter und bog sofort in eine Seitengasse ab.

Wenig später traf er wieder auf die anderen. Aria und Yushu traten einen Schritt zurück und Trisha stellte sich noch hinter die beiden. Selbst Don hielt gebührenden Abstand.

Aus Trishas Stimme sprach Abscheu: »Was willst du denn mit dieser stinkenden Flohmatte?«

Sofort kribbelte es Oni am ganzen Körper und er musste den Drang unterdrücken, sich zu kratzen. »Habt euch mal nicht so. Ich habe unseren Untersatz gefunden!«

Da Trisha sich standhaft weigerte, das alte Ding zu berühren, suchten sie sich eine Stelle am Flussufer, reinigten den Teppich, so gut es eben ging, und schüttelten ihn aus.

Sie verließen Minnk am Seeufer entlang, bis sie eine geschützte Stelle fanden. Oni rollte seine Beute aus und gesellte sich dann zu Trisha, die angespannt über das Wasser zur Hauptstadt starrte.

Beklommen legte Trisha den Kopf in den Nacken und fragte  sich, wie es Akabar und ihren Eltern wohl gehen mochte. Vor gar nicht so langer Zeit war ihre Welt noch in Ordnung gewesen. Abgesehen natürlich von ihrer erzwungenen Verlobung, der kühlen Distanz zu ihrer Mutter und der Unruhe, gegen die sie angekämpft hatte. Jetzt war ihre Familie einem Gift erlegen, sie selbst wurde verfolgt und war an einen Schwur gebunden, dessen Erfüllung großes Leid hervorzubringen vermochte. Im Schattenwald hatte sie sich gefragt, wer sie eigentlich war, und die Antwort kannte sie noch immer nicht. Doch zumindest war sie jetzt nicht mehr hilflos! Sie hatte Freunde gefunden, die ihr beistanden, und sie geboten über mächtige Magie. Ihre würde sie jetzt einsetzen, um nach Hause zurückzukehren!

Sie setzte sich in die Mitte des Teppichs und die anderen gruppierten sich um sie herum. Sie legte ihre Finger auf das noch feuchte Gewebe, öffnete sich der Unruhe und zog mit ihrer Magie den Teppich in die Höhe. Als ihr Untersatz, wie in der Mitte an ein Seil geknüpft, gen Himmel sauste, purzelten sie allesamt auf den Boden. Sofort verlor Trisha die Konzentration, der Teppich flatterte wieder herab und legte sich dabei über sie und die anderen.

Nachdem alle sich wieder befreit hatten, murmelte sie geknickt: »Vielleicht übe ich besser erst einmal.«

Oni nickte erst, dann schüttelte er den Kopf. »Ich war aber auch ein Hammel, einen Teppich mitzunehmen. Hoffentlich schaffst du es, mich nicht völlig dämlich dastehen zu lassen.«

Dankbar lächelte sie ihn an. »Wird schon klappen.«

Im nächsten Anlauf konzentrierte sie sich zuerst darauf, den Teppich auf Spannung zu bringen. Die Ecken gleichzeitig in vier verschiedene Richtungen zu ziehen, verknotete ihren Verstand. Als sie es endlich schaffte, tropfte ihr der Schweiß von der Stirn. Sie spürte Onis magische Berührung und wie in Amm'atar ging damit das Gefühl unbegrenzter Kraft einher. Gerade deswegen zwang sie sich zu Besonnenheit.

Die nächste Herausforderung bestand darin, die Spannung zu halten und den Teppich ein Stück nach oben zu bewegen. Ihre Schläfen pochten und erst als lauter Beifall erklang, wurde ihr bewusst, dass sie auch dieses Kunststück gemeistert hatte.

Oni drückte vorsichtig mit der Hand auf den Stoff, doch Aria warf sich mit Anlauf darauf. Trisha verstärkte den magischen Griff, dann setzte sie sich neben ihre Freundin. »Sollen wir?«

Aria grinste breit, nickte und hielt sich an ihr fest. Im letzten Licht des Tages lenkte Trisha sie dicht über dem Boden in einem Kreis um die Jungen herum. Als nächstes stieg sie bis knapp über deren Köpfe auf und schoss ein Stück davon. Die Erkenntnis, dass schnelle, enge Kurven schwierig zu fliegen waren, bezahlten sie beide mit ein paar Schrammen, die Oni jedoch sofort wieder heilte. Schließlich flog sie zurück und landete sanft neben ihren Freunden.

Sie warteten bis tief in die Nacht, bevor sie sich alle auf den Teppich setzten. Diesmal musste Oni dem misstrauischen Don lange zureden, bevor der auch nur eine Pfote darauflegte. Kaum hatten alle Platz genommen, ließ Trisha das ungewöhnliche Gefährt etwa einen Schritt aufsteigen und in Richtung des Windemere gleiten. Einige Augenblicke später gurgelte unter ihnen das Wasser, während sie, vom Mond beschienen, über den See sausten.

Rasch wuchs der Windemere vor ihnen in die Höhe und Oni deutete zur Spitze. »Kannst du uns direkt hinaufbringen?«

Trisha grinste ihn nur an und zog den Teppich mit einem kräftigen Ruck nach oben. Das morsche alte Ding hielt die zusätzliche Belastung jedoch nicht mehr aus und riss unmittelbar unter ihr auseinander. Instinktiv warf sie die Arme nach außen und verhinderte so, in den See zu stürzen. Sie verlor ihre Konzentration und spürte, wie der Teppich zusammensackte.

Yushu ergriff sie am Handgelenk und dann schien die Welt auf einmal wie eingefroren; düster und bar jeglicher Farbe. Außer ihr und dem Halb-Ar'atai bewegte sich nichts und niemand. »Beeilst du dich besser, wird uns gleich wieder erfassen Sogostans Hauch.«

Sie verschwendete keine Zeit mit Fragen und öffnete sich erneut der Magie. Gerade als sie ihre Kontrolle über das Fluggerät zurückgewonnen hatte, normalisierte sich alles um sie herum wieder. Yushu sackte kraftlos zur Seite und wäre abgestürzt, hätte Oni ihn nicht festgehalten. Doch schon im nächsten Moment wirkte der Halb-Ar'atai wieder voller Energie und dankte Oni mit einem knappen Nicken.

Doch schon weitete sich der Riss und Aria griff gedankenschnell nach beiden Stoffkanten. Mit aller Kraft versuchte sie, diese zusammenzuhalten. Sofort folgten Yushu und Oni ihrem Beispiel. Während die drei den Teppich zusammenhielten, steuerte Trisha ihn weiter auf die Hauptstadt zu. Da ihr Körper von den Achseln abwärts unter dem Teppich baumelte, war ihre Sicht stark eingeschränkt und als Oni einen Warnruf ausstieß, war es schon zu spät. Unter lautem Getöse krachten sie in eine Marktbude hinein. Trisha schlug mit der Stirn gegen einen Balken und ihr war, als hörte sie einen Vogel zwitschern.

Bund der Vier

Trisha befreite sich aus den Trümmern und betastete vor-sichtig die mächtige Beule an ihrem Kopf.

Stöhnend erhob Oni sich neben ihr und sie fühlte, wie sich die Platzwunde unter ihren Fingern bereits schloss. Zurück blieb nur ein dumpfes Pochen.

Unvermittelt landete ein kleiner, weißer Vogel vor ihnen und legte das Köpfchen schief. Mit schnellem Flügelschlag erhob er sich wieder und flatterte in Richtung des Berges davon.

Ein Ächzen lenkte ihre Aufmerksamkeit auf Aria, die sich gerade gegen einen Balken stemmte, unter dem Yushus Fuß eingeklemmt war. Fast beiläufig hob Trisha das schwere Holz mit ihrer Magie an.

Schon kehrte der Vogel zurück, zwitscherte kurz und flog in dieselbe Richtung davon wie zuvor. Nachdenklich sah Oni ihm hinterher. »Ich denke, wir sollen ihm folgen.«

»Und ich denke, wir sollten uns etwas beeilen. Meine Landung war nicht gerade geräuschlos.« Trisha streckte Yushu ihre Hand entgegen.

Mit einem Grinsen auf dem Gesicht zog der sich hoch. »Schien mir eher leise für einen Absturz.«

Geführt von dem Vogel, erreichten sie einen unschein-baren Eingang im Fels des Windemere, aus dem eine knotige Hand erschien und sie hineinwinkte.

Oni trat als Erster ein, Trisha folgte ihm als Letzte und schloss die Türe hinter sich.

»Ihr seid es!« Oni klang erfreut.

Eine krächzende Stimme ertönte: »Fasst euch bei den Händen und folgt mir!«

Auf ihrem Weg durch die Finsternis hörte sie mehrfach das Knarzen weiterer Türen, dann durchschritten sie einen langen Gang. Schließlich traten sie durch eine kleine Pforte wieder ins Freie hinaus. Im fahlen Mondlicht erspähte Trisha eine alte Frau mit schlohweißem Haar, die mit einer dünnen Klinge an einer weiteren Türe hantierte, bis diese aufschwang. Aus der Ferne waren Stimmen zu vernehmen und rasch drängten sich alle in den kleinen Raum. Trisha versuchte, einen Blick auf das Gesicht der Alten zu erhaschen, doch es lag hinter deren langen Haaren verborgen.

Mit ausgestrecktem Zeigefinger wies die Unbekannte nun auf Trisha und dann auf einen Stein im Boden. »Hochheben.«

Darunter offenbarte sich eine Öffnung, in welche die Frau mit erstaunlicher Behändigkeit hinabstieg. Aria und Yushu folgten, doch Oni starrte mit weit aufgerissenen Augen hinein. Draußen wurden die Stimmen lauter.

Trisha verschränkte ihre Finger mit seinen. »Nur ein paar Herzschläge, dann werde ich bei dir sein und nicht mehr von deiner Seite weichen.«

Sein Kehlkopf hüpfte mehrfach auf und ab, dann nickte er und kletterte in die Dunkelheit hinab. Sie folgte ihm und ließ die schwere Steinplatte auf ihren Platz zurückschweben.

Sie umfasste Onis Hand und erschrak, wie stark er zitterte.

Als die Alte plötzlich direkt neben ihrem Ohr zu sprechen begann, zuckte Trisha zusammen: »Prinzessin, würdest du bitte die Fackel hier entzünden?«

Ein Stab wurde ihr in die freie Hand gedrückt und verwirrt sagte sie: »Es tut mir leid, aber ich habe nichts, um Feuer zu machen.«

»Kindchen«, ehrliches Erstaunen lag in der Stimme der Alten, »du kannst einen Teppich fliegen lassen, aber keine Flamme entfachen? Du beherrschst die Bewegung! Alles, was mit Bewegung zu tun hat!«

»Das verstehe ich nicht.«

»Wenn du deine Hände aneinanderreibst, was geschieht dann?«

»Sie werden warm.«

»Wenn der Schmied sein Eisen heiß macht, was siehst du dann?«

»Es glüht?«

»Ganz genau. Jetzt mach Licht.«

Die erwartungsvolle Stille machte Trisha ganz unruhig. »Ich verstehe es immer noch nicht«, gab sie kleinlaut zurück.

Ein Seufzen war zu vernehmen. »Lass es mich anders erklären. Stell dir vor, du wärst ein Raubvogel, der am Himmel seine Kreise zieht.«

Fast hätte Trisha aufgelacht. »In Ordnung, das bekomme ich hin.«

»Tief unter dir treibt dein junger Schäfer eine Herde den Berg herauf. Die Tiere laufen zwar durcheinander, aber letztlich bewegen sie sich alle in dieselbe Richtung. Jetzt erreichen die Tiere eine umzäunte Weide und beginnen zu grasen. Dabei laufen sie kreuz und quer, jedoch kann kein Schaf den Futterplatz verlassen. Alle bewegen sich, doch die Herde als Ganzes steht still. Hast du das Bild?«

»Ich glaube schon.«

»Jetzt gib acht, Mädchen! Ein Wolf kommt herangestürmt und setzt über das Gatter. Die Schafe wollen fliehen und beginnen, panisch durcheinanderzurennen. Sie rempeln sich gegenseitig an, schieben sich aneinander vorbei und obwohl die Schafe in hellem Aufruhr sind, bewegt sich die Herde noch immer nicht fort. Bisher hast du deine Magie eingesetzt wie ein Schäfer. Nun aber musst du der Wolf sein.«

Trisha nickte, dann wurde ihr bewusst, dass niemand sie sehen konnte. Entschlossen packte sie die Fackel fester. »Ich will es versuchen.«

Sie griff nach ihrer Unruhe und schob einen kleinen Teil davon in ihre Hand. Für die Dauer eines Blinzelns ließ sie die Kontrolle fallen und wie eine Welle breitete sich die Magie in dem Holz aus. Jeder kleine Riss, jedes Astloch erschien ihr so deutlich, als könne sie hineinblicken. Beinahe war sie verleitet, die Altersringe zu zählen, doch da verblasste das Bild auch schon wieder.

In immer schnellerer Folge entsandte sie kleine Stöße ihrer Magie, bis diese wie ein stetes Rinnsal in die Fackel hineinfloss. Das Holz erwärmte sich unter ihren Fingern. Kurzentschlossen griff sie mit der anderen Hand nach der Spitze, erfühlte den pechgetränkten Stoff und entsandte auch von dort ihre Magie hinein. So, als riebe sie ihre Hände aneinander, verschob sie das Holz gegen sich selbst, ohne es wirklich zu bewegen. Ein schwelender Geruch stieg auf, doch ansonsten geschah nichts.

Vielleicht lag es am Drängen der Unruhe, vielleicht auch einfach an ihrer Ungeduld – auf jeden Fall ließ sie ihre Kontrolle zu weit fallen. Ein helles Licht flammte auf und ein sengender Schmerz erfüllte ihre linke Hand. Onis Kraft strömte hinein und heilte die Verletzungen, noch bevor der Schmerzensschrei ihre Brust verlassen hatte.

Beim Anblick der brennenden Fackel lachte sie glücklich auf. Endlich vermochte sie auch, die Alte als diejenige zu erkennen, die sich bei der Verhandlung für Oni eingesetzt hatte.

Die Vogelfrau klatschte in die Hände. »Gut gemacht! Du lernst schnell, Mädchen.«

Sie ergriff wieder Onis Hand und dankbar lächelte er sie an. Vor ihnen führte ein Gang in den Berg hinein. Nachdem sie eine Weile still gelaufen waren, sprach Trisha die Alte an: »Wir teilen gemeinsam Erlebtes und doch kenne ich nicht einmal Euren Namen. Und wie kommt es, dass Ihr so viel von Magie versteht?«

Ohne stehen zu bleiben, antwortete die Alte: »Du kannst mich Mara nennen.«

Wenig später erreichten sie eine kleine, unscheinbare Holztüre. Mara kramte einen Schlüssel aus ihrer Kutte hervor, öffnete die Tür und schlüpfte hindurch.

$$****$$

Oni musste sich tief bücken und als er sich wieder aufrichtete, glaubte er, in eine andere Welt getreten zu sein. Vor ihm lag ein gemütlicher Raum, dessen Boden und Wände vollständig mit Teppichen bedeckt waren. Sessel standen in einer Ecke um einen niedrigen Tisch herum und Regale voller Krimskrams trennten einen Schlafbereich ab.

Aus einer Truhe holte Mara mehrere verschlossene Fläschchen hervor. Sie schüttelte diese, woraufhin die Flüssigkeit darin ein warmes Leuchten verbreitete. In einem Eimer neben dem Eingang löschte die Alte die Fackel. Bevor sie die Türe schloss, hob sie den weißen Vogel vor ihr Gesicht, flüsterte ihm etwas zu und er flatterte davon.

Nun bugsierte Mara sie alle zu den Sesseln. Oni ließ sich erschöpft in einen davon hineinsinken. Aus einer Kommode holte die Alte einen Teekessel hervor, füllte ihn mit Wasser und hielt ihn Trisha hin. »Würdest du?«

Kaum war die Frage ausgesprochen, brodelte es darin bereits. Mara gab eine Handvoll Kräuter hinein und ein wohltuender Geruch erfüllte den Raum. Sie schenkte ihnen Tee in Tassen ein, die mit schwarzen Schlangen verziert waren. Zu guter Letzt fischte sie aus einem Topf einen großen Knochen hervor, den sie Don zuwarf. Mit einem Sprung schnappte er ihn aus der Luft und zog sich damit in eine Ecke zurück.

Mara lächelte zufrieden und setzte sich ebenfalls. »Nun, Kinder, erzählt einer alten Frau, was ihr erlebt habt.«

Es tat Oni gut, sich alles von der Seele zu reden und auch Trisha berichtete freimütig, was ihr widerfahren war.

Während Mara erneut Tee einschenkte, hing jeder seinen Gedanken nach. Die Alte durchbrach die Stille: »So hoch war der Preis, das Ei zu verbannen, und der Gedanke daran, dass es wieder befreit wird, lässt mir das Mark in meinen morschen Knochen gefrieren. In meinem Kopf kreisen die Gedanken und ich vermag nicht zu erkennen, ob ihr nur Spielfiguren seid, die den Plan des Ewigen erfüllen, oder die einzige Chance, seine Wiederkehr zu vereiteln.« Sie blies sanft über den Tee und brachte Trisha mit einer Geste zum Schweigen, noch bevor diese zu einer Frage ansetzen konnte. »Telessa, die Erste der Grauen, war noch ein kleines Kind, als sie in den Tiefen des Windemere verloren ging. Ihre Eltern hatten bereits jegliche Hoffnung aufgegeben, sie je wieder in die Arme schließen zu können, doch eines Nachts kehrte sie wohlbehalten zurück. Im Berg hatte sie sich jedoch verändert, sprach mit Worten weit jenseits ihres Alters und begann, ihr Leben in den Dienst des Tempels zu stellen. Fleiß, Ehrgeiz und eine Reihe merkwürdiger Zufälle ebneten ihr den Weg an die Spitze. Von da an betrachtete die Dienerschaft es als ihre wichtigste Aufgabe, die Priesterschaft von allen Arbeiten zu entlasten und ihnen ein Leben im Überfluss zu ermöglichen, während sie sich selbst in Askese übten. Heute geschieht im Tempel kaum noch etwas, worüber Telessa nicht gebietet.«

Ein Klopfen ließ Oni aufschrecken und zugleich huschte ein Lächeln über Maras faltiges Gesicht.

»Wir bekommen Besuch, der sicher noch mehr darüber berichten kann. Junger Schäfer, würdest du ihn bitte einlassen?«

Yushu warf sich seine Kapuze über und Oni öffnete die Tür. Davor stand, schwer auf seinen Stab gestützt, der Priester, der sich bei der Verhandlung für Oni eingesetzt hatte. Tschilpend flog der kleine, weiße Vogel an ihm vorbei in den Raum herein, drehte einen Kreis und landete auf der geöffneten Hand der Alten.

Sofort sank Oni auf die Knie.

»Gut, gut, mein Junge. Ich sehe, du hast dir deinen Respekt trotz aller Unbill erhalten. Es würde meine alten Knochen aber auch sehr freuen, wenn du mich einließest.«

Rasch erhob Oni sich, trat zur Seite und kniete sich erneut hin.

Kaum war der Priester eingetreten, sprang Trisha auf und neigte den Kopf. »Die Vier zum Gruße.«

Mara winkte den Neuankömmling an ihre Seite. »Schön, dass Ihr gekommen seid, Gereon. Unsere jungen Freunde hier haben Bemerkenswertes zu berichten.« Während Gereon Platz nahm, zwinkerte sie Oni zu und sagte laut genug, dass der Priester es ebenfalls hören konnte; »Kurz nach deiner Verurteilung hat er mich aufgesucht und gebeten, ob ich für ihn Augen und Ohren aufhalten könne. Seitdem häufen sich seine Besuche derart, dass es mir beinahe so erscheint, als stelle er mir nach.«

Gereon schmunzelte still und Mara bedeutete Trisha, ihm Tee einzuschenken. Mit einem freundlichen Lächeln bedankte sich der Priester und wandte sich Oni zu: »Komm, Junge. Setze dich dort in den Sessel und habe keine Scheu. Die Götter wissen wohl um deine Demut.«

Oni folgte der Aufforderung und Trisha setzte sich auf seinen Schoß. Ein weiteres Mal erzählten sie, was ihnen bisher widerfahren war, und als sie mit ihrem Bericht Amm'atar erreichten, warf Yushu seine Kapuze zurück.

Gereons Augen weiteten sich groß, kurz schien er überwältigt zu sein. Rasch fing er sich und neigte den Kopf. »Entschuldigt bitte die Reaktion eines alten Mannes. Es ist mir eine Freude, Euch kennenzulernen.«

»Ist es auch mir eine Ehre.«

Oni fuhr fort, von ihren Erlebnissen zu berichten, und Trisha wiederholte, was sie von Mara über die Dienerschaft erfahren hatten.

»Fürwahr«, hob der Priester an, »ist es eine traurige Entwicklung, die im Tempel vonstattenging. Doch ist dieses Schicksal nicht allein Telessa zuzuschreiben. Einst war die Priesterschaft wie köstliche Früchte, die am Baum des Seins gediehen und den geistigen Hunger der Menschen stillten. Doch ebenso wie Obst, das zu lange liegt, begann sie zu verderben.« Traurig seufzte er, sammelte sich und fuhr dann an Oni gewandt fort: »Als der Verfall vor so langer Zeit seinen Lauf nahm, war ich verwirrt, wie die Vier dies zulassen konnten. Auf der Suche nach Verständnis vergrub ich mich in die alten Schriften. In dieser Zeit lernte ich vieles und verstand doch wenig. Jedoch kann ich mit Gewissheit sagen, dass Magie nicht von den Göttern, sondern von den Menschen gebannt wurde. Über den Grund selbst schweigen die Quellen, doch fällt dieses Ereignis mit der Ersteigung des Throns durch Brahn, den Ersten aus der Linie des Hauses Windemere, zusammen.«

Um Oni herum schien sich alles zu drehen und die letzten Worte des Priesters drangen kaum zu ihm durch.

»Was du getan hast, Schäfer Oni aus dem Faernthal, welche Magie du …« Jetzt setzte Gereon die Tasse ab und öffnete weit die Arme. »Welche Magie ihr alle gewirkt habt, es sind nicht die Vier, die darüber richten!«

Tränen rannen über Onis Wangen und ein lautes Schluchzen entrann seiner Brust. Trisha legte ihm den Arm um die Schultern und drückte ihn fest an sich. So verharrten sie eine ganze Weile. Niemand sagte auch nur ein einziges Wort, bis Oni dem Priester stockend dankte.

Gereon schüttelte den Kopf. »Ich bin es, der *dir* zu danken hat, denn du hast mich zurück auf den richtigen Weg geführt. Schon seit so langer Zeit weiß ich, dass es unrecht ist, Menschen wegen Magie zum Tode zu verurteilen. Doch ich habe weggeschaut, ein ums andere Mal. Vielleicht hätte ich keinen von ihnen retten können, aber ich habe es nicht einmal versucht. Wärst du nicht gewesen, würde ich mich noch immer wegducken und deswegen stehe *ich* in *deiner* Schuld.«

Oni wusste nicht, was er dazu sagen sollte, und den anderen schien es ebenso zu gehen.

Trisha erhob sich von Onis Schoß und stellte sich hinter ihn. »Wir alle verdanken einander viel und gemeinsam können wir es schaffen, das Dunkel abzuwenden. Doch wenn wir Erfolg haben wollen, müssen wir verstehen, was im Tempel und im Palast vor sich geht. Außerdem müssen wir herausfinden, wie wir das Ei befreien können. Irgendwelche Ideen?«

Mit knarzender Stimme ergriff Mara das Wort: »Ich denke, Telessa hat dem Drachen als Kind die Treue geschworen, ebenso wie du. Die Brut des Ewigen wurde mit Magie versiegelt und nur mit Magie kann sie wieder befreit werden. Diese ist jedoch geächtet und deswegen musste Telessa zuerst den Tempel unter ihre Kontrolle bekommen und dann den Palast. Sie allein bestimmt heute das Geschehen im Haus der Vier und mit Dania als Marionette auf dem Thron gebietet sie über beide Häuser. Auf ihr Geheiß hin wird in allen Tälern ein jeder, der auch nur im Entferntesten mit Magie in Verbindung gebracht wird, verhaftet und in den Tempel gebracht. Es gibt keine Verhandlungen und keine Urteile. Ich glaube, sie sucht nach Menschen mit der Fähigkeit, das Ei zu befreien und die Herrschaft des Wyn erneut erstehen zu lassen.«

Trisha nickte ihr zu. »Das klingt schlüssig. Ich habe keine Vorstellung, wie sie meine Schwester in ihren Bann gezogen hat, aber dass dem so ist, habe ich mit eigenen Augen gesehen.«

Nach einer kurzen Pause sagte Yushu: »Wenn wir schenken Glauben der Legende von El'adrin und Lean'dora, wurde entrissen das Ei dem Fluss der Zeit. Dies umzukehren …«

Onis Blick fing sich an der Waffe des Halb-Ar'atai. Eine Erinnerung an den seltsamen Schwerttanz in Amm'atar stieg in ihm auf. Wie Yushu ganz fern erschienen war und sich unnatürlich langsam bewegt hatte. Mit einem Schlag wurde ihm alles klar. Aufgeregt fiel er seinem Freund ins Wort. »Du gebietest über die Zeit! Ich habe es mit eigenen Augen gesehen. Und wir beide zusammen können ungeschehen machen, was einst vollbracht wurde.«

Maras Kopf ruckte herum und aus ihren bernsteinfarbenen Augen starrte sie Yushu an. »Ist das so?«

Mit einem knappen Nicken bestätigte der Halb-Ar'atai Onis Vermutung, worauf Trisha aufgeregt rief: »Dann ist es ganz einfach. Wir stellen uns Telessa und lassen uns von ihr zum Ei führen. Dort befreit ihr beide es, mein Schwur ist erfüllt und dann ziehen wir sie zur Rechenschaft. Unserer gemeinsamen Magie ist selbst ein Heer nicht gewachsen, das hat sich ja in Gur'atars Königssaal gezeigt.«

Erwartungsvoll blickte sie in die Runde, doch Schweigen schlug ihr entgegen. Nur Don kaute ungerührt weiter auf seinem Knochen herum.

»Und was dann?«, fragte Oni.

Ein Zittern erfasste ihren ganzen Körper und langsam, so als würde sie jedes Wort sorgfältig abwägen, antwortete sie: »Ich werde tun, was getan werden muss, um die Brut des Ewigen zu befreien. Doch mein Schwur bindet mich nur bis dahin, dann werde ich ebenfalls wieder frei sein. Niemals werde ich zulassen, dass er wieder Tod und Vernichtung über Menschen und Ar'atai bringt!«

Die Beine gaben unter ihr nach, doch Oni fing sie auf. »Und ich werde an deiner Seite sein.«

Erschöpft lehnte sie sich an seine Brust. »Du wusstest um diesen Ausweg aus meinem Dilemma seit unserer Flucht aus Amm'atar, oder?«

»Ja. Aber es schien mir wichtig zu sein, dass du selbst daraufkommst.«

Sie setzten sich alle wieder und beratschlagten, bis Oni rief: »Ruark! Wir machen es wie Ruark!« Verständnislosigkeit schlug ihm von allen Seiten entgegen, nur in Trishas Gesicht zeichnete sich eine erste Ahnung ab. Eilig fuhr er fort: »Wir täuschen den Drachen. Zuerst befreien wir sein Ei aus dem Bann, den Lean'dora gewirkt hat. Dann lässt Aria ihn glauben, ich würde es ausbrüten, und sobald seine Seele den Körper verlassen hat, gibt es für ihn keinen Weg mehr zurück. Dann müssen wir nur noch abwarten, bis er dem Ruf der Allmutter folgt.«

****

Mit einem leichten Klirren setzte Aria ihre Tasse auf dem Tisch ab und alle Augen richteten sich auf sie. Oni schien in diesem Moment klar zu werden, was sein Vorschlag für sie bedeutete, und öffnete bestürzt den Mund. Sie legte jedoch einen Finger an die Lippen und lächelte ihn an.

Ihre Freundin dagegen landete auf seinem Kopf und stemmte empört die Hände in die Hüften. »*Wie kannst du dich freuen, wenn er allen Grund hat, sich zu schämen. Auf dem Gletscher standst du dem Ewigen von Angesicht zu Angesicht gegenüber und ich sehe noch vor mir, wie du vor Angst geschlottert hast.*«

Ein Schauer lief über Arias Rücken. Sie hatte Drago dazu bringen wollen, Trisha aus der Eisspalte zu retten, und ihm das Bild der Verunglückten zugeflüstert, doch keine Reaktion erhalten. Die Luft wisperte ihr die Gedanken aller Wesen zu, doch Drago war anders. Er glich einem Wind, der keine Laute mit sich trug und nur in den Ohren rauschte. Ganz vereinzelt wehten Gedankenbilder von ihm herbei, doch waren diese zu fremd oder zu groß, als dass Aria sie verstanden hätte. Immer drängender trat sie mit ihren Gedanken an ihn heran, bis sie eine Schwelle überschritt. Von einem Moment auf den anderen kam ein Wirbelsturm auf, der all ihre Gedanken zu Drago riss. Hilflos war sie dieser Gewalt ausgeliefert, bis ihre kleine Freundin sich zwischen sie und Drago schob.

Abrupt kam der Sturm zum Erliegen, doch nur, um im nächsten Moment mit vielfacher Gewalt ihre Freundin zu erfassen. Böe um Böe griff nach ihr wie unsichtbare Hände und nur mit größter Not wich sie ihnen aus. Es kostete Aria alle Kraft, das Bild der verunglückten Trisha heraufzubeschwören und es jeder Strömung, die nach ihrer Freundin griff, wie einen Schild entgegenzuhalten. Sie hatte das fremde Bewusstsein so lange von der Fee abgelenkt, bis der Sturm unvermittelt erloschen war und Drago sich erhoben hatte. Wenig später war er mit Trisha in den Armen aus der Gletscherspalte zurückgekehrt.

Aria sah ihre Freundin an. »*Es ist doch alles gut gegangen. Außerdem war er hinter dir her, für mich hat er sich doch gar nicht interessiert. Warum eigentlich?*«

Die Fee raufte sich die Haare. *»Woher soll ich das denn wissen? Bin ich eine Drachologin? Vielleicht wollte er mich verschlingen, weil ich ihm fremd war. Vielleicht hat er sich auch einfach in mich verliebt.«*

Ein Räuspern holte Aria zurück und sie erinnerte sich, dass die anderen ihr noch immer zugewandt waren.

Sorgenfalten zeichneten sich auf Onis Stirn ab. »Kann dir die Täuschung wirklich gelingen?«

Aria tippte sich kurz an die Schläfe und deutete dann auf den kleinen Tisch. Inmitten all der Tassen stellte sie sich ein weißes Ei vor und teilte das Bild mit den anderen.

Gereon schnappte erstaunt nach Luft, dann fasste er sich, stand auf und räumte das Geschirr ab.

Trisha kniete sich vor dem Tischchen hin. »In der Erinnerung des Wyn war es ganz anders. Rot und orange, und mit Wirbeln.«

Aus dem Strom ihrer Gedanken stach das Bild einen Moment hervor und Aria prägte es sich ein. Abwartend sah sie die Prinzessin an und erst als diese nickte, ersetzte Aria das weiße Ei mit einem roten, durchsetzt mit Wirbeln von Orange bis Purpur. Wie winzige Stürme jagten diese umeinander, vereinten sich und bildeten immer neue Formen und Farben.

»Hmm, sie glaubt wohl immer noch, du würdest ihre Gedanken nicht ungefragt lesen.«

Aria rollte mit den Augen. *»Und wie soll ich das anstellen? Das Bewusstsein ist ja kein Ohr, das man sich zuhalten kann.«*

»Du könntest dich auf etwas anderes konzentrieren.«

»So, wie sie ihre Gedanken herausschreit? Da möchte ich dich mal sehen!«

Die Fee grinste schelmisch. »Mir *hat sie es ja nicht verboten.«*

Derweil betrachtete Trisha ehrfurchtsvoll das Ei. »Das ist es!«

Die alte Vogelfrau schüttelte den Kopf. »Ich habe es anders in Erinnerung.« Fragende Gesichter wandten sich ihr zu und sie begann zu erzählen: »Obwohl ich noch ein Kind war, erinnere ich mich daran, als wäre es erst gestern geschehen. Ich war voller Angst, während wir uns in einer schier endlosen Schlange mit all den anderen den Windemere hinaufschoben. Meine Mutter vor mir und mein Vater hinter mir hielten meine Hände und über uns kreisten die Goldäugigen. Wer nicht spurte, wurde von ihnen ergriffen und in die Tiefe geschleudert. Ich weiß noch, dass ich fror und mein Vater mir sein Hemd gab.

Das Nächste, an das ich mich erinnere, ist, wie meine Mutter vor mir zur Seite wegsackte. Dann stand ich vor dem Ei. Wie aus purem Gold lag es vor mir. Sonnenlicht schien auf der Oberfläche zu tanzen, obwohl es Nacht geworden war. Silberne Wirbel wogten auf seiner Oberfläche durcheinander wie Wolken. Ich tat einen Schritt darauf zu, wollte es berühren, da riss mein Vater mich jäh zurück. Ein Drachendiener stürzte herab und wollte ihn ergreifen. Doch war da auf einmal ein Schwert in der Hand meines Vaters. Das Licht des Dracheneis spiegelte sich in der Klinge wider. Mit einem mächtigen Streich hieb er dem Wesen eine Schwinge ab. Ein großer Mann tauchte hinter ihm auf und erhob ebenfalls sein Schwert. Mit einem gewaltigen Schlachtruf trieb er die Menschen und Ar'atai an, sich zu wehren. Mein Vater erschien mir wie einer der Helden aus den Mythen, wie er im goldenen Lichte dastand, das flammende Schwert mit beiden Armen zum Schlag erhoben. In einem gewaltigen Hieb ließ er es hinabfahren ...« Mit einem scharfen Atemzug atmete sie ein, dann fuhr sie mit niedergeschlagener Stimme fort: »Doch es prallte ab, er stolperte und berührte das Ei. Ich erinnere mich, dass er neben meiner Mutter lag und ihre beiden Gesichter einander zugewandt waren, als ob sie sich ein letztes Mal ›Lebewohl‹ sagen wollten. Dann erfasste mich das Chaos und trug mich mit sich fort.« Tränen strömten aus ihren Augen. »Niemals, niemals wieder sollte einem anderen Kind so etwas widerfahren und ich schwor zu wachen und das Wissen über diese Nacht zu bewahren. Jetzt habe ich meine Aufgabe fast erfüllt.«

»Es tut mir so leid um Euren Verlust«, erwiderte Oni.

Trisha nickte zustimmend. »Die Schlacht ist tausend Götterläufe her, wie ist es möglich, dass Ihr noch lebt?«

»Ihr seid nicht die einzigen, die über Magie gebieten. « Mara lächelte schwach und wischte sich über die Wangen. »Aber das ist eine andere Geschichte.« Dann nickte sie Aria zu und diese färbte das Ei golden mit silbernen Wirbeln.

Gereon beugte sich vor. »Ich war oft oben auf der Spitze, doch da war kein Ei, da war … nichts.« Aus all seinen Erinnerung trat eine ganz besondere hervor. »Kannst du es sehen?«

Die Fee schlenderte zwischen den Farben auf seinem Schädel hin und her. *»Ob ihm die Ironie seiner Frage wohl bewusst ist?«*

Aria schenkte ihr keine Beachtung, so sehr zog der Anblick sie in seinen Bann. Am ehesten ließ er sich mit einem Loch vergleichen, das nirgendwohin führte. Obwohl es nur eine schwache Erinnerung war, wurde ihr schwindelig und sie hatte das Gefühl zu stürzen. Rasch ersetzte sie das Ei durch die Erinnerung des Priesters. Als sie wenig später wieder das goldsilberne Ei erstrahlen ließ, atmeten alle erleichtert auf.

Yushu kniete sich neben sie und nahm ihre Hand. »Erinnere dich an Tla'luk und seine empfindlichen Augen, meine Blume. Muss stimmen alles bis ins letzte Detail, wenn willst du täuschen den Wyn. Müssen wissen wir unbedingt, ob ist golden oder rot das Ei.«

Trisha sprang unruhig auf. »In meiner Erinnerung war es rot, ihr habt es ja gesehen. Aber ich wurde schon einmal getäuscht.«

Die Fee flatterte um die Prinzessin herum und winkte Aria zu. »*Es ist alles da. Du musst nur genau hinsehen!*«

Trishas Gedanken waren aufgewühlt und die Erinnerungen des Drachen stachen deutlich heraus. Aria tauchte hinein und verstand, was ihre kleine Freundin meinte. Sie erhob sich, bedeutete allen, die Augen zu schließen, und teilte drei Fragmente mit ihnen:

Mit Vorfreude betrachtete der Drache sein Ei, dessen tiefrote Schale durchsetzt war mit Wirbeln von Orange bis Purpur.

Dann endlich brach das Ei und mit einer letzten Anstrengung nahm er seinen neuen Körper in Besitz.

Für hundert Sommer zog er sich auf die Spitze des Berges zurück und erschuf dort seinen neuen Körper. Die höchsten Ideale der Sterblichen verband er darin zu einer völlig neuen Gestalt.

Sanft berührte Oni Trisha am Arm. »Keine Täuschung diesmal. Was auch immer diese ›neue Gestalt‹ zu bedeuten hat, irgendetwas ist anders bei diesem Ei. So wie ich das verstehe, ist er irgendwann aus dem roten Ei geschlüpft und hat erst viel später das goldene erschaffen, kurz bevor er vom Windemere gestoßen wurde. Gold ist also richtig.«

Niemand erhob Einwände.

Aus seiner Ecke war Don zu hören, der weiterhin auf seinem Knochen kaute.

Trisha begann auf und ab zu gehen. »Dann haben wir noch zwei wesentliche Fragen zu klären: Wie kann Aria mit dem Drachen in Verbindung treten, um ihn zu täuschen? Und wie kommen wir unbehelligt zur Spitze des Windemere hinauf?« Sie blieb vor Arias Sessel stehen. »Kannst du den Ewigen von hier aus täuschen?«

Aria schüttelte den Kopf, woraufhin Mara sagte: »Meine Vögelchen kennen den Weg zum Hort des Grausamen, gemeinsam mit ihnen kann ich Aria dorthin führen. Doch wir werden deine Magie brauchen, um das Ziel zu erreichen.«

»Das kann ich nicht«, antwortete Trisha. »Meine Bestimmung ist das Ei und einen anderen Weg werde ich nicht einschlagen!« Die Endgültigkeit ihrer Worte stand schwer im Raum.

Oni dachte laut nach: »Ich glaube, dass zwischen dem Wyn und seinem Ei eine magische Verbindung besteht, so wie die zwischen ihm und Drago. Wenn wir es also befreien, könnte Aria über diesen Weg den Wyn täuschen.«

»Du vergisst, was mit Maras Eltern geschah, als sie das Ei berührten«, widersprach Trisha.

Die Stimme der Alten war kaum mehr als ein Flüstern: »Ich hatte viel Zeit, darüber nachzudenken, was er ihnen antat. Ich bin zu der Überzeugung gelangt, dass die Brut nach Leben lechzt und es jedem raubt, der die Schale berührt.«

»Es wird mir bestimmt gelingen, dem Ei im gleichen Maße das Leben wieder zu entreißen und es Aria zurückzugeben«, sagte Oni voller Zuversicht.

Mara betrachtete ihn streng. »Nur der Leichtsinn der Jugend kann so überheblich sprechen. Wir reden von einem Wesen, das älter und mächtiger ist als wir alle es uns vorstellen können!«

»Sollte ich der Brut unterlegen sein, kann ich Aria immer noch aus dem Netz des Lebens speisen.«

Trisha fuhr dazwischen: »Sobald der Bann gefallen ist, habe ich meinen Schwur erfüllt. Falls Oni nicht verhindern kann, dass das Ei aufbricht, müssen er und Yushu gemeinsam versuchen, den frisch geschlüpften Leib zu töten, sei es durch Magie oder Stahl.«

Mara setze zu sprechen an, doch Trisha gebot ihr mit einer Geste zu schweigen.

»Ihr und Gereon werdet uns hinauf zum Wyn'd'maer führen, wo Yushu und Oni den Bann um das Ei brechen. Aria lässt durch die magische Verbindung den Drachen glauben, sein Ei sei bereits ausgebrütet, während Oni ihr das Leben zurückgibt, welches die Brut ihr raubt. Sobald die Seele des Ewigen seinen Körper verlassen hat, bricht Aria die Verbindung ab und wir verhindern, dass das Ei vollends ausgebrütet wird, bis der Wyn vergangen ist. Dann bringen wir es zu Ende. Sollte der Plan so nicht aufgehen, versucht Oni, den Welpen mit Magie zu töten, und Yushu, ihn zu erschlagen, bevor der Wyn seine Macht darin entfalten kann.« Trisha sah die Anwesenden der Reihe nach an und ein jeder gab seine Zustimmung. »Dann haben wir einen Plan und nicht mehr viel Zeit. Ein Zögern können wir uns jetzt nicht erlauben. Lasst uns also zu Ende bringen, was vor so langer Zeit begonnen wurde. Lasst uns den Wyn vom Antlitz der Welt fegen, auf dass seine Schreckensherrschaft nie wieder auferstehe!«

Ihre Worte waren kaum verhallt, da brach unter Dons kräftigen Kiefern der Knochen entzwei und das treue Tier erhob sich. Es trottete zu ihnen herüber und bellte einmal kurz auf.

Bei den Göttern vereint

Während des stillen Marschs durch den Berg war Trisha froh um Onis Nähe. Alle schienen angespannt und mittlerweile war die Fackel weit heruntergebrannt. Es wurde Zeit, dass sie den Palast erreichten. Doch was erwartete sie in ihrem Zuhause? War es das überhaupt noch? Alles hatte sich rasend schnell verändert und auch sie selbst war inzwischen eine ganz andere geworden. Als unsicheres Nesthäkchen war sie geflohen, doch wer war sie jetzt? Eine Abenteurerin, die allen Gefahren trotzte? Eine Magierin? Eine Dienerin des Drachen?

»Wir sind da.« Mara wies auf ein massives Eisengitter aus armdicken, tief im Felsen verankerten Streben.

Trisha trat vor und bog die Stäbe mit ihrer Magie auseinander. Wer auch immer sie sonst noch sein mochte, als Prinzessin von Windemere war es an ihr zu führen. Sie atmete tief durch und betrat den Palast.

Vermutlich würden alle Zugänge zum Tempel bewacht sein, deswegen war ihr Ziel der alte Transportschacht, durch den früher schwere Lasten mit einem Kran hinauf- und hinabbefördert worden waren. Er war schon lange nicht mehr in Betrieb und mit schweren Platten verschlossen. Vielleicht hatten sie ja ausnahmsweise einmal Glück …

Je weiter sie in den Palast vordrangen, desto mulmiger wurde ihr zumute. Vorsichtig schlich sie voran, spähte um jede Ecke und wappnete sich für die erste Begegnung. Doch ihr Zuhause war wie ausgestorben. Wenn sie innehielten, war kein Laut zu hören, und Trisha kam sich vor wie in einem Grab. Auch der Lagerbereich, in dem es sonst immer von Bediensteten wimmelte, war völlig verwaist. Irgendetwas stimmte hier ganz und gar nicht.

Das Geräusch aufeinanderschabender Steine hallte durch die Gänge und Trisha zuckte zusammen. Kurz herrschte Stille, dann hörte sie es erneut, begleitet von einem mehrstimmigen Ächzen.

Kurz vor ihrem Ziel bedeutete sie den anderen zu warten und schlich zum Eingang des großen Schachtraums. In dessen Decke und Boden befanden sich etwa drei Schritt durchmessende Öffnungen. Die obere war für gewöhnlich mit zwei schweren Steinplatten verschlossen, zwischen denen jetzt jedoch ein Spalt klaffte, groß genug, um hindurchzuklettern.

Eine Stimme erklang von dort: »Verschwindet jetzt, Männer. Ich lass noch das Seil runter, dann komme ich nach.« Sie vernahm Schritte, die rasch leiser wurden, gefolgt von einem hölzernen Knarren und einem metallischen Klirren.

Eine Falle! Irgendjemand wollte, dass sie hier hinaufkletterten. Wahrscheinlich erwartete man sie oben. Aber wie konnte das sein? Ihre Gedanken rasten. Jemand musste ihre Ankunft auf dem Teppich beobachtet haben. Zum Mäusemelken! Voraussichtlich lauerten an jedem nur möglichen Zugang zum Tempel Soldaten.

Das Knarren verstummte und einen Moment später tauchte ein Paar Beine hinter der Öffnung auf. Ein großer Metallhaken wurde über die Kante geschoben, fiel herab und zog ein dickes Seil hinter sich her. Ohne weiter darüber nachzudenken, griff Trisha mit ihrer Magie nach dem Haken, hob ihn zurück durch den Spalt und um die Beine herum. Ein kurzer Ruck und die Person verlor das Gleichgewicht, stürzte durch den Spalt und hing einen Augenblick später mit dem Gesicht nach unten vor ihr. Durch die Maske der Palastwache drang ein lautes Stöhnen. Mit ihrer Magie zog Trisha das Seil zu sich heran und löste es von dem Wachmann. Dessen Aufprall wurde von einem derben Fluch begleitet. Langsam rollte der Soldat sich auf den Bauch und drückte sich dann auf die Knie.

Ein aufgeregtes Bellen erklang und Don sprang herbei, legte der Wache die Pfoten auf die Schulter und versuchte, mit der Schnauze unter den Helm zu gelangen. Eine erstaunte Männerstimme erklang: »Don?«

Mit beiden Händen zog der Wächter seinen Helm ab.

»Matten?«, fragte Oni verwundert.

Mit sanftem Druck schob der Angesprochene den großen Hund von sich und kniff die Augen zusammen. »Und du bist?«

»Oni! Ich bin Oni aus dem Faernthal, dem Ihr schon zweimal das Leben gerettet habt.«

Ungläubig sah Matten von Oni zu Don und wieder zurück. Dann schien er sich zu besinnen, dass auch noch andere Personen zugegen waren. Sein Blick verweilte auf Trisha und sie spürte regelrecht, wie seine Gedanken rasten. Als die Erkenntnis einsetzte, verneigte er sich vor ihr, obwohl er schon auf den Knien war. »Eure Hoheit!«

Trisha musterte ihn und erwiderte mit strenger Stimme: »Erklärt Euch, Wächter Matten! Wie viele Männer lauern dort oben auf uns?«

»Kein einziger, Eure Durchlaucht. Wir bekamen den Befehl, den Schacht zu öffnen und das Seil herabzulassen. Dann sollten wir uns aus dem Palast zurückziehen.«

Mit unbewegter Miene sah sie auf ihn hinab, in der Hoffnung, ihn verunsichern zu können. Doch Don machte ihr einen Strich durch die Rechnung, indem er Matten erneut ansprang. Verlegen versuchte der Wächter, den Hund wegzuschieben, doch der gab nicht nach.

Trisha seufzte. »Erhebt Euch, Wächter Matten.«

Rasch kam er der Aufforderung nach.

»Jetzt erklärt mir, was im Palast vor sich geht. Wir haben keine Menschenseele getroffen. Und wer hat Euch den Befehl erteilt, den Schacht zu öffnen?«

»Die Order ist kam eben erst. Jeder Bedienstete und jede Wache hat den Palast zu verlassen. Meinem Trupp befahl der Hauptmann, vorher noch die Platten beiseitezuschieben und uns dann sofort zurückzuziehen. Ein einfacher Soldat erhält keine Erklärungen, aber solche Befehle können nur von ganz weit oben kommen.«

»Schwört Ihr mir bei den Göttern, dass uns kein Hinterhalt erwartet?«

»Ich weiß nur, was ich Euch gesagt habe, Eure Hoheit. Das schwöre ich bei den Göttern und dem Leben meines ungeborenen Kindes!«

Trisha nickte und wandte sich den anderen zu. »Ich glaube Wächter Matten. Sicher ist aber auch, dass unsere Ankunft erwartet wird. Die Frage ist jetzt, wie wir von hier an weiter vorgehen.«

»Mädchen!« Maras Stimme bebte. »Wenn sie uns Tür und Tor öffnen, dann nur, weil wir genau das tun, was sie von uns erwarten. Hier oben geschieht nichts ohne Telessas Wissen, und sie selbst dient dem Ewigen ohne Wenn und Aber. Wir *müssen* uns zurückziehen!«

»Sehe ich das anders.« Yushus violette Augen schienen zu lodern. »Läuft davon dem Wyn die Zeit und ist er verzweifelt. Sage ich, wir halten uns weiter an den Plan.«

Mara funkelte ihn an. »Der Plan ist bereits gescheitert. Wie willst du jemanden täuschen, der bereits vorher von dem Betrug weiß?«

»Wissen wir nicht, was die andere Seite weiß. Könnte sein, dass Telessa hat geleistet den gleichen Schwur wie

Trisha und lässt uns deswegen gewähren.«

Mit erhobener Hand bedeutete Trisha beiden zu schweigen und wandte sich Gereon zu. »Was haltet Ihr davon?«

»Ich vertraue auf die Fügung der Götter. Es kann kein Zufall sein, dass wir vier, die wir uns damals für Oni eingesetzt haben, hier erneut aufeinandertreffen. Meine Furcht ist groß, doch mein Vertrauen überwiegt.«

Alle Blicke wandten sich jetzt Oni zu. »Ich glaube, dass Mara recht hat und wir im Willen des Wyn handeln. Doch zum einen bindet Trishas Schwur sie an dessen Erfüllung und zum anderen hat Telessa nun die uneingeschränkte Macht im Reich. Es ist nur eine Frage der Zeit, bis sie andere findet, die willig die Aufgabe vollenden. Wir dagegen werden alles daransetzen, den Drachen zu bezwingen.«

Trisha dachte einen Moment über das Gesagte nach. »Mein Schwur bindet mich an die Aufgabe und es gibt kein Zurück für mich. Beten wir, dass die Götter unser Vorhaben segnen.«

»Dann trennen sich unsere Wege hier.« Mara legte eine Hand an Trishas Wange. »Du hast ein gutes Herz, Mädchen. Verzeih einer alten Frau, die zu viel Leid und Elend gesehen hat. Mögest du dort triumphieren, wo einst so viele andere gescheitert sind.« Dann wandte sie sich Oni zu. »Nie begegnete ich einer reineren Seele als deiner. Bewahre sie dir, und mögen die Götter auf dich herablächeln.« Der weiße Vogel flatterte von ihrer Schulter auf, umkreise Oni mehrere Male und flog dann der Alten hinterher, die bereits in dem Gang verschwunden war.

Geschwind kletterte Trisha an dem Seil empor, gefolgt von Yushu, Matten, Aria und Oni. Mit ihrer Magie schlang sie den Strick um Gereon und Don und hob beide empor. Der Priester schritt auf dem Weg durch den Tempel vorneweg.

Sie ließ sich zu Oni zurückfallen, der gerade Matten zuhörte. Während der Wächter redete, fuhr sein Blick immer wieder zu Yushu hinüber, begleitet von einem leichten Kopfschütteln. »Wenn das hier vorbei ist, wirst du mir hoffentlich einiges erklären. Nach deiner Verurteilung fand ich Don und Dante streunend auf dem Markt und habe sie bei mir aufgenommen. Jeden Tag aufs Neue haben sie mich an dich erinnert und ich fragte mich, ob meine Fürsprache dir nicht letztlich mehr Leid beschert hat als ein schneller Tod. Dann, eines Morgens, waren die beiden wie von Sinnen. Sie jaulten, bellten und kratzten an der Tür. Ich öffnete ihnen und fort waren sie. Jetzt taucht Don mit dir hier im Palast auf. Mehr noch, auch deine anderen Fürsprecher sind bei dir und Ihre Hoheit wirkt Magie. Gemeinsam folgt ihr einem Plan, und ich kenne noch nicht einmal euer Ziel.«

Oni öffnete den Mund, doch Matten fuhr fort. »Du kannst mir alles später erklären. Versprich mir nur, dass es nichts Unrechtes ist.«

»Ihr habt mein Wort!«

Wenig später hielt Gereon am Fuße einer Wendeltreppe an, von der eine kühle Brise herabwehte. »Nur noch dieser Aufstieg, dann sind wir am Ziel.«

Oni lächelte Trisha ermutigend zu. Dankbar erwiderte sie es, nahm die Schultern zurück und erklomm die ersten vier Stufen. Dann wandte sie sich zu ihren Freunden um. »Ich möchte euch allen danken. Jeder Einzelne hat viel dazu beigetragen, dass wir heute hier sind. Die vor uns liegende Aufgabe wiegt schwer. Ein Fehler, eine falsche Entscheidung und unsere Völker werden großes Leid erfahren. Wenn unser Vorhaben jedoch gelingt, dann werden wir die Welt vom Wyn befreien und sie zu einem besseren Ort machen. Wir alle verdanken einander so viel und haben gemeinsam bereits Unglaubliches durchgestanden. Auch diese letzte Aufgabe werden wir gemeinsam meistern. Also lasst es uns angehen! Lasst uns vollenden, was unsere Vorfahren einst begannen. Lasst uns den Schrecken des Drachen für alle Zeiten vom Antlitz der Welt fegen!«

Mit diesen Worten drehte sie sich um und erklomm die Treppe, die sich alsbald auf das gewaltige Plateau an der Spitze des Windemere hin öffnete. Um sie herum ragten die Statuen der Vier weit in den Himmel auf. Die nach außen gewandten Häupter leuchteten hell in den ersten Strahlen der Morgensonne, zwischen den steinernen Füßen herrschte dagegen noch Zwielicht.

Alles wirkte still und friedlich, doch erst nachdem sie sich versichert hatten, dass sich auch hinter den Statuen niemand verborgen hielt, atmeten sie auf. Gereon postierte sich an dem Treppenaufgang, über den sie selbst gekommen waren, Matten bezog Stellung vor dem großen Zugang am Rande des Plateaus. Oni, Yushu und Aria folgten Trisha zum Zentrum, dorthin, wo das Erbe des Wyn auf sie wartete.

****

»*Hast du Angst?*« Die Fee saß auf Yushus Schulter und hatte den Kopf schief gelegt.

»*Nein, aber es ist ganz schön aufregend.*«

Ihre Freundin erhob sich. »*Du solltest dich aber fürchten! Hast du wenigstens einen Plan?*«

Aria nickte. »*Unsichtbar sein.*«

Ihre Freundin flatterte zu ihr herüber. »*Ich verstehe. Dann kann ich wohl nicht an deiner Seite bleiben.*«

»*Nein, das geht leider nicht.*«

Ein Hauch von Bedauern wehte zu Aria herüber, dann war die Fee fort.

Yushu ergriff ihre Hand und führte sie an seine Stirn. *»Sei bei mir, Aria.«*

»Das bin ich.«

»Sieh, was ich sehe!«

Sanft berührte sie seine Gedanken und unvermittelt erblickte sie sich selbst.

»Du bist wunderschön, meine Blume. Mein Herz ist dein!«

Sie sah sich lächeln.

Yushu wandte sich der Schwärze zu, hinter der die Brut des Ewigen verborgen lag. *»Ich habe lange darüber nachgedacht und glaube zu wissen, was Lean'dora vollbracht hat.«* Yushu hob die Hand und wies auf Trisha, die sich gerade durch die Haare fuhr. *»Die Zukunft ist das Reich der Götter. Von dort weht uns Sogostans Odem entgegen, berührt uns in der Gegenwart und leitet unsere Schatten in die Vergangenheit. Lean'dora trug das Vermächtnis Sogostans in sich und vermochte, seinen Hauch zu beruhigen oder zu entfachen.«*

»So wie du!«

»So wie ich. Nun sieh, was geschieht, wenn ich den Wind der Zeit für dich und mich entfessle.«

Trishas Bewegungen verlangsamten sich, gleichzeitig wurden ihre Umrisse unscharf und alle Farben verblassten. Yushu wandte seinen Kopf herum und wieder sah Aria sich selbst. Ihre eigenen Konturen wirkten unnatürlich scharf und das Rot ihrer Haare stach deutlich hervor. Dann war auf einen Schlag wieder alles normal.

»Nun werde ich Sogostans Atem für uns besänftigen.«

Für einen Moment flossen die Bewegungen der Prinzessin förmlich ineinander und erneut war alles wie in Grau getaucht.

»Allair schenkte uns das Bewusstsein im Einklang mit der

Welt. Gerät das Gleichgewicht auseinander, vermögen wir die Dinge nicht mehr wahrzunehmen. Deswegen können wir auch einen Pfeil, der von der Sehne des Bogens entlassen wurde, nur verschwommen erkennen. Ebenso verhält es sich mit Sogostans Vermächtnis. Je weiter wir uns von dem vorbestimmten Lauf der Zeit entfernen, desto stärker verblasst alles.« Yushu konzentrierte sich nun wieder auf die Finsternis. *»Wenn Lean'dora das Ei vollständig der Vergänglichkeit entzogen hat, würde das erklären, wieso wir es nicht mehr erkennen können. Ob dem so ist, werden wir jetzt erfahren.«*

Für einen einzigen Moment versank die Welt in Dunkelheit und in dieser schimmerte es silbern und golden auf. Aria fühlte, wie Yushus Kraft aufgebraucht war und seine Beine unter ihm nachgaben. Dann war ihr, als spürte sie auch Oni, und wie der erste Frühlingswind nach einem kalten Winter strömte neues Leben in Yushu hinein. Sie zog sich aus seinem Geist zurück und stellte überrascht fest, wie hell es inzwischen geworden war.

Yushu räusperte sich. »Ist die Zeit eine Urgewalt und sich zu stemmen gegen sie, auch nur ein kleines bisschen, kostet viel Kraft. Wird fallen gelassen diese, kehrt zurück alles in seinen ursprünglichen Lauf. Habe ich keine Vorstellung, wie hat genommen Lean'dora das Ei aus der Zeit, doch glaube ich, genügt der winzigste Stoß und kehrt es zurück zu uns. Könnt vorstellen ihr es euch wie einen Felsen, der balanciert auf einer Bergspitze.«

Aria sah von Yushu zu Oni, in dessen Gesicht eine Mischung aus Verwirrung und Entschlossenheit lag. »Ich habe es nicht wirklich verstanden, aber ich vertraue darauf, dass du weißt, was du tust.«

»Meine Blume, ich werde dich diesmal nicht mitnehmen können.«

Sie machte den Rücken krumm, ließ die Arme baumeln und schlurfte an Trishas Seite. *»Bleib nicht zu lange fort, sonst wirst du mich als welke Alte ertragen müssen!«*

Yushu lachte auf und legte seinen Arm um Onis Schulter. Gemeinsam traten sie vor die Schwärze und Yushu streckte seine Hand danach aus. Zuerst schien jegliche Farbe von den beiden zu weichen, dann das Licht, bis sie vor der Brut kaum mehr waren als schwache Schemen. Einige Zeit geschah nichts weiter, doch plötzlich schwand ihr unvermittelt jegliche Kraft und die Beine knickten unter ihr weg. Trisha, die sich an ihr festhalten wollte, fiel auf sie. Die Schwärze explodierte förmlich und ein strahlendes Licht tauchte alles in einen goldenen Glanz.

✳✳✳✳

Von innen heraus strahlend lag das Ei vor Oni und es war so  schön, wie Mara es beschrieben hatte. Doch er hatte auch dessen tödliche Gier nach Leben erfahren. Zuerst war nichts geschehen, als Yushu das Ei berührte, doch kaum hatte er es aus dem Bann befreit, entfachte es einen gewaltigen Sog. Hätte Oni nicht mit Yushu und dem Netz des Lebens in Verbindung gestanden, sein Freund wäre auf der Stelle tot gewesen.

Neben ihm sank Trisha auf die Knie. »Frei, endlich frei!«

Sie wirkte in diesem Moment so unglaublich glücklich und bei sich selbst, dass ihre Schönheit sogar das Ei überstrahlte. Sanft strich er ihr über die Wange. Sie drehte den Kopf und schmiegte sich an seine Hand. Für einen kostbaren Augenblick verweilten sie so, dann löste sie sich und sah ihn an. »Wirklich und wahrhaftig! Mein Schwur ist erfüllt.«

Es betrübte ihn, ihr Glück mit schlechten Neuigkeiten zu

verderben, doch ihm blieb keine Wahl. »Wir brauchen einen neuen Plan. Mara hatte recht mit dem Ei. Es ist viel zu stark für mich. Ich habe versucht, der Brut das Leben wieder abzunehmen, das sie sich von Yushu holte, doch es war vergebens. Ich musste ihn aus dem Netz des Lebens speisen, sonst wäre er jetzt tot. Dadurch hat die Brut schon viel an Leben gewonnen. Wenn sich das bei Aria wiederholt, wird sie nicht genug Zeit haben, um den Wyn zu täuschen.«

Mit einem Mal kam ein Wind auf und eine schnarrende Frauenstimme ließ ihn zusammenzucken: »Darüber brauchst du dir keine Gedanken mehr zu machen, Schafhirte.«

Drei Drachlinge schwebten vom Himmel herab. Zwei von ihnen setzten eine grau gewandete Frau ab, der dritte barg eine leblose, kleine Gestalt mit verhülltem Gesicht in seinen Armen.

»Telessa!« Trisha trat vor und kalter Hass lag in ihrer Stimme. »Sobald das hier vorbei ist, werde ich dich für deinen Verrat an meiner Familie persönlich richten.«

Die Frau schlug die Kapuze zurück und offenbarte ein verhärmtes Gesicht unter kurz geschorenen, grauen Haaren. Obwohl ihr Blick Trisha galt, lief Oni ein Schauer über den Rücken. »Du? Du wagst es, *mir* Verrat vorzuwerfen? Der Ewige hat dir dein Leben geschenkt und doch ist dein einziges Trachten, ihn zu hintergehen.«

Mit fester Stimme gab Trisha zurück: »Der Wyn hat mich benutzt und getäuscht. Und trotzdem habe ich meinen Schwur erfüllt, wo du in all der Zeit versagt hast!«

»Du erbärmliches Kind! Glaubst, mit deinen Freunden solch kluge Pläne ersonnen zu haben, um *ihn* zu täuschen. *Ihn*, der seit Anbeginn der Zeit existiert. *Ihn*, zu dem du durch deinen Schwur willig ein Band geknüpft hast. Die ganze Zeit war er bei dir, hat durch deine Augen geblickt und durch deine Ohren gehört. Er hat *euch* geblendet und nun ist es an der Zeit, *seinen* Plan zu vollenden.« Telessa griff nach der Gestalt in den Armen des Drachlings. »Seht her!«

Mit einer raschen Bewegung riss sie den Schleier fort und Oni war wie vor den Kopf gestoßen. Julaia! Dort lag seine Schwester und schien in den Armen des Drachlings zu schlafen. Er öffnete seine Seele zu ihrer hin und bittere Galle stieg in ihm auf. Wie ein ölig glänzender Film hatte sich etwas Furchtbares über ihr astrales Abbild gelegt. Er griff hinaus, schenkte ihr Kraft, doch sie war weder schwach noch verletzt oder krank. Gift! Telessa hatte seine Schwester vergiftet, genauso wie zuvor Trishas Familie. Eine Böe zerzauste sein Haar.

»Schäfer.« Telessa sprach ruhig, fast leise, und doch schmerzte ihre Stimme in seinen Ohren. »Ihr habt verloren. Die Brut des Ewigen ist aus dem Bann befreit und euer Plan gescheitert. Von nun an ist es nur noch eine Frage der Zeit, bis das Ei brechen wird, und es gibt nichts, was ihr noch dagegen tun könnt.«

Oni schmeckte Salz auf seinen Lippen.

»Doch du kannst zumindest deine Schwester retten. Erfülle das Ei mit dem Leben, nach dem es lechzt, und ich gebe dir das Gegengift.«

Trisha stellte sich vor ihn, umfasste sein Gesicht mit beiden Händen und schüttelte den Kopf. »Nicht für meine Eltern, nicht für Akabar und auch nicht für Julaia. Der Preis wäre zu hoch.«

Onis Welt begann, sich zu drehen und verschwamm. Wenn er sich weigerte, würden alle sterben, die er liebte. Fügte er sich, war ihr Schicksal dennoch ungewiss und noch dazu brächte er Unglück über jede einzelne Seele in den Tälern. Aber würde das nicht früher oder später sowieso geschehen?

Die Worte seines Vaters kamen ihm in den Sinn: *Wir sind Schäfer, Junge. Unsere Aufgabe ist es, zu beschützen.* Nichts anderes wollte er, als seine Schwester und seine Freunde zu retten. In rascher Folge kamen Erinnerungen in ihm hoch. Seine Ankunft am Windemere, die Verhandlung und seine gemeinsame Reise mit Trisha. Arias Rettung und die Begegnung mit Yushu in Amm'atar. Magie in vielen Formen. Trisha, endlich befreit vom Zwang des Wyn. Telessa, immer noch dem Drachen untertan.

Er schüttelte heftig den Kopf, schob alle Gedanken von sich und hatte dann einen Moment der Klarheit: »Ihr habt gewonnen, Telessa. Ich kann meine Schwester nicht im Stich lassen und deswegen werde ich das Ei ausbrüten. Doch nur, wenn ich sicher sein kann, dass Ihr Euer Versprechen auch einlösen werdet.«

Wortlos zog Telessa eine Braue in die Höhe.

»Bei Eurem Blut, Eurer Seele und Eurem Leben schwört Ihr mir, jedem das Gegengift zu verabreichen, den Ihr bisher vergiftet habt, sobald die Brut des Ewigen das Licht der Welt erblickt.«

Unbewegt musterte die Erste der Grauen ihn. »Du willst also, dass ich dir einen Seelenschwur leiste. Ich denke, ich werde lieber abwarten. Die Zeit ist auf meiner Seite.«

Oni trat einen Schritt auf das Ei zu und streckte die Hand danach aus. Kurz bevor er es berührte, hielt er inne. »Ihr irrt. Denn wenn Ihr den Schwur nicht leistet, werde ich mit all meiner Macht das Leben aus der Drachenbrut reißen.«

»Dafür bist du nicht stark genug! Du hast es selbst gesagt.«

»Dann lassen wir es darauf ankommen.« Langsam wandte sich von ihr ab und streckte die Arme aus.

»Warte!«

Oni hielt inne.

»Bei meinem Blut, meiner Seele und meinem Leben schwöre ich, jedem das Gegengift zu verabreichen, den ich bisher vergiftet habe, wenn du das Ei ausbrütest, bevor der erste Sonnenstrahl es berührt.«

Mit einem raschen Blick stellte Oni fest, dass die Statuen bereits oberhalb der Knie im Sonnenlicht erstrahlten.

Mit Eiseskälte in der Stimme fuhr Telessa fort: »Wenn du mich allerdings betrügst, werde ich deiner Schwester das Gegenmittel in den toten Körper flößen.«

Onis Augen verengten sich zu Schlitzen. »Noch bevor der erste Lichtstrahl das Drachenei berührt, wird es ausgebrütet sein. So habe ich es versprochen und so wird es geschehen.« Er ließ seine Worte verhallen, bevor er fortfuhr: »Aber seid gewahr, dass der Tänzer der Klingen einen Wolf in sein Reich entführt und dieser dem Drachen sein goldenes Augenlicht nimmt. Daraufhin wird der leuchtende Käfer in Euch dringen und den Feuersturm entfachen.«

Telessa setzte die Spitze der Klinge an Julaias Hals. »Was soll dieses Gebrabbel? Willst du Zeit schinden? Entweder du brütest das Ei *jetzt* aus, oder …«

✳✳✳✳

Aria ließ Telessa sehen, wie Oni seine Hände auf das Ei legte. Der Verstand der Grauen war wie ein Felsöhr, auf dessen ferner Seite ein Orkan toste. Zu gewaltig, um in Gänze hindurchzuströmen, bestimmte er dennoch die Richtung, in die ihre Gedanken sich fokussierten.

Gleich einem körperlosen Tentakel drängte nun ein Bewusstseinsfragment des Ewigen auf diese Seite. Es tastete umher, dann wandte Telessa den Kopf zu den Drachlingen um, die mit verkohlten Augen dastanden, geblendet durch Trishas

Magie. Instinktiv ließ Aria deren Augen golden erstrahlen wie eh und je. Sie erkannte ihren Fehler, als der Gedanke des Wyn wie wild umherpeitschte, gerade so, als würde er nach ihr suchen. Die Augen! Ihre Blicke waren dem Ewigen verschlossen und hier hätte sie nicht täuschen dürfen. In diesem Moment fand der Drache die Verbindung zwischen Telessa und ihr und bestürmte sie.

Aria konzentrierte sich vollkommen auf die Illusion von Oni vor dem Ei und verbannte jedes andere Bild aus ihrem Geist. Immer stärker wogte das fremde Bewusstsein heran, suchte nach Arias eigentlichen Gedanken. Immer weiter zog sie ihren Geist zurück und wusste doch, dass sie verlieren würde.

»*Unsichtbar sein. Pfff. So viel zu deinem prächtigen Plan!*« Die Fee tauchte vor ihr auf und sofort ließ das Tentakel von Aria ab. Wie wild peitschte es nach ihrer Freundin und diese konnte nur um Haaresbreite ausweichen. Der Ansturm wurde immer schneller und wilder. Lange würde die Fee nicht mehr durchhalten.

Aria konzentrierte sich ganz und gar auf Telessa und flüsterte ihr neue Gedanken zu: *Risse aus Licht bildeten sich an der Oberfläche des Eis, wurden heller und heller und formten sich zu einem strahlenden Netz. Yushu zog sein Schwert und hob es über den Kopf. Er nahm eine Kampfpose ein, bereit zuzustoßen, sobald die Schale vollends gebrochen war.*

Unvermittelt zog sich das Bewusstseinsfragment des Ewigen aus Telessas Geist zurück und nur ein hauchfeines Flimmern zeugte noch von der Verbindung zwischen der Grauen und dem Wyn. Für einen Moment herrschte eine seltsame Ruhe.

Dann strömten aus Onis Geist Bilder von solcher Intensität herüber, dass Aria keinen anderen Gedanken mehr fassen konnte. In einer gewaltigen Eruption brach aus der Tiefe des Windemere ein Gleißen hervor, heller als tausend Sonnen. Damit einher wallte das Bewusstsein des Ewigen heran, tastete umher und fand doch nicht, wonach es suchte: ein Gefäß, mächtig genug, es aufzunehmen. Voller Zorn brandete es heran und seine Gewalt ließ einen jeden ohnmächtig zu Boden sinken. Einzig sie selbst hielt ihm stand, doch dann brach er ihren Widerstand und erkannte das ganze Ausmaß ihrer Täuschung.

Einer der Drachlinge schoss heran und legte ihr beide Hände an den Kopf. Sie hörte ein Knacken, gefolgt von einer leisen Melodie. Ganz von fern nur und doch voll tiefer Sehnsucht. Die Seele des Drachen begann, im Einklang mit der Melodie zu schwingen, wurde mal heller, mal dunkler und verblasste mit jedem Auf und Ab.

✳✳✳✳

Oni erwachte und musste mit ansehen, wie der Körper seiner  Freundin leblos zu Boden sank. Erneut wollte er sein Leben mit ihr teilen, doch auch die letzten Funken des Ewigen überstrahlten alles. Oni vermochte Arias Seele nirgends wahrzunehmen.

Dann herrschten Dunkelheit und Schweigen. Der Ewige, der seit Anbeginn der Zeit auf der Welt geweilt hatte, war fort. Und mit ihm das stille, rothaarige Mädchen.

Nun kamen auch die anderen wieder zu sich. Yushu sprang auf und sank neben Arias leblosem Körper wieder auf die Knie. Ein Schrei brach aus ihm hervor, in dem sich aller Zorn, alle Wut und Einsamkeit der Welt vereinten. Als er verklungen war, bebte der Körper des Halb-Ar'atais unter lautlosen Schluchzern.

Mit tränennassen Augen trat Oni an seine Seite. »Kannst du mit deiner Macht auch Dinge ungeschehen machen?«

Yushu schüttelte den Kopf und schluckte. »Vermögen das wohl nicht einmal die Götter.«

»Ich wollte bloß sichergehen.« Oni seufzte.

Trisha legte ihre Hand auf seine Schulter. »Noch immer weilt ein Teil des Wyn unter uns. Es ist noch nicht vorbei.«

Oni ließ den Blick schweifen und nahm alles in sich auf: Trisha, die ihn erwartungsvoll ansah, den weinenden Yushu, Arias Kopf auf seinem Schoß gebettet. Telessa, die Arme um den Körper geschlungen und lautlos schluchzend, daneben die toten Körper der Drachlinge und zwischen ihnen die reglose Julaia. Über allem ragten die Statuen der Vier auf, starr und teilnahmslos.

Bedrückt nickte er Trisha zu und näherte sich dem strahlenden Ei. Kaum hatte er die Hände auf die Schale gelegt, war ihm, als würde er fortgerissen, so stark gierte die Brut des Drachen nach Leben. Er öffnete sich, weiter und weiter, doch egal wie viel Kraft er auch durch sich hindurchströmen ließ, der Hunger des ungeborenen Wesens war größer. Er versuchte, sich gegen den Sog zu stemmen und seine Hände von dem Ei zu lösen, doch schon wurde sein Bewusstsein davongespült. Beinahe hätte er sich gänzlich verloren, da endete es so abrupt, wie es begonnen hatte. Der Lebensstrom verlosch und sein Verstand kehrte mit einem Schlag zurück.

Neben ihm hatte Yushu sein Schwert zum Schlag erhoben, wie einstmals Maras Vater vor ihm. In einem gleißenden Strahlen brach das Ei auf und es brauchte einige Augenblicke, bis Oni wieder etwas sehen konnte. Jetzt war es an Yushu, die Brut zu vernichten, doch die Waffe entglitt seinen Fingern und das Klirren von Metall auf Stein zerriss die Stille.

Nun erblickte auch Oni den neuen Körper des Wyn. Doch vor ihm lag kein schuppiger Drachenleib, sondern ein

Wesen, das in seiner Schönheit den Göttern glich. Haar von der Farbe der ersten Frühlingssonne umspielte ein anmutiges Gesicht. Weiße Flügel umschlangen vom Rücken her einen makellosen Körper, der Junge und Mädchen zugleich war. Oni rannen die Tränen über die Wangen und er wusste, dass er diesem erhabenen Wesen niemals ein Leid würde zufügen können.

* * * *

Aria schwebte zwischen den Welten. Eine winzige Seele nur im Vergleich zu dem Ewigen, der um sie herum getost hatte. Ein Flackern lediglich im Strahlen der Allmutter. Nur ein Seufzen und sie würde darin aufgehen, würde alles hinter sich lassen. Ein letztes Mal schwelgte sie in den Erinnerungen ihres wunderbaren Lebens. Dann …

»*Aria!*« Empörung schwang in dem stillen Ruf ihrer Freundin, doch schon verklang dieser wieder hinter der Melodie der Unendlichkeit.

»*Aria!*« Verzweiflung lag in dem flehenden Schrei. Für einen Moment war ihre Aufmerksamkeit gefesselt.

»*Wenn du gehst, vermag auch ich nicht zu bleiben!*«

Warum sollte das auch jemand wollen, wenn er einmal die Allmutter erahnt hatte?

»*Weil ich halt nicht will, so einfach ist das.*«

Nur noch ein winziger Schritt. Sie würde es verstehen.

»*Warte! Ich will dir etwas zeigen, danach lasse ich dich in Ruhe. Versprochen!*«

Eine Freundin war eine Freundin. Eine letzte Gefälligkeit also. Aria folgte der kleinen Fee, deren Flügel die Farbe der Morgenröte trugen. Das Locken wurde jetzt lauter, drängender. Es erfasste ihre Seele und ließ sie nicht mehr los.

»Wir sind da!«

Vor ihr harrte ein leerer Körper darauf, von einer Seele in Besitz genommen zu werden. Doch was bedeutete das schon?

Da war ihr, als würde sie gestoßen, dann, als ob sie stürzte. Hinein in einen endlosen Tunnel, weg von dem Locken und der Helligkeit der Allmutter. Schon erstrahlte an dem fernen Ende eine andere Art von Licht, sie tauchte hinein und … öffnete die Augen.

Im unentdeckten Land

Trisha trat auf das Plateau hinaus und fröstelte in der kalten Morgenluft. An der Felskante waren ringsherum große Feuerkörbe aufgestellt worden, neben einem von ihnen stand Akabar. Schweigend gesellte sie sich zu ihm. Gemeinsam sahen sie zu, wie die Nacht einem neuen Tag wich.

»Ist es nicht seltsam?«, fragte Akabar, ohne sie anzublicken. »Die Berge erstrecken sich, so weit das Auge reicht. Bei ihrem Anblick erscheint mir unser Reich so klein und unbedeutend. Dabei ist es riesig. Jeder Einzelne dort unten hat seine eigenen Sorgen, Nöte und Hoffnungen. Wenn ich erst König bin, werden sie sich darauf verlassen, dass ich sie sicher in das neue Zeitalter führe.« Jetzt wandte er sich ihr zu und wirkte ganz verloren. »Wie soll ein einzelner Mann dieser Verantwortung je gerecht werden können?«

Unvermittelt schlang Trisha die Arme um ihn und legte den Kopf auf seine Schulter. »Bruder, Bruder. Du bist nicht allein. Wir alle werden hinter dir stehen.«

Für eine Weile genossen sie still die Geborgenheit, bis Akabar schließlich aufseufzte. »Schon jetzt drängt die Pflicht. Vater und Mutter erwarten mich wegen der Vorbereitungen. Erinnere bitte deine Freunde noch einmal daran, dass wir sie am frühen Abend im Thronsaal erwarten.«

Trisha knuffte ihn in die Seite. »Keine Sorge, großer Bruder. Wir werden alle da sein und jeder kennt die Rolle, die er zu spielen hat.«

Mit einer vertrauten Geste wuschelte er ihr durch die Haare, nickte und schritt mit einem Lächeln auf den Lippen davon. Nach einem letzten Blick auf die schneebedeckten Gipfel machte Trisha sich ebenfalls auf den Weg. Sie hatte noch etwas Wichtiges zu erledigen.

Der Weg führte sie an ihrem Zimmer vorbei. Durch die geöffnete Türe vernahm sie die Stimme ihre Mutter: »Oh, Meyla! Ich war so sehr darauf bedacht, Patrizias und mein Geheimnis zu schützen, dass ich Dania dabei völlig übersehen habe. Wie einsam muss sie sich gefühlt haben! Von Telessa hat sie letztlich die Aufmerksamkeit und Anerkennung bekommen, die ich ihr versagt habe.«

Mit einem flauen Gefühl im Bauch betrat Trisha den Raum. Ihre Mutter und Meyla saßen einander gegenüber und die Amme hielt die Hände der Königin in ihren Schoß gebettet. Beide wandten sich überrascht zu ihr um.

Ihre Mutter erhob sich, eilte auf Trisha zu und drückte sie fest an sich. »Es tut mir so leid, mein Kind. Ich wünschte, ich wäre dir und deiner Schwester eine bessere Mutter gewesen.«

Eine ganze Weile standen beide einfach nur da und hielten sich in den Armen. Trisha musste mehrmals schlucken, bevor sie wieder sprechen konnte: »Du hast mich beschützt, Mama. Beschützt und unterwiesen, das weiß ich heute.«

Trisha schmiegte sich an ihre Mutter. Die unvertraute Nähe füllte eine Leere in ihr und sie wollte am liebsten für immer so verharren. Schließlich löste sie sich aber doch und verabschiedete sich rasch.

An ihrem Ziel angelangt, traf sie Gereon, der ein Tablett mit einem Teeservice auf der Hand balancierte, während er den Riegel einer schweren Holztür aufschob. Trisha folgte ihm in die kleine Kammer dahinter.

Auf der Kante eines schlichten Bettes saß Telessa. »Seid Ihr gekommen, Euer Versprechen einzulösen, Hoheit?« Sie hielt sich aufrecht, klang jedoch resigniert.

Energisch schüttelte Trisha den Kopf. »Ganz im Gegenteil. Ich bin hier, um Euch die Freiheit zu schenken.«

Die Graue schwieg.

Gereon platzierte das Tablett auf einem kleinen Tisch. Mit beiden Händen hob er die Kanne an und goss Tee in eine Tasse. Trisha reichte sie Telessa, die das Getränk mit zitternden Händen entgegennahm. Ihr Blick ging von dem dampfenden Getränk zu Trisha. »Das ist also die Freiheit, die ihr meint?«

»Was? Nein!« Trisha sprang abrupt auf, setzte sich aber sofort wieder. Gereon reichte ihr eine weitere Tasse, aus der sie hastig einen großen Schluck nahm. Tränen schossen ihr in die Augen, als sie sich den Mund verbrannte.

Telessa setzte ihre Tasse so fest ab, dass der Inhalt über den Tisch schwappte. »Warum sollte der König mich begnadigen?«

Jetzt ergriff Gereon das Wort: »Weil Prinzessin Patrizia ihn darum gebeten hat und ich diese Bitte unterstütze.«

Ungläubig sah Telessa erst Gereon, dann Trisha an. Ihre Stimme war kaum mehr als ein Flüstern: »Warum?«

»So wie Ihr, stand auch ich unter dem Zwang des Ewigen. Doch während es bei mir nur von kurzer Dauer war, wart Ihr Euer ganzes Leben so unfrei wie eine Fadenpuppe. Ich könnte es nicht ertragen, Euch auch noch für den Rest Eurer Zeit in Gefangenschaft zu wissen. Auch Ihr habt ein bisschen Glück verdient und deswegen seid Ihr begnadigt.«

Gereon zog ein gesiegeltes Schreiben aus seinem Gewand und reichte es Telessa. Während sie noch ungläubig daraufstarrte, sagte er mit sanfter Stimme: »Es steht Euch frei zu gehen, wohin immer Ihr wollt. Doch wisst, dass der Tempel Euch stets ein Zuhause bieten wird, solltet Ihr dies wünschen.«

Die ehemalige oberste Dienerin begann, haltlos zu

schluchzen, und Gereon nahm sie in die Arme. Auf eine Geste von ihm hin zog Trisha sich leise zurück.

****

Oni fühlte Julaias Hand in seiner, während er sie durch das  Gedränge auf dem Markt führte. Zielstrebig hielt er auf den blauen Eingang mit dem Abbild des Berglöwen darüber zu. Kaum hatte er geklopft, wurde die Tür auch schon aufgerissen und Matten stand vor ihnen.

Bevor Oni auch nur ein Wort sagen konnte, nahm der große Mann sie beide in die Arme und drückte sie so fest an sich, dass Oni fast die Luft wegblieb. Matten ließ sie wieder los und strahlte über das ganze Gesicht. »Es ist ein Junge!« Damit drehte er sich um und stürmte zurück in die Höhle.

Rasch folgten sie ihm hinein und fanden ihn neben seiner Frau kniend wieder. Obwohl sie ziemlich blass um die Nase war, strahlte sie mindestens ebenso glücklich wie ihr Mann. Aus einem Stoffbündel auf ihrem Schoß ragte ein winziges Köpfchen heraus. Oni verlor sich für einen Moment in den großen, wachen Augen des Neugeborenen und ein Glücksschauer erfasste ihn. Ihm fehlten die Worte, weshalb er Matten einfach auf den Rücken klopfte.

Sanft stupste Jula die winzige Nase. »Habt ihr schon einen Namen für ihn?«

Matten grinste von einem Ohr zum anderen. »Den besten: Wir nennen ihn Dante.«

Erstaunt schaute Jula auf. »Ihr nennt euer Kind nach einem Hund?«

»Er hatte einen guten Charakter, war lebensfroh und mutig. Mehr kann man jemandem nicht wünschen.«

Voller Glück und Wehmut zugleich kämpfte Oni mit den

Tränen. Matten stand auf und wandte sich zur Tür. »Warte kurz, ich möchte dir jemanden vorstellen.«

Wenig später kam er zurück und hielt eine Decke in den Armen. Vorsichtig ließ er sich auf die Knie sinken und schlug den Stoff zurück. Darunter kam ein Welpe zum Vorschein. Als Oni ihm einen Finger zum Beschnuppern hinhielt, leckte der Hund diesen mit seiner winzigen Zunge ab.

»Ihr Name ist Bella. Dante war ihr Vater. Ich sagte ja, er war sehr lebenslustig. Wir möchten sie dir anvertrauen.«

Oni konnte sich an dem niedlichen Welpen gar nicht sattsehen. »Vielen, vielen Dank! Ich freue mich schon darauf, wenn sie ihre Mutter nicht mehr braucht. Doch jetzt müssen wir los. Prinz Akabar will noch einmal den Ablauf der Zeremonie durchgehen und da muss ich anwesend sein.«

Julaia zupfte an Onis Hemd. »Darf ich hierbleiben? Ich werde ja sowieso nicht gebraucht. Bitte, bitte.«

Es war Mattens Frau, die mit einem Lächeln antwortete: »Aber sicher, junge Dame, ich würde mich sehr über deine Gesellschaft freuen.«

Auf dem Weg nach draußen fragte Matten: »Macht es dir eigentlich etwas aus, dass die Geschichte anders erzählt werden wird, als sie geschehen ist?«

»Nein. Ich vertraue dem König, er wird schon wissen, was richtig ist. Ich bin einfach froh, dass es vorbei ist und wir alle noch leben.«

Matten klopfte Oni auf die Schulter. »Weißt du, ich bin ganz schön stolz auf dich! Ich hoffe, mein Sohn wird eines Tages auch so ein aufrechter Kerl wie du!« Oni meinte ein Glitzern in Mattens Augen zu sehen, doch sein Freund öffnete die Tür und schob ihn hindurch. »Wir sehen uns bei der Zeremonie!«

Oni warf sich die Kapuze seines Umhangs über. Mit Blick zur Sonne stellte er fest, dass kein Grund zur Eile bestand. Gemütlich schlenderte er über den Markt, bis er an einem Stand eine hübsche, mit Blümchen verzierte Umhängetasche entdeckte. Er fragte sich, ob Trisha sich darüber freuen würde, als ein Stück weiter ein Tumult aufkam.

Jemand rief: »Haltet die Diebin!«

Eine kleine Gestalt schoss auf ihn zu, bog aber in Richtung Windemere ab, bevor sie ihn erreichte. Der Anblick der großen, dunklen Augen und der Narbe am Kinn ließ ihn innerlich aufstöhnen. Ilai! Sofort rannte er hinter der Diebin her und auch aus anderen Richtungen eilten Leute herbei. Ilai hatte schon fast den Eingang zu den Höhlen der Hoffnung erreicht, als ein dicker Mann sich davorschob und nach ihr griff. Geschickt ließ sie sich zu Boden fallen, tauchte unter seinen Armen hindurch und verschwand im Dunkel. Einer ihrer Verfolger prallte in den Mann hinein und beide stürzten fluchend zu Boden. Gerade erkannte Oni ihn als den Zöllner wieder, der ihn bei seiner Ankunft damals übers Ohr gehauen hatte, da verschwand er ebenfalls in dem Tunnel.

Dem behäbigen Mann zu folgen war einfach und alsbald traf er wieder auf Ilai. Oni wollte die beiden schon zur Rede stellen, da beobachtete er, wie das Mädchen das gestohlene Geld freimütig verteilte. Ein Mann tauchte auf, sprach die beiden an und verschwand wieder, worauf sie sich eilig in Bewegung setzten.

Als Oni sie fast eingeholt hatte, betraten sie gerade eine Höhle. Vorsichtig schlich er zum Eingang und spähte ihnen nach. Zu seiner Überraschung entdeckte er Prinzessin Dania, die gerade zu einer Standpauke ansetzte: »Wie oft muss ich es euch noch sagen? Das war *nicht*, was mein Bruder meinte, als er uns auftrug, wieder Hoffnung in diese Höhlen zurückzubringen!«

Oni spähte um die Ecke und sah Ilai unschuldig grinsen, während der schnaufende Mann neben ihr beschwörend die

Hände hob. »Tun wir doch Hoheit, das tun wir doch. Oder was meinst du, Kleine?«

Die Diebin nickte eifrig. »Wir haben das nich für uns gemacht. Haben die Spende weitergegeben an die Bettler und die Krüppel. Können die sich auch mal was Schönes gönnen. Und die Kinder erst. Hättest mal sehen solln, wie die sich gefreut haben, Hoheit.«

Dania betrachtete die beiden einen Moment lang, dann verdrehte sie die Augen und streckte einen Arm aus. Schmollend zog Ilai den fast leeren Beutel aus dem Hemd und drückte ihn der Prinzessin in die Hand. »Bin ich denn kein Kind, oder was?«

Oni lächelte und zog sich unbemerkt zurück. Jetzt musste er sich doch noch beeilen.

Zeitgleich mit Akabar betrat er den Thronsaal, wo Trisha sich angeregt mit Gereon unterhielt. Aria und Yushu waren ebenfalls da und hielten schweigend Händchen. Wie jedes Mal, wenn er ihr jetzt begegnete, konnte Oni seinen Blick nicht von Aria abwenden. Erst ein Räuspern von Trisha riss ihn aus dem Bann. So vollkommen Arias neue Gestalt auch war, mit Trisha konnte sie es doch nicht aufnehmen. Glücklich lächelte er die Prinzessin an und ihr gespielt empörter Ausdruck wich einem Lachen.

Akabar klopfte auf den Tisch. »Vater hat angeordnet, dass wir die Zeremonie noch einmal vollständig proben.«

Selbst Gereon stöhnte leise auf.

Als sie schließlich fertig waren, nickte Akabar in die Runde. »Ich denke, wir sollten uns alle noch etwas ausruhen, bevor es losgeht.«

Yushu trat vor. »Habe ich mitzuteilen vorher noch etwas Wichtiges. Werden fortgehen Aria und ich, gleich nach der Zeremonie. Gehören wir beide nicht hierher.«

Onis Herz wurde schwer und er wollte etwas sagen, um sie davon abzubringen. Doch in seinem Inneren wusste er, dass Yushu recht hatte. Der Halb-Ar'atai legte ihm eine Hand auf die Schulter und der glückliche Ausdruck auf seinem Gesicht nahm seinen Worten die Schwere: »Gehöre ich weder zu den Menschen noch zu den Ar'atai. Wäre ich beiden Völkern für immer fremd. Und sollte einnehmen welchen Platz Aria nach der Zeremonie?«

Darauf wusste niemand etwas zu erwidern.

Yushu fuhr fort: »Freut euch für uns. Werden wir frei sein von Last und Verantwortung. Werden wir erkunden die Welt jenseits der Berge und reisen in das unentdeckte Land.«

Die Feuer loderten hell auf der Spitze des Windemere und ihr gelber Schein trotzte der mondlosen Nacht. Der tiefe Ton eines gewaltigen Gongs waberte durch die versammelte Menschenmenge. Schlagartig wurde es ruhig. Für einen Moment fühlte Oni sich in die Vergangenheit zurückgeworfen und ein Zittern erfasste ihn. Vor ihm waren dieselben drei Throne aufgebaut wie damals bei seiner Verhandlung. Genau dort, wo vor Kurzem noch das Drachenei in der Schwärze gefangen lag. Dahinter stand ein riesiges Zelt, und Oni schauderte bei dem Gedanken an das, was darin verborgen lag.

Ein gelegentliches Husten oder Fußscharren waren die einzigen Geräusche, ansonsten herrschte eine angespannte Stille. Eine Fanfare erklang und ein Herold rief: »Seine Majestät König Berengar von Windemere. Ihre Majestät Königin Syla von Windemere. Seine königliche Hoheit Kronprinz Akabar von Windemere.«

Das Rascheln von Stoff verriet, dass die Menge auf die Knie fiel.

Des Königs Stimme ertönte, laut und klar: »Erhebt Euch, ihr guten Leute und höret meine Worte. Ein neues Zeitalter bricht an und ihr«, mit einer ausladenden Geste schloss er alle Anwesenden ein, »werdet Zeugnis davon ablegen und die Kunde hinaustragen.«

Ein Raunen ging durch die Menge.

Der König erhob seine Stimme: »Im Herzen unserer Heimat lauerte unerkannt ein furchtbares Untier. Ein Verderben aus uralten Zeiten, das darauf harrte, aufzuerstehen und uns alle mit Verderben zu überziehen.«

Das Gemurmel der Menge schwoll an, bis der Gong erneut erklang.

»Seht her!« Damit wandte Berengar sich dem Zelt zu, hob die Arme und Stoffbahnen wurden weggezogen. Darunter kam der riesige Drachenleib zum Vorschein und in der Menge entstand ein Tumult. Entsetzte Ausrufe mischten sich mit spitzen Schreien. Manche Zuschauer wichen zurück, andere drängten wiederum nach vorne.

Dreimal musste der Gong erklingen, bis der König fortfahren konnte: »Zwei tapfere Helden haben das Untier bezwungen und uns alle gerettet!«

Erstaunte Ausrufe erklangen. Jemand rief: »Wer sind die beiden?«

Mit ausgestrecktem Arm wies Berengar auf Oni und Trisha. »Tretet vor, unsere Retter!«

Oni nickte Trisha zu, dann schritten sie gemeinsam nach vorne und wandten sich zur Menge um.

Berengar stellte sich zwischen sie und zog Onis Kapuze zurück. »Seht her, mein Volk! Seht Schäfer Oni aus dem Faernthal, der sein Leben eingesetzt hat, um uns alle zu retten.«

Jubelschreie wurden laut und schon enthüllte der König auch Trishas Antlitz. »Meine eigene Tochter stand unserem tapferen Retter unerschütterlich zur Seite und gemeinsam bezwangen sie den Drachen.«

Berengar trat einen Schritt vor, drehte sich um und beugte das Knie. Königin Syla und Akabar kamen herbei, ließen sich ebenfalls nieder und ein jeder folgte ihrem Beispiel.

Es kam Oni wie eine Ewigkeit vor, bis der König sich wieder erhob und dem Volk zuwandte: »Diesen beiden schulden wir alles. Mutig stellten sie sich dem Drachen entgegen und waren das Bollwerk zwischen uns und dem Ende der Welt, wie wir sie kennen. Ohne sie wäre das Untier neu erstanden und hätte uns alle verschlungen.« Der König legte den Kopf in den Nacken und hob die Hände gen Himmel. »Doch im Angesicht der Götter, und so sehr mein Herz auch darunter leidet, muss ich über unsere Helden richten. Denn während sie uns alle retteten, frevelten sie zugleich den Göttern und opferten damit ihre Seelen.«

Schlagartig herrschte völlige Stille und als Oni sprach, klang seine Stimme unwirklich laut: »Ich bekenne mich schuldig, Magie gewirkt zu haben, um den Drachen zu bezwingen.«

Trisha wiederholte seine Worte und Unruhe brandete auf.

Der König erhob seine Stimme: »In unserer dunkelsten Stunde habt ihr beide uns gerettet und doch muss ich dem Gesetz der Vier Genüge tun. Hiermit verurteile ich euch zum Tode auf dem Scheiterhaufen.«

Nun geriet das Volk in Aufruhr und Stimmen wurden laut: »Sie haben uns gerettet!«

»Begnadigt sie!«

»Sie haben den Tod nicht verdient!«

Vereinzelte Gegenstimmen mischten sich darunter: »Sie standen bestimmt mit dem Untier im Bunde!«

»Verbrennt die elenden Sünder!«

Die Stimmung wurde zusehends angespannter und irgendwo schubste jemand seinen Nachbarn. Der stieß zurück und ein Gerangel brach los. Gerade als die Stimmung kippte, erklang ein erstaunter Ausruf: »Seht, dort oben!«

Oni hob den Kopf und, in Licht gehüllt, schwebte Aria mit sanftem Flügelschlag vom Himmel herab. Jeder Zorn verpuffte bei ihrem Anblick und wer nicht vor Ehrfurcht erstarrte, fiel erneut auf die Knie.

»Eine Gesandte der Götter!«, erklang ein vielstimmiges Raunen.

Dicht über dem Boden hielt sie inne und glitt majestätisch in Richtung der Menge. Ein jeder eilte sich, ihr den Weg freizumachen, zurück blieb einzig Gereon. Als sie ihn erreichte, sank er auf die Knie. Erwartungsfroh sah er zu ihr auf, während sie ihre Hände salbungsvoll über seinen Kopf hob. Ein schimmerndes Licht umspielte die beiden und sie verharrten regungslos, bis das Leuchten wieder verblasste. In einer fließenden Bewegung breitete Aria ihre Schwingen aus und erhob sich majestätisch in den Himmel.

Als sie nicht mehr auszumachen war, trat Gereon neben den König und rief: »Ihr Leute, hört, was ich zu verkünden habe: Von heute an und für immerdar soll Magie nicht mehr geächtet sein.«

Berengar neigte sein Haupt. »So soll es sein! Mein Volk! Ihr habt die Stimme dieses Dieners der Vier vernommen und seht mich über alle Maßen glücklich. Hiermit, und mit meiner letzten Handlung als euer König, spreche ich Prinzessin Patrizia und Schäfer Oni von jeglicher Schuld frei.«

Als der Jubel verebbte, ertönte erneut der Gong.

»Ein neues Zeitalter bricht an, doch werde nicht ich es sein, der euch hineinführt.« Gemessenen Schrittes näherte er sich Akabar. Würdevoll hob er die Krone von seinem Kopf und setze sie seinem Sohn auf das Haupt.

»König Akabar!«, schallte seine Stimme laut über die Menge und sein Ruf wurde hundertfach erwidert.

****

Aria wartete, bis Akabar an der Spitze einer langen Pro-
zession den Berg hinabzogen war. Von überall
schlugen ihr aufgeregte Gedanken entgegen, als
die Kunde der Ereignisse sich wie ein Lauffeuer
in der Stadt verbreitete.

»Wie hast du es nur geschafft, nicht laut loszuprusten?«
Die Fee flatterte vor ihr in der Nachtluft.

*»Es wäre mir viel leichter gefallen, wenn du nicht gerade
auf Gereons Schädel deinen Freudentanz aufgeführt hättest.«*

Unter Aria flackerte ein Licht mehrere Male auf und als
sie zum Windemere zurückkehrte, warteten dort bereits ihre
Freunde auf sie.

Freude und Trauer umtanzten einander in ihrer Brust, als
sie von Trisha und Oni Abschied nahm. Auf einmal mochte
sie gar nicht mehr aufbrechen.

Während Oni sichtlich gegen die Tränen kämpfte,
wünschte die Prinzessin ihnen stockend Lebewohl: »Wir
werden euch sehr, sehr vermissen. Aber ich freue mich auch
für euch. Und wer weiß, vielleicht werden wir uns ja irgendwann einmal wiedersehen.«

*»Jetzt mach es ihnen doch nicht schwerer als nötig und
komm endlich.«* Ihre kleine Freundin sauste in den nächtlichen Himmel hinauf.

Auf ein Nicken von ihr legte Yushu seine Arme um Aria
und nach einem letzten Abschiedsgruß folgten sie der Fee.
Die Feuer auf dem Windemere verschmolzen rasch zu einem
fernen Flackern in der Tiefe und ein Gefühl von Freiheit
breitete sich in Aria aus.

»In welche Richtung wirst du uns tragen, meine Blume?«

Unschlüssig zuerst erinnerte Aria sich an ein Bild, das der
Ewige Trisha gezeigt hatte.

Ihre kleine Freundin jauchzte. *»Eine gute Wahl. Folge
mir!«*

Der Nachtwind griff unter ihre Schwingen und trug sie mit sich fort.

Von Schäfer und Königstochter

Tief verborgen in einem mächtigen Gebirge lagen drei fruchtbare Täler. Aus Gletschern und Quellen gespeist, plätscherten allenthalben kleine Bäche die Berge hinab, vereinten sich weiter und weiter und bildeten schließlich die drei großen Ströme Sprae, Gonja und Linni. Wo die Täler aufeinanderstießen, mündeten die Flüsse in einen See, dessen strahlendes Blau es mit der Schönheit des Firmamentes aufnehmen konnte. Aus der Mitte des Gewässers wiederum erhob sich stolz der Berg Windemere.

Folgte man dem Fluss Sprae hinauf durch das Tal der Bauern, verlor er nach und nach an Breite. Dort schließlich, wo ein junger Bursche ihn mit einem weiten Satz zu überqueren vermochte, mündete ein quirliges Bächlein hinein. Entlang dessen Ufer verlief ein kleiner Pfad, der zuweilen nicht mehr war als heruntergedrücktes Schilf. Beschritt man diesen für einige Zeit, erreichte man die kleine Siedlung Faernheim, deren grasbewachsene Häuser sich kaum von der umgebenden Landschaft abhoben. In dem einzigen Dorf des Faernthals führten die Menschen ein geruhsames und beschauliches Leben. Die Alten saßen auf hölzernen Bänken beieinander, unterhielten sich und wachten über die Kleinsten, während deren Eltern ihrem Tagewerk nachgingen.

Der Faernbach war hier oben kaum mehr als ein Rinnsal und doch zog sich der Weg zu seiner Quelle noch fast einen ganzen Tagesmarsch dahin. Dort lag Oni an einem seichten Hang im Gras und döste in der wohligen Wärme der Spätsommersonne.

Ein glückliches Lachen schallte über die Wiese. Langsam hob er den Kopf und öffnete die Augen. Trisha tollte mit Don und Bella herum und sein Herz wurde weit. Als ob sie seine Aufmerksamkeit gespürt hätte, hielt sie inne und blickte zu ihm auf. Mit der Hand warf sie ihm einen Kuss zu, dann war sie auch schon wieder jauchzend in Bewegung.

Eine kleine, rote Blume weckte eine Erinnerung und seine Gedanken wanderten zu Aria. Mit einem Male war ihm, als stünde er auf der Spitze eines Berges, an dessen Fuß die goldenen Giebel einer fremden Stadt im Sonnenlicht erstrahlten. Dahinter erstreckte sich, soweit das Auge reichte, das funkelnde Blau eines Ozeans. Ein glückliches Lachen verabschiedete ihn, dann wanderte sein Geist weiter. Kurz war ihm, als würde eine Maus ihr Näschen witternd in die Höhe recken. Ein leises Trippeln, dann war sie fort.

Schöpfungsgeschichte

Der erste Funke im Nichts war die Allmutter und ihr Wesen ist die Sehnsucht.
Der Leere zu entfliehen, gebar sie vier Kinder, und diesen trug sie die Schöpfung auf.

Den Ältesten hieß sie Dree und ihm gab sie das Leben anheim.
Seinem Leib entsprangen die Wyn, überwältigend in ihrer Gestalt.
Doch stumpf und starr und ohne Antrieb gefielen sie der Allmutter nicht.

Den Zweiten hieß sie Allair und ihm legte sie die Vernunft anheim.
Seinem Geist entsprang die Erkenntnis und die Wyn wurden ihrer selbst gewahr.
Doch starr und ohne Antrieb gefielen sie der Allmutter nicht.

Den Dritten hieß sie Umi und ihm gab sie die Veränderung anheim.

Seinem Wesen entsprang der Wandel und die Wyn begannen, sich zu regen.
Doch ohne Antrieb verharrten sie und gefielen der Allmutter nicht.

Den Jüngsten hieß sie Sogostan und ihm legte sie die Vergänglichkeit anheim.
Seiner Essenz entsprang der Verfall und Hunger wallte auf in den Wyn.
Ihre Zahl war Legion und so waren ihre Schlachten. Die Allmutter frohlockte.

Äonen vergingen und mit ihnen die Zweiten und erneut hielt die Stille Einzug.
Ihr entgegen formten die Vier aus den Leibern der Gefallenen die Welt.
Allem, was da ist, gaben sie sich selbst anheim und trugen auf den Wyn die Herrschaft.

Das Wesen der Allmutter ist die Sehnsucht und rufen wird sie eine jede Seele.
Das Wesen der Seele ist das Sein und im Ende wird sie folgen dem Ruf.
Der erste Funke im Nichts war die Allmutter.
In ihr ist alles und in ihr währt alles ewig.

Das Märchen von Ruark, dem Finsteren

Ruark war ein finsterer Gesell, dessen entstelltes Antlitz seine Seele widerspiegelte. Klein war er und sein Rücken verkrümmt. Kalte Augen funkelten hinter dem Vorhang seiner struppigen Haare hervor. Jeder, der ihm begegnete, schlug das Zeichen der Vier und machte, dass er fortkam. Ward er nicht beobachtet, so lauerte er zu seinem Vergnügen Tier und Kind auf und drosch mit einer Weidenrute auf sie ein. Weder gute Worte noch Prügel konnten ihm seine Niedertracht austreiben. Eines Tages hatten die guten Leute des kleinen Dorfes genug von seiner Boshaftigkeit und jagten ihn hinaus in die Wildnis der Berge. Nur ihre Barmherzigkeit hatte sie daran gehindert, ihn gemeinsam zu erschlagen.

Wie ein wildes Tier lebte der Verbannte nun dort draußen, bis er eines Tages auf die Hütte eines alten Eremiten stieß. Dieser hatte ein weiches Herz und nahm die elende Gestalt freimütig in sein Heim auf. Nicht nur teilte er das Zuhause und sein Essen mit dem Zwerg, sondern schließlich auch das Geheimnis seines magischen Juwels. Dieses Kleinod verlieh seinem Träger die

Macht, in die Gedanken anderer hineinzublicken und diese zu verwirren. Natürlich wusste der Alte ob der Sünde der Zauberei und niemals hätte er eine solche Gräueltat auch nur in Betracht gezogen. Schon in der nächsten Nacht zog der Greis bei klirrender Kälte hinaus. Leicht bekleidet war er, gerade so, als wäre es ein warmer Sommertag, und ward seitdem nie wieder gesehen.

Von nun an lebte Ruark in der Hütte des Alten und einen jeden einsamen Wanderer ereilte dasselbe Schicksal wie den gütigen Einsiedler, bis eines Tages zwei Brüder an die Türe klopften. Die beiden glichen sich bis auf das letzte Haar und es war, als wohnte eine Seele in zwei Körpern. Sie suchten ein verloren gegangenes Schaf, nicht ahnend, dass der Finstere dieses schon längst gefressen hatte.

Mit der Magie des Juwels zeigte Ruark sich den Brüdern als eine holde Maid und beide waren sofort in Liebe entbrannt. Gerade zur rechten Zeit seien sie gekommen, sprach Ruark, da ein Räuber die Gegend heimsuche. Wer von ihnen den Unhold erschlage, dürfe sie zur Gemahlin nehmen und viele Kinder würde sie ihm schenken.

Zum ersten Male in ihrem Leben wandten sich die Geschwister voneinander ab. Jeder suchte in einer anderen Richtung, in der Hoffnung, derjenige zu sein, der den Gauner zur Strecke brächte. Nach langer, erfolgloser Suche schleppte sich der eine Bruder voller Gram zur Hütte zurück, wo er die strahlende Schönheit erblickte.

Zugleich wurde er sich des garstigen

Schergen gewahr, welcher eilenden Schrittes auf die Dame seines Herzens zuhielt. Laut brüllend warf der Schäfer sich auf diesen und es entbrannte ein fürchterlicher Kampf, bei dem jedoch keiner die Oberhand gewann, bis Ruark, in Gestalt der Schönen, den Kämpfenden einen Dolch hinwarf. Der Bruder bekam ihn zu fassen und stieß damit nach der Brust des anderen. Im letzten Moment trafen sich ihre Blicke und er ließ die Waffe achtlos fallen. Sein Herz hatte ihm verraten, wer da wirklich vor ihm stand. Er sprach den Namen seines Zwillings aus und da fiel es auch diesem wie Schuppen von den Augen.

Ruark erschrak und floh, doch die beiden setzten ihm nach. Der Fliehende ersann noch manche List, aber die Brüder hatten gelernt, auf ihr Herz zu hören. Schließlich ergriffen sie ihn und beendeten sein Leben, indem sie ihn in eine tiefe Schlucht warfen. Die Brüder kehrten in ihr Heimatdorf zurück und waren glücklich bis ans Lebensende.

Dort jedoch, wo sie Ruark in den Abgrund gestoßen hatten, lag in einem Busch verborgen das Juwel und wartete geduldig.

Danksagung

Wer auch immer dies liest sei gewarnt:

Die Zeilen, die Eingangs des Buches über mich geschrieben stehen, enthalten zwei grobe Unwahrheiten. Denn ich habe die Welt von Wyn'd'maer nicht *erschaffen*, sondern nur wiedergegeben, was mir berichtet wurde. Und es geschah auch nicht aus Langeweile, sondern war ein verzweifelter Rettungsversuch. Doch von vorne:

Es begab sich zu einer Zeit, da der kälteste Winter seit Angedenken herrschte. Ein Eissturm peitschte über das Land, rüttelte an den Fensterläden und suchte Einlass durch jede noch so schmale Ritze. Am Abend hatten wir uns alle um den Kamin gebettet. Meine Frau und die beiden Knaben schliefen bereits, während ich das Feuer Scheit um Scheit am Leben hielt. Das hypnotische Spiel der Flammen hatte mich bereits eingelullt, als hinter mir eine glockenhelle Stimme erklang: »*Wach auf, meine Schwester.*«

Mein Erstaunen kannte keine Grenzen, als ich ein winziges Wesen erblickte, dessen Flügel in den ersten Farben des Tages erstrahlten. »*Flammenfee, ich bin es, Morgenröte!*«, versuchte sie es erneut.

»Halte ein«, sprach ich. »Ich will meine Frau für dich wecken.«

Abrupt fuhr die Fee zu mir herum, ihre Augen weit aufgerissen.

»*O nein! Sie hat ihr Herz einem Sterblichen geschenkt? Dann ist sie für die magische Welt verloren.*« Kummer legte sich über ihr Gesicht. »*Dann ist* alles *verloren.*«

So elend war ihr Anblick mit einem Male, dass ich zaghaft fragte: »Vielleicht vermag ich dir zu helfen?«

In dieser Nacht erfuhr ich von Aria und Yushu, von Trisha und Oni und vom Wyn. Vor allem erfuhr ich auch von dem Schrecken, der hinter den Welten lauert und von Wyn'd'maer aus gierig seine Tentakel ausstreckt, um das Sein in seiner Gänze zu vernichten. Morgenröte kehrte dorthin zurück, um sich ihm weiter entgegenzustemmen, doch mit jedem vergehenden Tag werden ihre Kräfte schwächer. Die Erschaffung des Portals zu meiner Frau hat sie viel Kraft gekostet, und ein weiteres wird sie nicht mehr öffnen können.

Wenn Du das hier liest, hält sie stand, doch wer weiß, wie lange noch. Und deshalb ersuche ich Dich eindringlich: Halte Deinen Geist offen und bleibe aufmerksam. Solltest Du einer Fee begegnen, so berichte ihr von dem, was Du in diesem Buch erfahren hast und weise ihr so den Weg zu Morgenröte!

Da wir uns wahrscheinlich nie persönlich begegnen werden, möchte ich Dir an dieser Stelle dafür danken, dass Du die Geschichte gelesen hast und nun gewappnet bist. Und ebenso danke ich all den besonderen Geschöpfen, ohne die Du dieses Buch jetzt nicht in den Händen halten würdest:

Hätte meine Mutter mich in frühen Jahren nicht auf die Reise in das wunderbar, wundervoll schöne Panama geschickt, wer weiß, ob mein Geist heute offen gewesen wäre für die magischen Welten um uns herum und vor allem für Morgenröte.

Ohne die Begeisterung meiner Söhne und das Verständnis meiner Frau, ich wäre an dem Versuch der Niederschrift gescheitert.

Hätte die Sirene mit ihrer zauberhaften Stimme der Geschichte nicht Leben eingehaucht, der Seher hätte nie davon erfahren.

Er wiederum erkannte, dass das Werk in der damaligen Form niemals Verbreitung gefunden hätte und führte es der Pinguin-Dame zu. Diese nahm es unter ihre Fittiche und von da an wurde alles gut. Wo ich nur ein dilettantischer Adept war, stellte sie mir wahre Meister an die Seite:

Zuvorderst ist da die Schriftgelehrte vom freien Berg zu nennen. Schicht um Schicht befreite sie die Geschichte vom Kleister meiner unzulänglichen Sprache. Unter ihrer Anleitung trat das wahre Wesen des Werkes wieder zutage, so wie Morgenröte es mir zugetragen hatte.

Ihr folgte der Kartograph: Es scheint, er sah schon die ganze Welt und nun hat er mit seiner Kunst auch das Reich von Wyn'd'maer sichtbar gemacht.

Die Heroldin des Südens schließlich legte letzte Hand an die Worte, und Herr Pinguin und sein genialer Mitstreiter Pi erschufen ein Bild von höchster Pracht, welches nun den Einband dieses Werkes ziert.

Gemeinsam haben wir alles gegeben und vielleicht mag die Rettung gelingen. Möge das Glück uns hold sein!

Christopher Tefert

HALLO.
Wir sind pinguletta.

Mehr Lesestoff
von

Wintertöchter. Die Gabe

Band 1 der Forstau Saga. Die Forstau – ein kleines, verborgenes Bergdorf am Fuße der österreichischen Tauern. Drei Frauen – Barbara, die selbstbewusste Hebamme. Ihre schwermütige Ziehschwester Marie und Anna, das Kind mit der besonderen Gabe, die sowohl Geschenk als auch Fluch bedeutet. Sie stellen sich dem harten Leben in den Bergen sowie gegen althergebrachte Traditionen in einer männerdominierten Welt. Als Roman in Maries Leben tritt, scheint sich alles zum Guten zu wenden. Doch die Verbindung bringt weder Marie noch ihrer Tochter Glück …

Mignon Kleinbek
Roman

Taschenbuch 355 Seiten | ISBN 978-3981767858
eBook | ISBN 978-3981767865
Hörbuch | ISBN 978-3948063139

Wintertöchter. Die Kinder

Band 2 der Forstau Trilogie. Die Forstau-Saga geht weiter. Eine Familie, zwei Höfe, drei Frauen. Liebe, Verlust und – unendlich viel Schweigen. Die Ehe der melancholischen Marie mit Roman Wojtek ist längst gescheitert. Hilflos muss Barbara Sittler zusehen, wie ihre Nichte Anna zusehends in seinen Bannkreis gerät. Dann tritt Roman Wojtek auch ihr zu nahe und Barbara fasst einen entsetzlichen Entschluss. Die geheimnisvolle Gabe, das Erbe der Frauen ihrer Familie, erscheint als einziger Ausweg – doch sie hat ihren Preis ...

Mignon Kleinbek
Roman

Taschenbuch 342 Seiten | ISBN 978-3981767896
eBook | ISBN 978-3948063009
Hörbuch | ISBN 978-3948063146

Wintertöchter. Die Frauen

Das fulminante Ende der Trilogie. Zwei rätselhafte Tagebücher. Eine Niederschrift voll Leidenschaft, unendlichen Leids und einer Tat, die Leben zerstörte. Das Päckchen ohne Absender stürzt Helena und Christina in tiefe Verwirrung; wer ist die geheimnisvolle Anna und was hat es mit dem silbernen Medaillon auf sich? Die ungleichen Schwestern tauchen ein in die mysteriöse Geschichte ihrer Herkunft. Und nichts mehr in ihrem Leben bleibt, wie es war. Eine Erzählung über starke Frauen, die ihr Vermächtnis über Generationen erhalten und weitergeben.

Die Trilogie ist auch als Gesamtausgabe im Schuber erhältlich.

Mignon Kleinbek Taschenbuch 480 Seiten | ISBN 978-3948063054
Roman eBook | ISBN 978-3948063061

Schwarze Villa

Der zweite Regionalkrimi mit Sonderermittler Wellendorf-Renz.
Schwarz – komplett schwarz: Wände, Treppe, Türen, Fenster,
Dach. Die schwarze Villa – umstrittenes Kunstobjekt im Nobel-
viertel von Pforzheim. Doch nicht nur das Äußere der
Jugendstilvilla ist schwarz, auch ihre Geschichte ist mehr als
düster. Kai Sander, Immobilienmakler und Aktionskünstler,
bekommt das als Erster ganz hautnah zu spüren. Und einmal
aufgeschreckt finden die Geister der Vergangenheit keine Ruhe
mehr. Und ziehen alle, die mit dem Haus in Berührung kommen,
tief und tiefer hinein in den Strudel der schaurigen Ereignisse …

Claudia Konrad
Kriminalroman

Taschenbuch 240 Seiten | ISBN 978-3948063016
eBook | ISBN 978-3948063023

Grenzenlose Intrigen. Tod in Alepochori

Band 1 der ›Welle ermittelt‹ Reihe. Eine wunderbare Mischung aus Leichtigkeit, Spannung und griechischen Impressionen. Verbrannter Wald – schaurig, grausig. Verwesungsgeruch. Es sollte ein entspannter Griechenlandurlaub werden, den sich der Pforzheimer Sonderermittler Wellendorf-Renz, genannt Welle, gönnen wollte. Aber die feine Nase seines Vierbeiners veränderte alles. Gemeinsam mit den Athener Ermittlern stößt er auf Angst, Korruption und skrupellose Intrigen bis in die höchsten Instanzen von Staat und Kirche. Ihre länderübergreifenden Ermittlungen können weitere eiskalte Morde nicht verhindern.

Claudia Konrad Taschenbuch 195 Seiten | ISBN 978-3948063078
Kriminalroman   eBook | ISBN 978-3948063085

Das geheime Kapitel

Manche Bücher bergen tödliche Geheimnisse … Die unglücklich verheiratete Anna experimentiert mit den magischen Rezepten aus dem Buch vom Dachboden. Die Zauber scheinen zu wirken und sie schafft sich ein Problem nach dem anderen vom Hals. Einer der Hofbewohner liegt plötzlich tot im Bett. Anna wird panisch: Hat sie ihren Schwager versehentlich vergiftet?

Ein Mann, zwei Frauen, zwei Perspektiven, ein Zauberbuch, ein fränkischer Hof und ein Mord sind die Zutaten, aus denen Mara Winter einen tödlichen Cocktail voller Überraschungen mixt.

Mara Winter
Roman

Taschenbuch 223 Seiten | ISBN 978-3948063030
eBook | ISBN 978-3948063047

Frag nach Mario

Eine Liebesgeschichte zum Träumen. Mitte dreißig steckt Laura in einer Sackgasse fest: todunglücklich im Job, in der Beziehung, in ihrem ganzen Leben. Auf einer Dating-Plattform lernt sie Mario kennen. Bald merkt sie, dass alles anders läuft als geplant. Mario rüttelt an ihren festgefahrenen Mustern. Er schickt sie auf Reisen quer durch Europa, wo sie sich ihren tiefsten Ängsten stellen muss. Ist Laura stark genug, den Dämonen ins Gesicht zu blicken? Hat ihr das Leben nicht mehr zu bieten als nur Überstunden und einsame Zweisamkeit? Wartet irgendwo die große Liebe auf sie? Doch vor allem: Wer ist dieser geheimnisvolle Mario, der mehr über sie zu wissen scheint als sie selbst?

Gerd Schäfer
Eine Liebesgeschichte

Taschenbuch 240 Seiten | ISBN 978-3948063092
eBook | ISBN 978-3948063108

Als ich aus der Zeit fiel

Jens Jüttners Weg durch die paranoide Schizophrenie. Zehn Jahre Albtraum. Zehn Jahre voller Ängste. Eine Krankheit, bei der das ganze Leben aus den Fugen gerät. Die Diagnose Schizophrenie verbreitet gemeinhin Schrecken, und das nicht ohne Grund. Jens Jüttner berichtet aus eigener langer Erfahrung über seine paranoide Schizophrenie. Offen erzählt er über seinen langen Weg mit vielen Tiefen, und wie er es am Ende geschafft hat, aus der Krankheit herauszufinden. Das Buch klärt auf, wirbt um Verständnis und will anderen Betroffenen und deren Umfeld eine Hilfestellung sein und Mut machen – informativ, emotional, spannend, authentisch geschrieben.

Jens Jüttner
Autobiografisches Sachbuch

Taschenbuch 138 Seiten | ISBN 978-3948063115
eBook | ISBN 978-3948063122
Hörbuch | ISBN 978-3948063160

Mädchenklo

Vom Bücherportal Leserkanone.de zur ›Indie-Perle des Monats‹ gekürt. Was passiert hinter den Türen mit dem großen ›D‹, fragt sich der männliche Teil der Menschheit. Was erleben andere Frauen hinter den ›Ladies‹-Türen rund um den Globus, fragt sich die weibliche Hälfte. Das Buch ›Mädchenklo‹ mit dem klangvollen Untertitel ›Das gaanz normale Leben!‹ gibt in sieben vergnüglichen Episoden die höchst amüsante Antwort.

Silke Boger
Komödie

Taschenbuch 279 Seiten | ISBN 978-3981767803
eBook | ISBN 978-3981767810

pinguletta.
Farbklecks in der Bücherwelt.

Der Pinguin.
Sympathischer Bewohner
der Südhalbkugel.
Unser Maskottchen.

[ˈpɪŋgu]

pínguletta

[lɛˈta]

La lettera
Italienisch für Buchstabe
oder Schreiben.
Unsere Leidenschaft.